Mit Dir ins Glück – Schottland inklusive

Ewa Aukett

Verlag:
Zeilenfluss
Sonnenstraße 23
80331 München
Deutschland

Texte: Ewa Aukett
Bildmaterialien: Alewiena
https://stock.adobe.com/de/194494934 Vector, Floral card design, oneinchpunch https://stock.adobe.com/de/187974168 Young couple love moments in the park, danielkay
https://stock.adobe.com/de/175958366 Vibrant sunrise at Quiraing on the Isle of Skye, Scotland.
Covergestaltung: Buchcoverdesign.de / Chris Gilcher
Lektorat/Korrektorat: Dr. Andreas Fischer
Satz: Zeilenfluss

ISBN: 978-3-96714-003-3

Mit Dir ins

Glück

* Schottland inklusive

Ewa Aukett

1

*E*s war ein grauer, regnerischer Tag. Nebel lag über den Highlands, und die Gebirgsspitzen waren unter dem Dunst nur noch zu erahnen. Über das Wasser des Loch Achall zogen Wolkenfetzen dahin wie seltsame Geistererscheinungen, und die mystische Atmosphäre wurde noch durch das einsame Schreien einer Krähe unterstrichen, das als vielfaches Echo durch die Talsenken hallte.

Taylor blieb stehen und atmete tief die kalte, frische Luft ein. Das wäre die perfekte Filmkulisse für ein mittelalterliches Zeitreisespektakel. Er schloss die Augen. Der Geruch von nassem Gras und kühler Erde stieg ihm in die Nase.

Zu Hause.

Wie sehr er Schottland vermisst hatte, wurde ihm erst jetzt wirklich bewusst, als er mitten in dieser ursprünglichen Wildnis stand und die Einsamkeit genoss. Nichts war so heilend wie die Stille und der Frieden dieses Landes, wenn sonst der Großstadtlärm von Los Angeles alle Sinne betäubte.

Wie lang war es her, seit er daheim gewesen war? Vier Jahre? Fünf? Er konnte sich nicht einmal genau entsinnen.

Die viele Arbeit, der hektische Lifestyle, all das hatte ihm die Zeit geraubt und ihn vergessen lassen, was wirklich wichtig war im Leben, … bis seine Welt im letzten Jahr plötzlich stehen geblieben war.

Kopfschüttelnd verdrängte er die düsteren Erinnerungen, die ihn wieder einmal heimzusuchen drohten. Er wollte nicht grübeln, er wollte abschalten und auf andere Gedanken kommen.

Mindestens eine Woche Auszeit hatte er sich selbst verordnet. Vielleicht auch zehn oder zwölf Tage, in denen er wandern würde und Orte und Menschen besuchen wollte, die er lange nicht gesehen hatte – allen voran seine Familie. Nach dem letzten Jahr war dieser Urlaub bitter nötig, und der einzige Ort auf der Welt, wo er wieder zu sich selbst zurückfand, war Schottland.

Er zog sein Handy aus der Hosentasche, sah sich um und wandte sich dann Shanna zu. Die dunkel gestromte Mischlingshündin saß vor ihm und klopfte mit dem Schwanz auf den Boden, als sein Blick sie traf. »Was meinst du? Gönnen wir uns ein Lunch?« Shanna stand auf, drehte sich einmal im Kreis und wedelte so heftig, dass der halbe Hund hin und her wackelte. Taylor grinste, knipste ein Foto von ihr und steckte das Telefon wieder ein. Als er sich neben seinen Rucksack hockte, um das Lunchpaket auszupacken, drückte Shanna ihm ihre Schnauze ins Gesicht und leckte ihm einmal über die Wange.

Er lachte. »Du musst dich schon noch einen Augenblick gedulden, du kleiner Gierschlund.«

Sorgfältig packte er ihren Proviant aus und reichte

Shanna ein Thunfischsandwich. Es dauerte keine drei Sekunden, bis sie es restlos vertilgt hatte und sehnsüchtig auf seines starrte.

»Vergiss es«, bemerkte er grinsend, richtete sich mit dem Brot in der Hand auf und biss herzhaft hinein. Köstlich.

Sein Blick schweifte über die Landschaft, während er kaute. Heute würden sie es sich gutgehen lassen, nur sie beide. Das einfache Leben hatte ihn für die kommenden Tage wieder, und er freute sich darauf.

Mit einer Hand zog er erneut das Smartphone aus der Tasche, wählte sich mit etwas Mühe ob des schlechten Empfangs in seinen Facebook-Account ein und positionierte sich, bis der See und die Highlands hinter ihm lagen. Er hielt das Handy auf Armeslänge von sich weg und drückte auf die Aufnahmefunktion für Live-Videos.

»Hallo Schottland.« Er lächelte in die Kamera. »Es ist schön, wieder zu Hause zu sein.« Langsam drehte er sich im Halbkreis und fing die Atmosphäre der Landschaft ein. Er würde es nicht zu ausführlich werden lassen – zwanzig Sekunden sollten reichen, um seinen Followern ein kurzes Lebenszeichen zu schicken und sich dann für die nächsten Tage ein wenig Ruhe zu gönnen.

Etwas knallte gegen seinen Kopf. Seine Welt schien sich für eine Sekunde um sich selbst zu drehen, während er nur noch bunte Sterne vor seinen Augen sah. In seinem Schädel erwachte ein hämmerndes Pochen, das ihn schwindeln machte, und er spürte, wie ihm das Sandwich aus den Fingern glitt und der Arm mit dem Handy nach unten sackte.

***

»Oh mein Gott! Oh mein Gott! Oh mein Gott!«

So rasch es das unwegsame Gelände und die wild wuchernden Büsche zuließen, hastete Liv Richtung Seeufer und auf den Fremden zu, der sich benommen vorbeugte und mit einer Hand auf dem Knie abstützte, während die Finger der anderen an seinem Kopf herumtasteten.

Sie hatte ihn nicht gesehen. Er schien wie aus dem Nichts aufgetaucht zu sein. Plötzlich hatte er einfach dort gestanden, und der Ball hatte ihn volles Pfund am Hinterkopf getroffen.

Verdammt, wo war er auf einmal hergekommen?

Ihr Gekreisch ignorierend, war Jay freudestrahlend hinter dem Scheißball hergerannt und lief nun schwanzwedelnd zwischen dem Fremden und seinem Hund herum. So viel zu dem tollen Rückruftraining.

Mist! Was für ein Katastrophentag! Dabei war sie gut hineingestartet, weil sie endlich mal ausgeschlafen und gemütlich gefrühstückt hatte. Es war ein schöner Morgen gewesen, obwohl man bei all dem Nebel draußen kaum die Hand vor Augen hatte sehen können.

Der Tag hatte versprochen gut zu werden, bis Marcus ihr diese verdammte Nachricht geschickt hatte und sie drauf und dran gewesen war, ihren restlichen Urlaub abzubrechen, um nach Hause zu fahren. Hätte sie danach nicht mit ihrer besten Freundin telefoniert, wäre sie schon längst auf dem Heimweg. Sie hatte doch nur einen gemütlichen Spaziergang mit Jay machen wollen, um sich abzulenken.

Herrgott, wäre sie bloß im Bett geblieben oder abgereist. Aber nein, stattdessen hatte sie sich zweimal unterwegs auf die Fresse gelegt und zu allem Überfluss noch feststellen müssen, dass die scheißteuren Gummistiefel, die ein Heidengeld gekostet hatten, nicht dicht waren, sodass das Regenwasser ihre Lieblingskuschelsocken mittlerweile in matschige Woll-U-Boote verwandelt hatte.

Dieser Vorfall jetzt war irgendwie der krönende Abschluss eines zunehmend beschissener werdenden Tages. Was kam als Nächstes? Brannte das Hotel ab? Explodierte ihr Auto?

Fuck! Sie hatte echt keine Zeit zum Rumjammern. Kopfschüttelnd konzentrierte Liv sich wieder auf das Hier. Endlich hatte sie die letzten Sträucher überwunden und das Opfer ihrer Ballattacke erreicht. »Entschuldigen Sie bitte vielmals, Sir. Das war wirklich keine Absicht. Sind Sie verletzt?«

Er schüttelte sacht den Kopf und richtete sich langsam auf.

Livs Augen wurden groß. Ihr Herzschlag setzte für einen Moment aus, und ihre Handflächen wurden feucht.

Oh mein Gott! Gleich würde ihr Frühstück sich auf den Rückweg machen. Nein, nein, jetzt nicht dem Drang nachgeben und ihm auch noch vor die Füße kotzen. Bitte nicht!

Verdammt! Das war ein Scherz, oder? Ein ziemlich übler Scherz. Da stand nicht wirklich dieser Morris vor ihr.

FUUUUCK!

Lass es einen Doppelgänger sein, bitte!

Der Typ zog eine Grimasse und rieb sich mit einer Hand

über den Hinterkopf. Als er den Arm sinken ließ, weiteten sich ihre Pupillen noch ein bisschen mehr. Scheiße, das war kein Double. Das war wirklich *er*.

Taylor Morris. Hollywood-Schauspieler, Hauptdarsteller in einigen romantischen Komödien und zahllosen Action-Streifen, und gerade vom People-Magazin mit dem Attribut ›Sexiest Man Alive‹ ausgezeichnet. Jemand, der sich damit brüstete, seine Stunts alle selbst zu machen, und dem nachgesagt wurde, dass er nichts anbrennen ließ, was nicht bei drei auf den Bäumen war.

Ihre Freundin wäre jetzt vermutlich ausgeflippt vor Begeisterung.

Zugegeben, er war durchaus sexy mit seinem raubeinigen Charme und den Fältchen um die graugrünen Augen. Klar, das lockige, dunkle Haar lag jetzt nicht so perfekt wie in seinen Filmen, sondern stand ihm bei dem Wetter wirr vom Kopf ab. Auch sein Vollbart zeigte erste graue Spuren. Er gehörte mit Anfang vierzig vermutlich nicht mehr zu dieser Riege junger Schauspieler, die aktuell die Social-Media-Kanäle überschwemmten und alle naselang jeden Schritt ihres Lebens in die Welt hinausposaunten.

Trotzdem hätte sie sich irgendwie gewünscht, dass er im wahren Leben mehr aussah wie eine vertrocknete Kartoffel und seine Ausstrahlung nicht die eines Mannes war, der von seiner Wirkung auf die Frauenwelt durchaus wusste und das gnadenlos auskostete.

Sie war fast schon dankbar, dass er sie gar nicht weiter beachtete und sein Blick auf den beiden Hunden lag, die sich mittlerweile gegenseitig beschnüffelten und einander offenbar für gut befanden.

Liv unterdrückte einen Seufzer. Wenn das mit Menschen doch auch so einfach gewesen wäre. Einmal am Hintern schnuppern und man wusste, ob der andere ins eigene Weltbild passte oder die in ihn investierte Zeit nicht wert war.

Zugegeben, der Vergleich hinkte vielleicht ein bisschen … Taylor Morris am Hintern zu riechen wäre jetzt nicht so ihr Ding gewesen.

Als er plötzlich das Kinn hob und sie ansah, konnte sie spüren, wie ihr Gesicht auch die restliche Farbe verlor. Sie hatte das jetzt nicht laut ausgesprochen, oder?

Sein Blick huschte prüfend über ihre Gestalt. Toll, wirklich toll. An einem Tag wie heute, da sie ihre fettigen, ungewaschenen Haare unter der Kapuze ihrer Jacke versteckte und sich das Ding wie eine Zehnjährige unterm Kinn festgebunden hatte, während ihr Schlamm und Schafkacke an den Gummistiefeln klebten und ihre Socken bei jedem Schritt ein ekliges Schmatzen von sich gaben, lief ihr ein Typ wie Taylor über den Weg.

Perfektes Timing! Der Tag würde eindeutig in ihre persönlichen Annalen eingehen. Wo war eigentlich dieses verdammte Loch, das sich im Boden auftat und einen verschlang, wenn man es mal brauchte? Sie wollte unsichtbar sein – jetzt, sofort!

Scheiße!

Tief Luft holend, rang sie die Hände. »Ehrlich, es tut mir leid. Ich habe Sie nicht gesehen. Ich hätte in eine andere Richtung geworfen, wenn ich bemerkt hätte, dass hier noch jemand ist. Ich … kann nicht gut werfen, wissen Sie? Ich vermeide es sonst, irgendwohin zu zielen, wo jemand verletzt werden könnte – und dann kam noch der Wind dazu heute, das hat dem Ball irgendwie noch mehr Drift gegeben.«

Liv verstummte. Was redete sie da eigentlich für einen Mist? Das interessierte ihn doch alles gar nicht. Sie hatte ihm einen verdammten Ball an den Kopf geworfen, und er würde sie vermutlich verklagen bis zum Sankt-Nimmerleins-Tag.

Wieso zum Teufel sagte er nichts?

Sie musterte ihn fragend. »Sind Sie verletzt?«

Er reagierte gar nicht, starrte sie nur stumm aus unergründlichen Augen an. Himmelherrgott! Warum glotzte er die ganze Zeit?

Ja, warum wohl? Sie hätte sich am liebsten selbst eine Kopfnuss verpasst. *Vermutlich, weil du ausschaust wie eine Idiotin ... oder weil er einfach dumm wie Brot ist.*

»Nein, ich bin nicht verletzt.« Gott! Im wahren Leben klang er viel männlicher als in seinen Filmen. Als er die Lippen zu einem schiefen Lächeln verzog, hätte sie schwören können, dass ihr Herz für den Bruchteil eines Augenblicks ins Stolpern kam. Er deutete auf seinen Hund, der sich den Tennisball geschnappt hatte und darauf herumkaute, als ginge es um eine olympische Disziplin. »Immerhin freut sich einer von uns über diesen unerwarteten Zusammenstoß.«

Sein halbherziger Versuch eines Scherzes machte die Sache nicht besser. Liv biss sich auf die Unterlippe, verflocht ihre Finger ineinander und zog die Schultern bis zu den Ohren hoch.

Sie musste sich irgendwas einfallen lassen, um die

Sache wieder auszubügeln. »Kann ich irgendwas für Sie tun, als Wiedergutmachung?«

Sein Schmunzeln vertiefte sich, als er erneut den Blick hob. »Ein Kaffee wäre nett.«

Ein Kaffee? Sie blinzelte verwirrt. Gut, gut, wenn sie damit den Worst Case abwenden konnte, dann sollte er ihretwegen auch zehn Kaffee bekommen. »Ja … ja sicher, das ist das Mindeste.« Sie versuchte sich in einem missglückten Lächeln und deutete hinter sich. »Ähm, auf der anderen Seite des Sees gibt es ein wirklich schönes Gutshaus. Wir könnten mit den Hunden in einer halben Stunde dort sein. Sie haben ein sehr gemütliches Kaminzimmer, in dem leckerer Tee, Scones und frisch gebackener Kuchen serviert werden.«

»Auf der anderen Seite des Sees?«, wiederholte er.

Sie zog eine Schulter bis zum Kinn. »Ja, eine Ferienunterkunft mit Fremdenzimmern – in erster Linie zwar mit Selbstversorgung, aber die Eigentümer sind immer dort und verwöhnen ihre Gäste mit selbstgebackenen Köstlichkeiten.«

Er nickte bedächtig. »Das klingt doch nach einem guten Plan. Nachdem Shanna gerade den Rest meines Sandwiches verdrückt hat, hätte ich gegen ein Stück Kuchen weiß Gott nichts einzuwenden. Und später kann ich mir ein Taxi nehmen, um zu meiner Unterkunft zurückzukommen.«

Oh, großartig, ihm war auch noch sein Essen aus der Hand gefallen, und der Hund hatte es sich reingezogen. Das wurde immer besser. Ihre Mundwinkel schmerzten schon von dem unechten Lächeln in ihrem Gesicht.

Ihre Wangen wurden warm. »Es tut mir wirklich leid, Sir. Das hätte nicht passieren dürfen.«

Er winkte ab. »Alles gut. Ich werde vermutlich nicht mal eine Beule bekommen, es war ja nur ein Tennisball.« Als er den Arm hob, bemerkte sie, dass er ein Handy zwischen den Fingern hielt. »Ich fürchte, das Video ist auch nicht ganz so ausgefallen, wie ich mir das vorgestellt habe.«

Ihr wurde heiß! Ihr Gesicht brannte. Zum Glück war ihm nicht auch noch sein Smartphone runtergefallen. Vermutlich war das eins dieser zweitausend Euro teuren Dinger, die sich kein Normalsterblicher leisten konnte.

Er schob das Handy unbeachtet in seine Hosentasche und zwinkerte ihr gut gelaunt zu. »Nach diesem holprigen Anfang sollten wir uns einander vielleicht erst einmal vorstellen.« Als er ihr die rechte Hand reichte, legte sie ihre eigene wie selbstverständlich hinein. »Hi, ich bin Taylor.«

Sie nickte zaghaft. Sein Händedruck war fest und warm. Große, starke Hände, die sich wirklich gut anfühlten. Sich räuspernd erwiderte sie: »Hi, ich bin Liv.«

»Liv? So wie Liv Tyler?«

Mühsam unterdrückte sie den Drang, den Kopf in den Nacken zu legen und ein frustriertes Stöhnen auszustoßen. »Hm, so ähnlich.«

»Oh.« Sein Blick wurde durchdringend. »Du hörst den Vergleich ziemlich oft, oder?« Gute Beobachtungsgabe, dennoch klimperte sie erneut irritiert mit den Wimpern. Dass er so selbstverständlich zu einer vertraulicheren Anrede überging, fühlte sich irgendwie seltsam an.

Sie legte den Kopf zur Seite. »Ehrlich gesagt, fast jedes Mal seit *Herr der Ringe*.«

»Prima, gleich mit beiden Füßen ins Fettnäpfchen gelatscht.« Er schnitt grinsend eine Grimasse, was seinem anschließenden »Tut mir leid« irgendwie die Ernsthaftigkeit nahm.

Sie zuckte die Achseln. »Schon okay, es gibt Schlimmeres im Leben ... so wie Bälle an Köpfe schmeißen.«

Taylor lachte leise. »Ich gebe zu, so hat noch nie jemand meine Aufmerksamkeit auf sich gelenkt, aber ich werde es überleben. Ich bin nicht so ein Weichei, wie ich den Anschein erwecke.«

Sie wurde wieder rot und hob schon abwehrend die Hände, ehe sie begriff, dass er sie aufzog. Liv stieß die Luft aus und fuhr sich mit dem Handrücken über die Stirn. »Entschuldige, es ist einfach peinlich. Zum Glück passiert es nicht jeden Tag, dass ich jemanden in der Pampa beim Bällchenspiel bewerfe. Irgendwie habe ich kein gutes Timing heute.«

»Na ja, du musst das positiv sehen«, bemerkte Taylor. »Es war nur ein Ball. Kein Stock, der jetzt in meiner Brust steckt oder so.«

Sie verzog die Lippen und strich sich mit zwei Fingern am Rand ihrer Kapuze entlang. Klar hatte er recht, aber seine Art, die Dinge in ein anderes Licht zu rücken, war schon ein bisschen merkwürdig.

»Du bist nicht von hier, oder?« Seine direkte Frage brachte sie aus dem Konzept.

Liv schüttelte den Kopf. »Nun, nein ...«

Als sie nicht weitersprach, deutete er auf Jay, die immer

noch seinem eigenen Hund gegenüberstand und ihr mit schiefgelegtem Kopf dabei zusah, wie sie auf dem Tennisball herumkaute. »Ist das ein Greyhound?«

»Nein. Jay ist ein Galgo, ein spanischer Windhund.«

»Ein Mädchen?«

»Ja.«

»Die hat bestimmt Jagdtrieb, oder?«

Liv zuckte mit den Achseln. »Die meisten Galgos sind dafür gezüchtet, ja, aber Jay ist an Wild ungefähr so interessiert wie an fliegenden Kühen. Vermutlich ist sie deshalb aussortiert worden.« Liv deutete auf seinen Hund. »Eigentlich will sie nur ihren Tennisball zurück.«

»Oh, klar.« Er machte einen Schritt nach vorn, befahl Shanna den Ball fallen zu lassen und belohnte sie mit einem Leckerchen. Dann hob er den Ball auf und wollte ihn Jay reichen.

Liv trat dazwischen. »Ich würde ihn erst mal nehmen. Es wäre jetzt nicht fair, ihn Shanna wegzunehmen und gleich an Jay weiterzureichen.«

»Ganz wie du meinst.« Er drückte ihr den nassen Ball in die Finger, und Liv ließ ihn in der Tasche ihrer Regenjacke verschwinden.

»Seid ihr zwei hier im Urlaub?«

Sie nickte. »Ja, kann man so sagen.«

»Wie schön.« Er machte eine alles umfassende Geste. »Ich bin auch im Urlaub, das erste Mal seit einer Ewigkeit.« Sein Lächeln vertiefte sich erneut und verursachte ihr ein warmes Gefühl im Bauch. »Ich bin in der Nähe von Glasgow geboren und aufgewachsen, allerdings lebe ich schon lange in Übersee. Woher kommst du?«

»Aus Deutschland. Geboren bin ich in Dänemark.«

»Dänemark?« Er nickte beifällig. »Ich glaube, ich habe noch nie eine Dänin kennengelernt.«

Liv schmunzelte und zuckte mit den Achseln. »Na ja, es gibt für alles ein erstes Mal.«

»Das stimmt.« Er deutete in die Richtung, in der ihr Hotel lag. »Wollen wir?«

Sie nickte. »Ja, gern.«

***

Nachdem er seinen Rucksack geschultert hatte, stapften sie los. Ihm entging nicht, dass ihre Schuhe seltsam schmatzende Geräusche von sich gaben, als wären sie mit Wasser vollgelaufen. Ihre Miene verriet allerdings in keinem Moment, ob sie tatsächlich nasse Socken hatte. Taylor verkniff sich eine entsprechende Nachfrage.

Er war schon mit seiner dämlichen Bemerkung bezüglich ihres Namens angeeckt, er wollte es sich nicht endgültig mit ihr verscherzen. Dieses Zusammentreffen war zwar unerwartet und im ersten Moment durchaus schmerzhaft gewesen, aber aus irgendeinem Grund faszinierte ihn Liv.

Eigentlich war ein Urlaubsflirt nicht in seiner Planung für die nächsten Wochen einbezogen gewesen, aber wenn ihm eine so aparte Frau über den Weg lief, wollte er keinen uncharmanten Eindruck hinterlassen.

Als sie die ersten Meter hinter sich gebracht hatten, warf er ihr einen vorsichtigen Seitenblick zu.

»Wieso Schottland?«, wollte er wissen.

Sie wandte nur kurz den Kopf, ehe sie wieder konzentriert auf den Weg starrte, um nicht über Büsche oder Steine zu stolpern. »Wieso nicht?«, fragte sie zurück.

Taylor zuckte mit den Achseln. »Na ja, es gibt zu dieser Jahreszeit gewiss angenehmere Reiseziele … Länder, wo es weniger regnet und stürmt und die Sonne sich öfter zeigt.«

Ihre vollen Lippen verzogen sich zu einem belustigten Lächeln. Gott! Dieses Grübchen in ihrer linken Wange war einfach entzückend. Vermutlich war sie sich der Tatsache, wie hübsch sie aussah, gar nicht bewusst. Die blauen Augen wirkten riesig in ihrem herzförmigen Gesicht. Dänin, hm … Ob sie blond war? Wegen der Kapuze konnte er nichts von ihrer Frisur erkennen, aber ihre Augenbrauen waren nicht sehr ausgeprägt, eher schmal und allenfalls von hellbrauner Farbe. Eigentlich stand er ja mehr auf kräftiges Brünett, aber daran sollte es nicht scheitern.

»Ich brauchte einen Tapetenwechsel«, erwiderte sie leichthin. »Und ich mag Schottland einfach. Das Wetter ist hier nicht schlechter als in Deutschland, von daher stören mich ein bisschen Wind und Regen nicht wirklich.«

»Das ist ein Argument. Brauchtest du den Tapetenwechsel wegen beruflichem Stress?«

Sie zögerte. Für einen Moment befürchtete er, wieder übers Ziel hinausgeschossen zu sein und zu rasch eine zu persönliche Frage gestellt zu haben. Aber er musste zugeben, dass er darauf brannte, mehr von ihr zu erfahren.

Sie zuckte mit den Achseln und schüttelte den Kopf. »Eher privater Stress, aber das ist Schnee von gestern.«

Ihn traf ein prüfender Blick. »Und du besuchst deine alte Heimat, um Erinnerungen aufzufrischen?«

Er bemerkte wohl, dass sie von sich selbst abzulenken versuchte. Aber das war okay. Ihre Antwort war ausweichend genug gewesen, um ihn ahnen zu lassen, wieso sie wirklich in Schottland war. Er würde vielleicht später noch Näheres herausbekommen. Der Tag war schließlich noch jung und er zu seiner eigenen Überraschung extrem neugierig auf diese Frau.

»Ja, auch das. Ich will meine Familie besuchen, alte Freunde treffen, aber in erster Linie wieder zu mir selbst finden.« Er verzog das Gesicht. »Das letzte Jahr war anstrengend. Mein Haus ist im November abgebrannt …« Das hatte er nicht erwähnen wollen. Verdammt! Mit einem Räuspern fuhr er fort: »Du hast vielleicht von den schlimmen Bränden in Kalifornien gehört?«

Ihre Miene drückte Betroffenheit aus, als sie ihn ansah. »Ja natürlich, es war ja überall in den Nachrichten. Mein Gott, wie schrecklich. Das tut mir leid.«

Taylor hob möglichst lethargisch eine Schulter. Die Erinnerung war immer noch schmerzhaft, auch wenn er sie die meiste Zeit verdrängte. »Ich war versichert, der materielle Schaden ist zu verkraften. Es sind eher die … immateriellen Dinge, die nicht zu ersetzen sind.«

»Es ist hoffentlich niemand verletzt worden?«

Er schüttelte den Kopf und hielt den Blick geradeaus gerichtet. »Nein. Nicht bei uns jedenfalls – in der Nachbarschaft sah das leider anders aus. Viele Verwundete, mehr als hundert Tote, unzählige Menschen, die danach einfach gar nichts mehr hatten und denen die gesamte

Existenz genommen wurde. Weißt du, in den Medien war oft nur die Rede von den abgebrannten Villen und den Prominenten, die es getroffen hat. Doch es waren ja nicht nur wohlhabende und gut versicherte Menschen, die dort gelebt haben. Da waren auch Leute mit kleinem Einkommen und ohne dickes Bankkonto. Ein ganzer Trailerpark ist abgebrannt. Als ich vor den Ruinen meines Hauses stand, hat mich das natürlich schockiert. Ich habe mich gefühlt wie im Kriegsgebiet, aber … da waren so viele Schicksale, die einen betroffen gemacht haben und Demut lehren. Da wird einem bewusst, wie gering die eigenen Probleme wiegen, wenn das Leid anderer so greifbar ist.«

Sie legte den Kopf zur Seite. »Ich glaube, in dem Moment sind wir alle gleich. Wenn nichts mehr übrig ist außer schwarzen Ruinen und nasser Asche, und alle Erinnerungsstücke sind fort, dann ist das für jeden ein Tiefpunkt.«

Taylor senkte den Blick auf den ausgetretenen Pfad, den sie erreicht hatten. »Ja, das trifft es ziemlich genau.« Er deutete auf Shanna. »Sie war meine Therapeutin in den letzten Monaten.«

Liv lächelte, aber diesmal war darin etwas Warmes, das ihm ein wohliges Gefühl verursachte. »Das glaube ich gern. Tiere sind manchmal die beste Medizin.«

Er nickte. »Oh ja, und sie kam im rechten Augenblick.«

Er spürte, wie Liv ihn ansah. »Dann ist sie noch gar nicht so lang bei dir?«

»Nein. Ich habe sie im vergangenen Herbst bei Dreharbeiten in Rumänien gefunden, … ich arbeite für die Filmbranche.« Sie nickte, schien aber nicht wirklich beeindruckt. »Ich sollte eher sagen: Sie hat mich gefunden. Eigentlich habe ich keinen Hund mehr haben wollen, weißt du?« Er stockte kurz, doch weil sie ihn nicht unterbrach und nur zuhörte, redete er weiter. »Anfang letzten Jahres musste ich meine alte Hündin einschläfern lassen, … das war ziemlich hart.«

»Das tut mir leid«, bemerkte sie leise. Ihm fiel auf, dass sie zu Boden sah, als würde sie das nicht nur aus Höflichkeit dahersagen, sondern wirklich mit ihm mitfühlen. Es tat gut, dass sie seine unfreiwillige Beichte nicht mit einem kühlen Winken beiseitewischte. Er fühlte sich bei ihr auf seltsame Weise … angekommen, als würden sie sich schon ewig kennen und hätten sich gerade wiedergefunden. Das war ihm noch nie passiert.

Er holte tief Luft, ehe er weitersprach. »Jedenfalls wollte ich keinen Hund mehr. Mein Job, die Reiserei – ich dachte, das passt alles nicht … Und dann kam Shanna an mir vorbei.« Er schnaufte. »Ich weiß, es klingt verrückt, aber ich würde behaupten, das war so was wie Liebe auf den ersten Blick. Wir haben uns angesehen, und sie hat mich ab dem Tag einfach nicht mehr in Ruhe gelassen. Überall ist sie mir hinterhergerannt, hat mich angebettelt, hat ständig schmusen wollen, hat mich keinen Schritt mehr allein gehen lassen – außer, wenn ich am Set war. Dann hat sie neben der Regieassistenz gesessen und gewartet, als wüsste sie, dass ich in dem Moment keine Zeit für sie habe. Das war verrückt.« Bei der Erinnerung daran schüttelte er wieder den Kopf. »Alle haben mir in den Ohren gelegen, ich solle mir endlich einen Ruck geben und sie offiziell adoptieren.«

»Verständlich«, erwiderte Liv mit einem Lächeln. »Shanna hat dich ganz offensichtlich ausgesucht.«

»Das musste ich mir dann auch eingestehen. Also haben wir uns einen örtlichen Tierschutzverein gesucht, geschaut, ob jemand sie vermisst, und als das nicht der Fall war, habe ich sie adoptiert. Nun ist sie offiziell mein Hund – seit neun Monaten und drei Tagen.« Er blieb stehen, ging neben Shanna in die Hocke und schloss die Augen, als sie sofort zu ihm kam, um ihren Kopf an seine Wange zu drücken. Taylor streichelte über das feuchte Fell. »Sie hat mich zu einem besseren Menschen gemacht.«

»Inwiefern?«

»Seit Shanna bei mir ist, weiß ich das Leben wieder zu schätzen. Ich laufe nicht mehr blind und taub durch die Welt, ohne sie wirklich zu sehen. Ich bemerke plötzlich wieder all die kleinen Dinge, die mir früher entgangen sind.« Er hob den Kopf.

Livs Augen glänzten verdächtig, und auf ihren Lippen lag ein zartes Lächeln. Ihr Blick ging ihm durch und durch. Niemand hatte ihn je auf diese Weise angesehen, nicht einmal Maddison.

Wie konnte es sein, dass er sich mit einer Wildfremden fühlte, als wäre sie schon immer ein Teil seines Lebens gewesen? Kopfschüttelnd versuchte er das seltsame Gedankenwirrwarr in seinem Schädel zu begreifen. Das hier war ganz anders als bei Maddison, da war er nur Hals über Kopf verliebt und vollkommen von seinen Hormonen gesteuert gewesen.

Er verdrängte die aufkommende Erinnerung und den dumpfen Druck in seiner Brust, der mit diesem Namen einherging. Das mit Maddison lag sieben Monate zurück, und trotzdem war der Gedanke an sie immer noch wie ein heißer Dolch, der sich in sein Inneres bohrte.

»Das ist ein schöner Wandel.«

Taylor blinzelte und wusste für den Bruchteil einer Sekunde nicht, wovon sie sprach, dann fiel ihm wieder ein, was er von sich gegeben hatte. Er senkte den Blick und starrte Shanna an. »Na ja, ich war nicht immer ein netter Mensch in der Vergangenheit, aber ich hoffe, mein Leben künftig sinnvoller zu gestalten.«

»Es gibt viel, was man tun kann, um die Welt ein bisschen besser zu machen.«

»Das ist wahr.« Taylor erhob sich und schob die Hände in Jackentaschen. »Aber genug von mir. Wie lang bist du schon in Schottland?«

»Oh, ein paar Tage erst«, erwiderte sie. »Ich wollte ein wenig am Loch Achall ausspannen, bevor ich mich auf meine Tour begebe.«

»Was für eine Tour?«

»Burgruinen besuchen.«

Er stutzte. »Burgruinen? Interessierst du dich für Geschichte und Geistererscheinungen?«

Ihr rechter Mundwinkel zog sich nach oben. »Ja, unbedingt. Ich schreibe … Fantasyromane, unter anderem, und ich arbeite gerade an einem Dreiteiler, in dem eben auch schottische Burgruinen eine große Rolle spielen.«

»Du bist Autorin?«

Sie wirkte ein wenig verlegen. »Ja, irgendwie schon, also neben meinem eigentlichen Job. Im Moment ist das eher so ein Hobby.«

»Aber du hast schon ein paar Bücher geschrieben?«, hakte er nach.

Sie zog den Kopf zwischen die Schultern, und die Geste hatte fast etwas von einer Entschuldigung. »Etwas mehr als ein Dutzend etwa.«

Taylors Augen wurden groß. »Mehr als ein Dutzend? Das klingt aber nicht nur nach einem Hobby.«

»Na ja, es war mal mehr, … aber die Zeiten haben sich geändert.«

Stirnrunzelnd musterte er ihr Profil. »Wie meinst du das?«

»Der Buchmarkt wird überschwemmt von Geschichten aller Art und Qualität«, erwiderte sie. »Vor einem Jahr wurde ich außerdem krank, konnte eine ganze Weile nicht mehr schreiben, wie ich wollte, und meine Verkäufe brachen ein. Also brauchte ich wieder einen festen Job, mit geregeltem Einkommen, … und das Schreiben blieb dabei ein wenig auf der Strecke.« Sie verzog die Lippen zu einem schwachen Lächeln und wirkte plötzlich angespannt. »Tja, und dann habe ich mir dieses Jahr zum ersten Mal seit einer Ewigkeit diesen Urlaub gegönnt und heute die Nachricht bekommen, dass ich meinen Brotjob verloren habe.«

Taylor blieb stehen. »Wieso?«

Liv warf ihm einen unsicheren Seitenblick zu. »Ich schätze, mein Boss erträgt meine Anwesenheit nicht mehr.«

»Das verstehe ich nicht.«

Sie schnitt eine Grimasse und wandte sich wieder zum Gehen. »Er ist mein Ex-Freund.«

»Oh. Wow. Warte!« Als sie ihn erneut ansah, war ihre Miene unergründlich. Taylor legte den Kopf schief. »Du willst sagen, dein Ex hat dir erst einen Job gegeben und dir jetzt gekündigt, während du im Urlaub bist?«

Sie nickte und zuckte gleichzeitig mit den Schultern. »Den Job hat er mir gegeben, als wir noch ein Paar waren. Ich wundere mich eigentlich, dass er es danach so lang mit mir ausgehalten hat.«

»Darf ich fragen, wann ihr euch getrennt habt?«

»Am Valentinstag.« Sie verschränkte die Hände ineinander und starrte auf den Boden, während sie die Spitze ihres Gummistiefels in das regendurchtränkte Moos drückte. »Da bin ich ausgezogen und hab alles mitgenommen, was mir gehörte. Seine Wohnung war danach ziemlich leer – bis auf die Einbauküche und eine Flasche Shampoo. Ich glaub, das hat ihn ganz schön angepisst.«

Taylor blinzelte. »Das war rigoros.« Er nickte anerkennend. »Den Valentinstag wird er sicher so schnell nicht vergessen.«

Sie vergrub ihre Hände in den Jackentaschen. »Vermutlich. Aber das hat er sich selbst zuzuschreiben.«

»Was hat gemacht?«

»Da habe ich herausgefunden, dass er mich betrügt.«

Taylor verzog das Gesicht. »Du hättest *ihn* rausschmeißen sollen.«

»Die Wohnung läuft auf seinen Namen, ich habe nur das Inventar mitgebracht.«

»Krass! Ich kenne keine Frau, die so konsequent reagiert hätte.« Langsam setzten sie sich wieder in Bewegung und liefen weiter. »Hast du ihn zur Rede gestellt?«

»Nein. Irgendwann weiß man einfach, dass manche Menschen einem nur Energie rauben mit ihren Lügen und ihren Entschuldigungen. Ich meine, klar war das schmerzhaft und verletzend, aber es hat mir auch gezeigt, was wirklich wichtig ist. Ich will meine Zeit nicht mit jemandem verschwenden, der mich nicht respektiert. Für mich war das der Startschuss, um von vorne anzufangen, und das heute ist nur die letzte Tür, die zwischen ihm und mir zugefallen ist. Ab jetzt wird ein neues Leben beginnen.«

»Wow.« Taylor maß sie mit langem Blick. »Du bist vermutlich eine der wenigen Frauen, die einem Mann wegen sowas keine Szene gemacht hat.«

Liv musterte ihre Schuhspitzen. »Ich habe drüber nachgedacht. Aber ich wollte dieses Gefühl nicht zulassen, dass er weiterhin irgendeinen Einfluss auf mein Leben hat. Das ist er nicht wert.«

»Da zieh ich wirklich den Hut!«

»Danke.« Sie presste für einen Moment die Lippen aufeinander. Erneut traf ihn ein unsicherer Blick. »Ich habe keine Ahnung, wieso ich dir das alles überhaupt erzähle. Wir kennen uns doch eigentlich gar nicht.«

Taylor grinste ernst. »Na ja, ich verstehe das schon. Mir geht es ja ähnlich, … als würden wir uns schon viel länger kennen und nicht erst ein paar Minuten.«

»Ja … ja.« Sie nickte heftig und sah ihm in die Augen. »Das ist doch seltsam, oder?«

»Gewaltig. Aber weißt du, ich kann das durchaus nachvollziehen, … dass du eine Pause brauchtest und aus deiner gewohnten Umgebung ausbrechen wolltest. Mir ging es ähnlich.«

»Was ist passiert?«

Taylor schob die Hände in die Hosentaschen, während er neben ihr herlief. Normalerweise hätte er niemals mit einer Fremden über sein Privatleben geredet, schon gar nicht in seiner Position. Sie hätte genauso gut eine Papparazza sein können oder eine Stalkerin. Seine Managerin wäre vermutlich durchgedreht, wenn sie ihn hier mit ihr sehen würde.

Doch er konnte gar nicht verhindern, dass seine Lippen sich öffneten und er zu sprechen begann. »Nikki. Das war meine erste Hündin.«

»Die du hast einschläfern lassen müssen.«

»Genau. Ihre Asche hatte ich in einer Urne aufbewahrt, und die stand auf dem Kaminsims …« Er stockte.

»In dem Haus, das abgebrannt ist?«, hakte sie nach.

Taylor nickte. »Ja.«

Livs Gesicht verzog sich. »Oh Gott, das tut mir so leid.«

Er schluckte. Das waren die Worte, die er eigentlich von Maddison hatte hören wollen. Sein Mund war plötzlich trocken. Er musste irgendwas sagen. »Mir war alles egal, das Haus, die Möbel, das war alles ersetzbar, aber … Nikkis Asche eben nicht.« Taylor holte tief Luft. »Maddison, meine Ex-Freundin, sie hat es nicht verstanden. Sie hat gemeint, es müsse doch irgendwann mal gut sein und *… es war doch nur ein Hund.*«

Livs linke Augenbraue hob sich, als sie sich ihm zuwandte. »Das hat sie echt gesagt?«

Er zuckte mit den Achseln. Es tat so gut, mit jemandem zu reden, der einen offensichtlich verstand. »Das war das Tüpfelchen auf dem i. Ich mein, sie hat wegen ihrer scheiß

Kleider und Schuhe geheult und macht mir dann den Vorwurf, dass ich um die Asche meines Hundes trauere. Da kam es zum ersten massiven Bruch zwischen uns.«

»Versteh ich, mit so einem Spruch disqualifiziert man sich bei mir auch sofort.«

»Als ich Shanna im Herbst aus Rumänien mitgebracht habe, habe ich schon gemerkt, dass Maddison das nicht gepasst hat. Aber als ich ihr dann im Dezember gesagt habe, dass ich über eine Trennung nachdenke, … hat sie mir eine Szene gemacht, die ihresgleichen suchte, und ihr rutschte dabei raus, dass sie wünschte, Shanna wäre auch in dem Feuer verbrannt. Da war es vorbei.«

»Oh mein Gott!« Liv schüttelte sichtbar fassungslos den Kopf. »Das tut mir so leid.«

»Na ja, man kann den Leuten immer nur vor den Kopf gucken. Umso bewundernswerter finde ich, wie ruhig du trotz allem geblieben bist – das wäre mir in deiner Lage vermutlich nicht gelungen.«

»Ganz ehrlich, mein Ex ist fraglos ein dummes Arschloch, aber jemandem *sowas* zu sagen ist echt geschmacklos«, erwiderte Liv leise. »Du solltest froh sein, dass ihr nichts mehr miteinander zu tun habt.«

Er holte tief Luft und wandte den Blick nach vorn, wo die beiden Hündinnen einträchtig und gut gelaunt nebeneinander herliefen, während sie immer wieder Gestrüpp und Grasbüschel beschnüffelten. »Das bin ich. Und es zeigt mir einmal mehr, man muss nach vorne blicken.« Taylor zuckte die Schultern. »Letztlich hat das ein Umdenken bei mir bewirkt und mein oberflächliches Leben in eines mit Sinn verwandelt.« Er verzog die Lippen. »Ich habe sogar angefangen mich ehrenamtlich zu engagieren, also hatte es auch etwas Gutes.«

»Das ist toll.« Ihr Lächeln ging ihm durch und durch. »In welchem Bereich bist du tätig?«

»Ich mache mich für eine Hilfsorganisation stark, die Kindern in den ärmsten Ländern der Welt Bildung und Nahrung ermöglicht. Ich habe selbst zwei Patenkinder, die ich finanziell unterstütze und Ende des kommenden Jahres unbedingt besuchen möchte.«

»Das finde ich großartig.«

»Das Leben hat es gut mit mir gemeint. Klar, es gab ein paar Stolpersteine, aber im Großen und Ganzen geht es mir gut. Ich will einfach etwas zurückgeben.«

»Eine schöne Idee.« Sie musterte ihn flüchtig. »Und wohnst du immer noch in Kalifornien?«

Er nickte. »Ja, deutlich bescheidener als früher, aber es reicht völlig. Wenn man vor dem Nichts stand, dann bewertet man das was wirklich lebensnotwendig ist plötzlich anders.« Er hob die Hände. »Im Herbst wollen die Menschen mit dem Wiederaufbau der Häuser in Paradise beginnen. Nicht jeder, der dort mal gewohnt hat, kann eine Baufirma engagieren, aber ich kann meinen Status und meine Beziehungen dafür nutzen, dass im großen Stil für die Menschen gespendet wird und somit auch die wieder ihr Zuhause zurückbekommen, die nicht versichert waren.«

Livs Augen leuchteten, als sie ihn ansah. »Es ist großartig, dass du dich so einsetzt.«

»Das ist das Wenigste, was ich tun kann.«

»Das ist mehr, als manch anderer tut.«

2

Rhidorroch House war endlich in Sichtweite, als Taylor das Schweigen der letzten Minuten mit einem überraschten Ausruf unterbrach und stehen blieb. »Das ist *mein* Hotel!«

Liv starrte ihn für eine Sekunde verdattert an.

Er lachte verlegen und fuhr sich mit einer Hand durch das feuchte, sich kräuselnde Haar. »Ich bin heute Vormittag hier angekommen, konnte aber noch nicht einchecken, also sind Shanna und ich spazieren gegangen.« Er schnitt eine Grimasse. »Ich dachte schon, ich hätte mich verlaufen. Ich war fest überzeugt, meine Unterkunft liegt auf der anderen Seite des Sees.«

Sie zog eine Augenbraue hoch und musterte ihn. War das sein Ernst? Seine Aussage klang schon ein bisschen unglaubwürdig. Andererseits hatte er erzählt, dass er in der Nähe von Glasgow aufgewachsen war, … vielleicht war er doch mehr Stadt- als Dorfkind. Sie kannte dieses Phänomen bei einigen ihrer Freunde, die sich in jeder Großstadt problemlos zurechtfanden, aber auf dem Land völlig aufgeschmissen waren.

Die Ferienanlage von Rhidorroch House lag in einer ursprünglichen und rauen Landschaft, in der man durchaus mal die Orientierung verlieren konnte, explizit wenn wie heute dicke Nebelbänke über dem Land lagen, und dank dem See war hier fast jeden Tag mit Nebel zu rechnen.

Sie zuckte mit den Achseln. Letztlich war es auch egal. Vielleicht brachte ihr das einen Bonus ein. »Dann war es vielleicht ein mehr oder weniger glücklicher Zufall, dass ich dich beworfen habe.«

Taylor grinste. »Ja, stell dir vor, ich könnte immer noch da draußen herumirren.«

Sie schmunzelte. »Ich denke, Shanna hätte dir schon den Weg gezeigt.« Sie liefen weiter, und Liv deutete auf das Haupthaus. »Wir sind gleich da. Während du eincheckst und dein Zimmer beziehst, würde ich mich kurz frischmachen. Sollen wir uns in einer halben Stunde im Kaminzimmer treffen?«

Er war verwundert. »Im Kaminzimmer?«

»Na ja, ich schulde dir einen Kaffee oder Tee, schon vergessen?«

»Oh, natürlich.« Er lachte. »Ich glaube, die viele frische Luft macht mich ein bisschen matschig in der Birne. Ein heißer Tee wäre toll, und ich hoffe, du leistest mir auch beim Kuchen Gesellschaft.«

»Das sollten wir hinbekommen.«

»Vielleicht kann ich dich ja überreden, mir von deinem Romanprojekt zu erzählen«, bemerkte er mit einem Zwinkern.

Sie warf ihm einen überraschten Blick zu. »Das interessiert dich?«

»Na klar, wer schon so viele Bücher veröffentlicht hat, hat sicher einiges zu erzählen.«

»Ich bin nicht gut im Reden«, wiegelte sie ab, »deshalb schreibe ich ja lieber.«

»Du wirkst gar nicht wie der introvertierte Typ«, bemerkte er leichthin.

Liv zog eine Schulter hoch. »Ich habe kein Problem damit, mich zu unterhalten. Ich tu mich nur schwer damit, im Mittelpunkt zu stehen und einen Vortrag halten zu müssen – erst recht über meine Arbeit.«

Taylor runzelte für einen Moment die Stirn und dachte über ihre Worte nach, während sie sich dem Gästehaus näherten. »Heißt das, du gibst auch keine Lesungen?«

»Bisher war ich nur bei einer.« Sie verdrehte die Augen. »Ich finde es irgendwie gruselig, wenn mich alle anstarren, während ich vorlese.«

»Okay, das ist natürlich nicht für jeden so ganz einfach, aber … man kann lernen, damit umzugehen. Ich könnte dir dabei helfen.«

Sie schüttelte irritiert den Kopf. »Ich weiß nicht.«

Er hob eine Hand und schenkte ihr ein Lächeln. »Ist nur ein Angebot. Denk drüber nach.«

Liv nickte schweigend. Im Grunde war es jetzt schon zu viel, worüber sie nachdenken musste. Allem voran die seltsame Vertrautheit, die sie in Taylors Nähe empfand. Natürlich wirkte er nicht völlig fremd, weil sie ihn aus diversen Filmen kannte, aber sie war kein Fan von ihm, nicht wie Christin, die nicht nur seine Filme sah, sondern auch sein Leben verfolgte.

Liv jedoch hatte sich auf dem ganzen Weg hierher gefühlt, als wäre sie mit einem alten Kumpel spazieren gegangen. Wie sonst war es zu erklären, dass sie ihm Dinge anvertraut hatte, über die sie sonst nur mit ihren engsten Freunden sprach? Das war verrückt und entsprach sonst so gar nicht ihrem Naturell.

Sie brauchte dringend ein bisschen Abstand und eine Dusche, nicht nur, um ihr ramponiertes Äußeres wieder vorzeigbar zu machen, sondern auch, um sich klar darüber zu werden, was das zwischen Taylor und ihr eigentlich war.

***

Als er zwanzig Minuten nach seinem Check-In mit Shanna das Kaminzimmer betrat, war der Raum nur spärlich mit Gästen besetzt. Hier und da faulenzte jemand gemütlich auf einem Sessel und las, während an den Fenstern eine kleine Gruppe zusammensaß und sich leise unterhielt, was die heimelige Atmosphäre des Raums mit einem sonoren Gemurmel unterstrich. An den Wänden voller Samttapeten hingen zahllose Bilder in völlig unterschiedlichen Rahmen und Stilrichtungen, ein kunterbuntes Durcheinander. Sicher nicht nur Familienangehörige der Besitzer. Er bemerkte etliche vergilbte und schwarzweiße Fotos prominenter Schauspieler, Sänger und anderer Künstler aus den Sechziger- und Siebzigerjahren. Diese Wände hatten in der Vergangenheit allerhand zu sehen bekommen.

Doch das schönste war, dass er sich hier bewegen konnte und kein Mensch ihn zu erkennen schien. Das war eine angenehme Abwechslung zu seinem Alltag in L.A., hier war er einfach nur Taylor.

Liv erkannte er nur deshalb, weil Jay neben ihr lag und beim Anblick von Shanna und ihm sanft mit der Rute zu schlagen begann. Die beiden saßen auf dem Sofa vorm Kamin. Ein Tablett mit Tee und Kuchen stand auf dem Tisch vor ihnen, und Liv hatte Regenjacke und Gummistiefel gegen Jeans, Turnschuhe und einen schwarzen Rollkragenpulli eingetauscht. Wie erwartet, war sie tatsächlich blond, und dennoch war ihr Äußeres irgendwie überraschend. Irgendwie hatte er mit honigblonden, langen Haaren gerechnet, nicht mit einer hellblonden, wild in alle Richtungen stehenden Kurzhaarfrisur, die noch feucht war von einer raschen Dusche. Sie erinnerte ihn an irgendjemanden, aber er konnte für den Moment nicht sagen, wer es war.

»Ich hätte dich fast übersehen«, bemerkte er, als er sie erreichte. Sie hob überrascht den Kopf und legte ihr Handy beiseite, auf dem sie herumgetippt hatte.

Ein wenig verlegen stand sie auf. »Du bist schon da. Ich hatte nicht so schnell mit dir gerechnet.«

»Zu meinen Verabredungen komme ich nie zu spät«, erwiderte er mit einem Zwinkern. Ehe sie es verhindern konnte, hatte er sich vorgebeugt und ihr einen Kuss auf die Wange gehaucht.

Scheiße! Was war in ihn gefahren?

Ja, er wusste wie man Frauen bezirzte, aber er war nicht hier, um sie anzubaggern, egal wie gut er sie leiden konnte und wie einfach es ihm fiel mit ihr über Gott und die Welt zu reden. Dennoch war es bezaubernd, wie sie scheu eine Hand hob und ihre Finger die Stelle berührten, wo seine Lippen ihre weiche Haut gestreift hatten. Ein Anflug von

Rosa überzog ihr Gesicht und sein Puls beschleunigte sich. »Wofür war der?«

»Ich freu mich einfach, dich zu sehen«, gab Taylor zurück. Er musste sich ablenken, über irgendwas anderes reden. »Wollen wir uns setzen? Ich komm um vor Hunger.«

»Natürlich.« Sie ließ sich wieder auf ihren Platz sinken, und er machte es sich neben Jay auf dem Sofa bequem. Mit dem Hund zwischen ihnen war es einfacher auf Abstand zu bleiben. »Ich habe dir vorsorglich auch ein paar Sandwiches bestellt.«

Großer Gott! Wo war diese Frau sein ganzes Leben gewesen?

Sein Magen gab ein vernehmliches Knurren von sich. »Du bist ein Schatz.« Sein Blick hastete über die reichliche Auswahl, ehe er sie wieder ansah. »Was möchtest du?«

Liv lächelte warm. »Nimm dir, was du magst. Du bist sicher hungriger als ich, mir hat schließlich niemand mein Lunch weggefressen.«

»Wenn das so ist.« Er kraulte Shanna hinter den Ohren, griff nach einem Sandwich und biss herzhaft hinein. Hauchdünne, saftige Schinkenscheiben, Tomate, Salat, eine vermutlich hausgemachte Remoulade und schottischer Cheddar verbanden sich zu einer einfachen, aber köstlichen Komposition, die seine Geschmacksknospen geradezu explodieren ließ. Taylor sank zufrieden und glücklich in die dicken Polster. »Oh Gott! Ich habe vergessen, wie gut ein hausgemachtes Sandwich schmeckt.« Er öffnete die Augen und sah Shanna an, die ihren Kopf auf seinem Knie abgelegt hatte und ihm schmachtende

Blicke zuwarf. »Tut mir leid, Süße. Du hast ja unbedingt die Reste von dem Tankstellen-Sandwich mampfen müssen. Das hier gehört mir.« Er stopfte sich das letzte Stück Brot zwischen die Lippen und griff nach dem nächsten. Sein Blick fiel auf Liv, die neben ihm saß und ihn amüsiert musterte.

»Fuldige«, murmelte er mit vollem Mund. Kauend und schluckend versuchte er ihr ohne Worte klarzumachen, dass sein Hunger ihn seine guten Manieren vergessen ließ.

Ihr Lächeln vertiefte sich. »Lass es dir schmecken.« Sich vorbeugend schenkte sie ihnen zwei Tassen Tee ein, lehnte sich in ihre Ecke des Sofas und zog ein Bein unter das andere. Ihr war anzusehen, wie wohl sie sich hier fühlte – und irgendwie gefiel ihm das.

»Das steht dir übrigens viel besser als die Regenjacke«, bemerkte er und deutete auf ihr Outfit.

»Danke. Leider gab es keine Regenjacke in stylischem Schwarz«, entgegnete sie und nahm einen Schluck Tee.

»Was machen deine Füße?«

»Oh.« Liv zog eine Grimasse. »Du hast das Geschmatze auch gehört, ja?«

»Ich wollte nichts sagen und meinen ersten unhöflichen Eindruck noch verstärken, … aber ja, deine Schuhe waren ziemlich laut.«

Sie schüttelte leise lachend den Kopf. »Na ja, meine Lieblingssocken sind wohl hinüber, fürchte ich – Genaueres werde ich erst wissen, wenn sie wieder trocken sind. Irgendwie habe ich mir von den teuren Gummistiefeln mehr erwartet. Ich bin extra in einem Fachgeschäft gewesen, und dann laufen mir die Dinger voll wie Wasserkübel. Ehrlich gesagt hatte ich schon befürchtet, ich hätte Schwimmhäute zwischen den Zehen, sobald ich die Schuhe ausziehe.«

»Hattest du?«

Liv grinste. »Nein, ich habe nochmal Glück gehabt.«

»Das ist schön.« Nach dem letzten Bissen des zweiten Sandwiches lehnte er sich erneut in die Polster und genoss ebenfalls seinen Tee. »Du erinnerst mich übrigens an jemanden.« Zwischen zwei Schlucken gelang es ihm, sie genauer zu mustern.

Sie zog auf die ihr so eigene Art die linke Augenbraue hoch. »Tu ich das? An wen?«

»Ich komm nicht drauf – aber mit den Haaren und deiner ganzen Art. Ich habe das Gefühl, es liegt mir auf der Zunge, und ich bekomm es nicht ausgespuckt, weißt du? Das macht mich ganz verrückt.«

»Hast du einen Tipp?«

»Es hat was mit Musik zu tun.« Er fuhr sich nachdenklich mit einer Hand über den Bart. »Eine Sängerin.«

Liv runzelte die Stirn, ehe ihre Augen groß und rund wurden. »Aus den Neunzigern?«

Er fuchtelte mit dem Zeigefinger in ihre Richtung. »Ja, ja … du weißt, an wen ich denke, oder? War das eine dänische Rockband?«

»Schwedisch, … du meinst Marie Fredriksson von Roxette?«

»Ja, genau!«

Sie blinzelte und zog die Augenbrauen zusammen. »Du findest, ich schau aus wie sie?«

»Schon – die kurzen, blonden Haare, dazu der schwarze

Pulli. In den Neunzigern hättet ihr vermutlich wie Schwestern nebeneinander ausgesehen.«

Liv runzelte die Stirn. »Na ja, in den Neunzigern war ich etwa elf, oder so – und hatte Zöpfe.«

Er ließ die Luft zwischen den Zähnen entweichen und zog eine Grimasse. Da war er wieder, der Fettnapf. »So war das nicht gemeint.«

»Alles gut, ich wollte dich nur auf den Arm nehmen.« Sie kicherte leise. »Ich mag die Sängerin, und ihr Stil war nicht nur in den Neunzigern ziemlich cool, … aber kann natürlich sein, dass mich das unbewusst geprägt hat.«

»Jesus. Für einen Moment dachte ich schon, jetzt habe ich es verkackt.«

»Selbstzweifel bei Mr Morris?«, unkte sie gut gelaunt. »Kann ich mir irgendwie nicht vorstellen.«

Taylor stutzte. Er hatte ihr nie seinen Nachnamen genannt.

Verdammt!

»Du weißt, wer ich bin?«

Ihr Lächeln wirkte zerknirscht, als sie den Blick hob. »Entschuldige. Ich wollte nichts sagen, weil ich dachte, dass es ganz schön anstrengend sein muss, als Prominenter ständig angequatscht zu werden und nie seine Ruhe zu haben.«

Er zog die Schultern hoch und spürte wie das vertraute Misstrauen ihn übermannte. Hatte er sich geirrt? Zum Teufel. Er hätte nicht so redselig sein sollen in ihrer Nähe. »Man gewöhnt sich in gewisser Weise an alles«, erwiderte er ausweichend.

Ihre Mundwinkel sanken hinab, als sie seine veränderte

Stimmung bemerkte und Liv fuhr sich mit einer Hand durchs Haar. »Es tut mir leid, Taylor. Ich hätte dir wahrscheinlich sagen sollen, dass ich dich erkannt habe.« Sie rutschte ein Stück in sich zusammen. »Ich … es hat sich einfach so normal angefühlt mit dir da draußen unterwegs zu sein … ich hab mir nur Gedanken darüber gemacht, dass du mich vielleicht verklagen könntest und war froh, dass du mir nicht gleich deinen Anwalt auf den Hals gehetzt hast.«

Er runzelte die Stirn. »Wieso sollte ich dich verklagen?«

»Weil ich dir einen Ball an den Kopf geworfen habe.«

»Ich bin auch nur ein Mensch.«

»Ja, ich weiß«, erwiderte sie leise. »Es fällt leicht, in deiner Nähe zu vergessen, WER da eigentlich neben einem herläuft.«

Seine Augen tasteten einen Moment länger über ihr Gesicht. Sie wirkte absolut ehrlich und in ihren Augen las er nicht den Hauch einer Lüge. Er war eigentlich gut darin, Menschen zu lesen und zu erspüren, wem er vertrauen konnte. Dennoch war er verunsichert. »Ich hatte nicht das Gefühl, dass du Berührungsängste hast.«

»Das war es auch nicht. Also, abgesehen von den ersten Minuten nach diesem Unfall, es ist nur … « Sie stockte.

»Was?«

In ihrer Miene zeichneten sich die widersprüchlichsten Gefühle ab, mit denen sie zu kämpfen schien. Sie rang die Hände. »Ich … ich weiß, dass das total verrückt klingt, aber … ich hab mich da draußen gefühlt, als würden wir uns schon ewig kennen. Ich bin normalerweise nicht so redselig, besonders nicht bei jemandem, den ich im

Grunde gar nicht kenne. Ich hab einfach vergessen, dass du eigentlich ein weltberühmter Schauspieler bist und ich ein Niemand. Ich wollte dich nicht diskreditieren.«

»Du bist kein Niemand.« Er schüttelte den Kopf. »Und du hast mich nicht diskreditiert. Weißt du, mein Job bringt es leider mit sich, dass man auch Menschen begegnet, die gern mal Informationen aus einem heraus zu kitzeln versuchen, um sie dann meistbietend zu verkaufen – und sie erschleichen sich oft auf unerwartete Weise das Vertrauen von jemandem wie mir.«

Sie riss die Augen auf und starrte ihn fast schon erschrocken an. »Ich schwöre, das würde ich niemals machen!«

Taylor verzog die Lippen zu einem Lächeln. »Ich weiß. Das Problem ist nämlich, dass ich mich da draußen genauso gefühlt habe wie du. Ich habe keine Ahnung, wieso ich dir mein halbes Leben offenbare und mich in deiner Gegenwart über meine Ex-Freundin auslasse, obwohl wir uns erst Minuten zuvor das erste Mal über den Weg gelaufen sind.«

»Tut mir leid«, wisperte sie.

Er griff nach ihren Fingern und hielt sie fest. »Nein, entschuldige dich nicht.« Ihm entging nicht, wie sie für einen Wimpernschlag seine Hand anstarrte und ihre Wangen von einem tiefen Rosa überzogen wurden, als sie den Blick wieder hob. Taylor bemühte sich um Gelassenheit, während sein Puls sich schlagartig vervielfachte und das Herz ihm gegen die Rippen trommelte.

Ihre Haut war warm und weich, die Finger so zart und wunderschön. Er wollte sie nehmen und die Spitzen küssen. Angespannt ließ er ihre Hand los.

Lieber Himmel! Was war los mit ihm?

Er flüchtete sich in ein Räuspern und versuchte den Moment abzutun. »Weißt du, ich habe zwar einen aufregenden Job, aber letztlich bin ich nur ein ganz normaler Kerl, nicht der Mittelpunkt der Welt.«

Sie lächelte. »Damit wärest du offiziell der erste Mann, den ich kenne, der sich selbst nicht als Geschenk Gottes betrachtet.«

»Das habe ich nicht gesagt«, erwiderte er breit grinsend. Der seltsame Augenblick zwischen ihnen machte wieder einer lockeren, freundschaftlichen Stimmung Platz. »Aber davon abgesehen, kennst du offenbar ziemlich komische Männer. «

Liv zuckte mit den Schultern. »Manchmal schon.«

»War dein Ex-Freund auch so einer?«

Sie rollte mit den Augen. »Oh ja, großes Ego, kleiner Horizont. Keine Ahnung, was ich überhaupt an ihm gefunden habe, … aber Liebe macht bekanntlich blind.«

»Vermutlich lagen seine Stärken in anderen Bereichen«, bemerkte Taylor mit einem anzüglichen Grinsen und nahm einen Schluck Tee.

Liv schien einen Moment über seine Worte nachzudenken, ehe sie den Kopf schüttelte. Ihre Wangen wurden noch dunkler. »Ähm, nein …« Sie stockte, grübelte und schüttelte noch energischer den Kopf. »Nein … nein … definitiv nicht.«

»Ich muss die Autorin fragen: Gilt mehrfache Verneinung auch als Zustimmung oder wieder als Verneinung?«, wollte er wissen.

Ein erheitertes Lächeln umspielte ihre Lippen. »Im

Zweifelsfall als außergewöhnliche Unterstreichung einer Tatsache.«

»Ich glaube, es ist ganz gut, dass du ihn losgeworden bist.«

»Was seinen Status als ›Freund‹ angeht, bin ich das unbedingt.«

»Und als Chef?«, wollte Taylor wissen.

Liv hob die Schultern. »Na ja, er hat nicht gerade mit Kompetenz geglänzt, aber sein Gehaltscheck hat meine Fixkosten gedeckt. Ich hatte schon unangenehmere Vorgesetzte. Nun muss ich mir kurzfristig einen neuen Job suchen, sobald ich zurück bin, … und ich habe das Gefühl, wenn man die vierzig ansteuert, gilt man auf dem Arbeitsmarkt schon als zu alt.«

»Wie alt bist du?«

»Siebenunddreißig. Aber du ahnst nicht, wie viele Bewerbungen ich verschickt habe, bevor Marcus mir damals den Job in seinem Startup-Unternehmen angeboten hatte. Ich habe auf über fünfzig Anfragen nur zwei Antworten zurückbekommen, und da hieß es nur: ›Wir haben uns für einen anderen Bewerber entschieden.‹« Sie rollte mit den Augen. »Es nervt einfach und demotiviert total.«

Er nickte verständnisvoll. »Tut mir leid, dass du dich jetzt wieder damit herumschlagen musst.«

Sie winkte ab. »Egal, es wird sich schon was finden. Im Zweifelsfall muss ich mich mit ein paar Minijobs über Wasser halten, Hauptsache, ich verdiene wenigstens ein bisschen was dazu.«

»Du lässt dich nicht so leicht unterkriegen, oder? «

Sie nahm ihre Teetasse in beide Hände und starrte für

eine Sekunde wortlos hinein. Irgendwie hatte Taylor das Gefühl, ihr mit seiner Äußerung zu nahe getreten zu sein. Aber der Austausch mit ihr war so wunderbar ungezwungen und vertraut, dass er immer wieder vergaß, dass ihm im Grunde immer noch eine Fremde gegenübersaß.

»Es gibt Zeiten, da bleibt einem keine Wahl«, erwiderte sie leise. Ihr Lächeln war sichtbar gezwungen, als sie aufsah. »Wir alle kämpfen uns schließlich immer wieder hoch. Du hast das nach dem Unglück um dein Haus und den zweiten Verlust deines Hundes auch tun müssen. Das Leben zwingt uns weiterzumachen, ob wir wollen oder nicht.« Sie atmete tief ein. »Magst du mir von dir erzählen?«

Er reichte ihr die Hand, und sie legte ihre schmalen, langen Finger vertrauensvoll in seine. Unter halbgesenkten Wimpern musterte er ihr Gesicht. »Irre ich mich oder weichst du mir jedes Mal aus, wenn ich dir Fragen stelle, die zu persönlich sind? Ich wollte dich nicht vor den Kopf stoßen.«

Liv schloss die Augen und holte ein zweites Mal tief Luft. »Das tust du nicht, es ist nur …« Sie stockte.

»Was?«

Als sie ihre Lider öffnete, lag ein schmerzhafter Ausdruck in ihrem Blick. Ihre Finger flochten sich in seine. »Wir kennen uns doch gar nicht wirklich, und trotzdem habe ich das Bedürfnis, dir alles erzählen zu wollen, weil … es sich anfühlt, als säßen wir schon ewig hier und würden reden, reden, reden. Das ist irgendwie paradox.«

Taylor nickte. »Ich weiß, was du meinst.«

Sie ließ ihre Tasse sinken, und für einen Moment saßen

sie nur da, hielten Händchen und schwiegen gemeinsam. Es war ein schöner Moment, und ihm wurde bewusst, dass er sich noch nie auf diese Weise mit einer Frau verbunden gefühlt hatte.

Vielleicht lag es daran, dass Liv optisch eigentlich nicht sein Typ war. Sie war zweifellos hübsch, und er fühlte sich unsagbar wohl in ihrer Nähe, aber er hatte nicht dieses Bedürfnis, sie so rasch wie möglich abzuschleppen, um sich nicht länger unterhalten zu müssen. Sonst war Smalltalk immer irgendwie anstrengend, bei ihr konnte er auch gar nichts sagen und sich trotzdem nicht fehlbesetzt vorkommen. Und dazwischen gab es diese kleinen Momente, in denen sein Herz schlug, seine Handflächen feucht wurden und sein Bauch sich mit einem seltsamen Vibrieren füllte. Das war nicht wie diese alles verschlingende Leidenschaft, die er mit Maddison erlebt hatte. Das war anders, stiller und tiefer, auf einer neuen Ebene, die er so bislang nicht kannte.

»Christin, meine WG-Mitbewohnerin und beste Freundin, hat mir diese Reise geschenkt«, begann Liv. »Nachdem ich die letzten fünf Jahre ohne nennenswerte Pause durchgearbeitet habe, war ich vollkommen ausgebrannt. Sie hat gemeint, ich solle mir diese Auszeit gönnen, weil zu viel Arbeit ungesund wäre.«

»Sie hat recht.«

»Ja, hat sie. Trotzdem fühlt es sich irgendwie komisch an, hier zu sein, gerade weil ich weiß, dass mich wegen dieser Kündigung noch richtig Chaos daheim erwarten wird. Christin kümmert sich in Deutschland um alles, aber ich habe dennoch den Eindruck, sie im Stich zu lassen –

auch wenn sie es war, die darauf bestanden hat, dass ich meine Reise zu Ende führe.«

»Wie lange kennst du Christin schon?«

»Sie hat nebenan gewohnt, seit ich fünf war. Wir sind zusammen aufgewachsen. Sie ist wie eine Schwester für mich.«

»Keine eigenen Geschwister?«

Liv schüttelte den Kopf. »Leider nein.«

»Was ist mit deinen Eltern?«

»Sie sind vor fünfzehn Jahren bei einem Autounfall ums Leben gekommen.« Ihre Stimme war leise und zitterte sacht. Sie sah ihm nicht in die Augen, betrachtete nur ihre miteinander verschlungenen Finger. »Mein Pa war sofort tot, meine Ma hat noch gelebt, bis die Feuerwehr da war. Als sie sie aus dem Autowrack schneiden wollten, ist sie kollabiert.«

»Großer Gott«, entfuhr es ihm. Er drückte sanft ihre Finger. »Das tut mir leid. Das war sicher eine schreckliche Zeit für dich.«

Als Liv den Blick hob, war der Schmerz darin fast fühlbar. Sie zwang ein furchtbar unechtes Lächeln auf ihre Lippen. »Ich habe achtundzwanzig Wochen im Krankenhaus gelegen. Ich habe nicht viel mitbekommen. Sie wollten mir die Beine amputieren, aber ich habe ihnen bewiesen, dass ich wieder laufen kann.«

Fassungslos glotzte er sie an. »Du warst mit im Auto?«

Die Tränen kamen so plötzlich, dass sie sie nicht mehr aufhalten konnte. Hastig entzog sie ihm ihre Hand und wischte sich unwirsch über das Gesicht, ehe sie sich abwandte und wieder in ihre Tasse starrte. Die Art und

Weise, wie sie sich in sich selbst zurückzog, versetzte ihm einen unerwarteten Stich. Nicht, weil er sich zurückgewiesen fühlte, sondern weil er merkte, dass sie mit alldem bis heute nicht abgeschlossen hatte und es immer noch an ihr nagte.

»Ich habe den Wagen gelenkt. Es war ein scheiß Unfall, und der Typ im anderen Auto hat uns die Vorfahrt genommen, aber … ich habe trotzdem bis heute das Gefühl, dass das alles nicht passiert wäre, wenn Pa am Steuer gesessen hätte.«

Er holte tief Luft. Wie alt war sie gewesen? Ein- oder zweiundzwanzig? Das war definitiv zu jung für so einen grausamen Schicksalsschlag. Er stellte seine Tasse weg und rückte auf dem Sofa näher zu ihr. Jay glitt unvermittelt zwischen ihnen hindurch zu Boden und machte es sich leise stöhnend neben Shanna bequem.

»Du hast keine Schuld, Liv. Schlimme Dinge passieren, und leider können wir nicht alle verhindern. Auch wenn ich deine Eltern nicht kenne, aber sie hätten sicher nicht gewollt, dass du dir nach all der Zeit immer noch Vorwürfe machst.«

»Ich weiß, ich will auch gar nicht jammern.«

»Das ist kein Jammern.«

Als sie den Blick hob und ihm in die Augen sah, waren ihre mit Tränen gefüllt. »Manchmal denke ich, dass sie leben könnten, wenn ich gestorben wäre.«

Taylor schüttelte vehement den Kopf und nahm ihr Gesicht in beide Hände. »Nein, Liv. Wenn du gestorben wärest, wäre vermutlich niemand von euch mehr da. Es ist ein furchtbares Unglück passiert, und es tut mir leid, dass das Schicksal dir so früh deine Eltern genommen hat. Aber du darfst dir niemals einreden, dass du es nicht verdient hättest, dieses Leben führen zu dürfen.« Er strich mit einem Daumen über ihre Wange. »Das Leben ist ein Geschenk, und du hast dich zurückgekämpft, allen medizinischen Prognosen zum Trotz. Darauf solltest du stolz sein.«

»Bin ich«, erwiderte sie leise. »Aber …« Sie holte tief Luft.

»Aber was?«

Liv entzog sich ihm und rückte weiter nach außen. Ihre Lider senkten sich, und ihre Stimme wurde leise. »Ich bin nicht mehr wie vorher.«

»Verständlich, nach allem, was du durchgemacht hast.«

»Ich schau nicht mehr aus wie damals, es hat sich alles geändert«, murmelte sie tonlos

Sein Blick flog über ihre Gestalt. »Was ist mit deinem Äußeren?«

Liv öffnete geradezu erschrocken die Augen und starrte ihn konsterniert an. Für eine Sekunde hatte er das Gefühl, ihr wäre plötzlich bewusst geworden, dass er immer noch neben ihr saß und sie ihre Gedanken laut ausgesprochen hatte.

Sie schüttelte verlegen den Kopf. »Nichts weiter.«

»Liv …« Er bedachte sie mit einem sanften Blick. »Du kämpfst immer noch mit deinen Dämonen, oder?«

Sie nickte wortlos.

»Vielleicht hilft es dir, mit mir darüber zu reden.«

Sie senkte den Blick wieder auf ihre Hände und kaute auf ihrer Unterlippe herum. Ihr war anzusehen, wie sehr sie mit sich haderte. Liv ging es genau wie ihm. Diese merkwürdige Vertrautheit war für sie beide neu und ließ sie immer wieder zweifeln.

»Marcus nannte mich abstoßend«, brach es aus ihr hervor.

»Bitte was? Warum?«

»Ich weiß nicht, wieso ich dir das erzähle …« Sie verbarg die Hälfte ihres Gesichts hinter einer Hand. »Es ist wegen meiner Narben.«

»Was für Narben?«

»An meinen Beinen und am Rest meines Körpers.« Sie schluckte hörbar und ließ die Arme wieder sinken. »Der Motorblock des Wagens hat mir fast die Beine zerquetscht. Sie haben mich wieder zusammengeflickt, aber das hat seine Spuren hinterlassen, … ich trage seitdem keine Röcke oder kurze Hosen mehr.«

Sein Blick glitt unweigerlich über ihre Beine, die in den dunklen Jeans völlig normal aussahen. Was war falsch gelaufen im Hirn dieses Typen, mit dem sie zusammen gewesen war?

»Was für ein Problem hatte er damit? Er hat dich doch so kennengelernt, oder nicht?«

Sie nickte. »Ja. Aber nachdem ich ihn verlassen habe, hat er gemeint, dass mein Anblick der Grund gewesen sei, warum er sich jemand anders gesucht hätte.«

Für einen Moment blieb ihm fast die Luft weg, dann schüttelte er den Kopf. »Was für ein Arschloch!«

»Ja schon, aber vermutlich hat er auch nicht ganz unrecht.«

»Red dir das nicht ein.«

»Das tu ich nicht. Ich bin nur realistisch.«

»Wie lange wart ihr zusammen?«

Sie hob den Blick. »Nicht ganz ein halbes Jahr.«

Taylor konnte sich den Sarkasmus nicht verkneifen. »Ach, und in diesen sechs Monaten hat er es tapfer ertragen, dich so zu sehen, oder wie?«

Liv zog eine Schulter bis zum Ohr hoch. »Zumindest hat er nie was gesagt.«

»Er ist ein Idiot, der dir das nur wegen der Trennung und seines verletzten Egos an den Kopf geworfen hat. Das weißt du schon?«

»Ja, natürlich. Aber manchmal …« Sie atmete tief ein und hob in einer fast schon entschuldigenden Geste die Hände. »Manchmal läuft einem sowas einfach nach.«

»Hat einer deiner anderen Freunde sich deshalb jemals beschwert?«

Diesmal wurde sie richtig rot. Sichtlich verlegen schob sie das Kinn nach vorn und legte ihre Hände in den Schoß. »Seit dem Unfall war Marcus der Erste, der mich so gesehen hat.«

Taylors Augen wurden groß. »Du warst in all den Jahren mit niemandem sonst zusammen?«

»Richtig.«

»Warum?«

»Es hat lange gedauert, bis ich rehabilitiert war. Mein alter Freundeskreis hatte sich zum größten Teil aufgelöst. Viele sind nicht damit klargekommen, dass ich mich verändert hatte. Und … ich musste erst lernen, mich selbst wieder zu akzeptieren. Ich hab mich nicht zeigen wollen, niemandem und nirgendwo.«

Er runzelte die Stirn. »Was ist mit Besuchen im Schwimmbad?«

»Nein.« Sie schüttelte den Kopf. »Ich zeige mich so nicht in der Öffentlichkeit. Ich ertrage die Blicke der Leute nicht.«

»Und die Freunde, die dir geblieben sind? Sie haben aber doch offenbar kein Problem mit dir, oder?«

»Nein. Sie akzeptieren mich, wie ich bin – und ich bin ihnen sehr dankbar dafür. Aber es ist was anderes, wenn dir sowas der Ex-Freund sagt.«

»Ja.« Taylor nickte, musterte sie nachdenklich und nickte wieder. »Klar, das kann ich nachvollziehen.«

»Danke.«

»Ich mach dir einen Vorschlag.« Er stand auf und reichte ihr die Hand. »Ich kann dir beweisen, dass nichts an dir falsch ist. Du zeigst mir deine Narben, und ich sage dir, was ich denke.«

Liv schüttelte mit einem unsicheren Lächeln den Kopf. »Nein, Taylor. Nichts für ungut, aber das möchte ich nicht.«

Er ließ den Arm sinken. »Ich bin eine unabhängige Instanz«, bemerkte er mit einem Zwinkern und nahm wieder Platz neben ihr. Ihre Miene entspannte sich.

»Das ist lieb gemeint, und ich weiß es zu schätzen, aber mir ist auch ohne deine Meinung bewusst, dass nicht jeder so oberflächlich ist wie Marcus. Nur … ich sehe ja selbst, was dieser Unfall mit mir gemacht und was das in mir ausgelöst hat. Ich habe noch einen langen Weg vor mir.«

»Das sollte dich nicht davon abhalten, einem Mann wieder eine Chance zu geben«, neckte er sie.

Liv zuckte mit den Achseln. »Es ist nicht schlimm, Single zu sein. Damit bin ich vorher auch ganz gut zurechtgekommen.«

Taylor wurde unvermittelt ernst. »Dennoch sollte das kein Grund sein, weitere vierzehn Jahre dein Leben allein zu gestalten. Jemand, der dich wirklich mag, wird deine Narben als Teil von dir akzeptieren und sich nicht daran stören. Nicht jeder Kerl ist so eine rückgratlose Ratte wie er.«

»In dem Punkt sind wir uns vermutlich einig«, erwiderte Liv. »Aber genug von mir. Es ist ja nicht so, als würde ich deshalb depressiv in der Ecke sitzen, okay?« Sie schenkte ihm ein Lächeln, das ihm klarmachte, dass sie für den Moment nicht weiter darüber reden wollte. »Erzähl mir von dir, bitte. Du hast gesagt, du bist in der Nähe von Glasgow geboren.«

Taylor lehnte sich in die Polster zurück und legte den Arm auf die Lehne hinter ihr. Ihm war bewusst, dass sie nur ablenken wollte, aber diesmal respektierte er ihren stummen Wunsch. »Ja, das ist richtig. Genau genommen in East Kilbride, viele Wohnblocks und das größte Einkaufszentrum Schottlands – ich glaube, heute gibt es sechs Malls dort.«

»Klingt aufregend.«

Er verzog das Gesicht. »Na ja, eigentlich war East Kilbride ein langweiliges Kaff, aber was den Anteil auffälliger Jugendlicher und eine kurzfristig erhöhte Kriminalitätsrate anging, war mein Viertel eine Weile ziemlich vorne mit dabei.«

Livs Augen wurden groß. »Hier in Schottland?«

Taylor lachte leise. »Ja, auch wir haben unsere Leichen im Keller.«

»Ja … nein … ich mein, ihr Schotten seid immer so tiefentspannt und gelassen. Dass es hier manchmal genauso zugeht wie in anderen Teilen der Welt, klingt dann immer seltsam.«

»Die Lage hat sich rasch wieder entspannt«, erwiderte er. »Wir haben zu der Zeit aber schon einige Jahre in Kanada gelebt, bis mein Dad wieder nach Schottland versetzt wurde.«

»War er beim Militär?«

»Panzerbrigade, aber das ist schon eine Ewigkeit her. Als ich anfing zu studieren, war er längst in die freie Wirtschaft gewechselt.«

Sie nickte. »Was hast du studiert?«

»Jura. Blödester Fehler meines Lebens, aber du weißt, wie das ist, wenn einem alle in den Ohren liegen: ›Lern was Ordentliches! Mach was aus deinem Leben.‹« Er zuckte mit den Schultern. »Ich habe drei Jahre lang durchgehalten, dann habe ich hingeworfen, mein Leben geändert, bin nach London gezogen und habe mich neben dem Schauspielstudium als Kellner über Wasser gehalten. Meine ersten kleinen Rollen habe ich am Theater ergattern können, danach folgten Werbespots, Nebenrollen und schließlich ein paar ganz ansehnliche Erfolge.«

»Das ist ziemlich untertrieben«, bemerkte Liv mit einem Lächeln. »Meine Freundin ist bekennender Taylor-Morris-Fan und hat mich zu manchem Filmabend genötigt. Du hast schon ein paar ziemlich gute Rollen gespielt.«

»Danke schön.«

»Christin wird mich vermutlich lynchen, weil ich ihr nicht sofort berichtet habe, dass du mir über den Weg gelaufen bist.«

»Wir machen später ein Selfie zusammen, mit dem kannst du sie dann quälen.«

Liv lachte leise und schüttelte den Kopf. »Das kann ich ihr aber erst zeigen, wenn ich wieder daheim bin, sonst lässt sie alles stehen und liegen.«

»Denkst du nicht, dann wird sie dich erst recht lynchen?«

»Ich sag ihr einfach, wir hätten uns an meinem letzten Urlaubstag gesehen«, erwiderte sie.

»Das ist ganz schön durchtrieben«, stellte er gut gelaunt fest.

»Reiner Selbstschutz.« Ihr Gesicht leuchtete regelrecht. Ihr war anzusehen, dass dieses harmlose Geplänkel sie wieder auf andere Gedanken brachte. »Hast du Geschwister?«, wollte sie wissen.

»Zwei sogar, einen Bruder und eine Schwester, beide älter als ich. Will ist verheiratet, Investmentbanker und hat zwei Söhne. Gail ist ebenfalls verheiratet, hat einen Sohn und zwei Töchter, und … sie jagt Geister.«

Livs Augen wurden groß. »Sie jagt Geister?«

»Irgendwas mit paranormalen Studien. Aber frag mich nicht nach Details. Sie hat vor Jahren versucht mir das zu erklären, aber Wissenschaftler werfen mit so vielen Fachbegriffen um sich, dass man als Normalsterblicher irgendwann den Anschluss verliert und das Gehirn einfach abschaltet.«

»Klingt dennoch interessant«, warf sie ein.

Taylor grinste und nickte. »Ja, dass dein Schriftstellerherz da höher hüpft, angesichts der Tatsache, dass du selbst auf der Suche nach Gespenstergeschichten bist, glaube ich sofort.« Er strich sich mit einer Hand über den Bart. »Vielleicht sollte ich euch einander vorstellen.«

Liv winkte ab. »Ach wo, ich horch nur bei allem auf, was gruselig klingt.«

»Verständlich. Jedenfalls wollen wir uns in ein paar Tagen bei meinen Eltern treffen. Familienparty sozusagen, weil der verlorene Sohn nach so langer Zeit wieder heimwärts findet.«

»Das ist eine schöne Idee und wird dir sicher guttun nach den letzten Monaten. Wie lang warst du nicht mehr hier?«

»Drei oder vier Jahre, möglicherweise noch länger.« Er seufzte. »Auf jeden Fall lang genug, dass ich es nicht einmal mehr genau weiß. Sonst bin ich immer halbjährlich zwischen L.A. und Schottland gependelt.« Taylor schüttelte den Kopf. »So eine große Lücke will ich nicht wieder entstehen lassen.«

»Dann solltest du deinen Urlaub umso mehr genießen.«

»Das werde ich, … und ich frag Gail zumindest mal nach ein paar netten Lost Places, wo du vielleicht noch Material für deine Recherche finden kannst.«

»Danke, das ist lieb. Falls ich dazu komme, schau ich mir das sicher an.«

Er musterte sie nachdenklich. »Wie lang bleibst du?«

»Geplant sind vierzehn Tage, und ich habe jetzt noch ungefähr zwölf vor mir.«

»Die du allein in alten Mauerresten verbringen willst?«

»Ich bin nicht allein«, erwiderte sie mit Blick auf Jay.

Taylor schnitt eine Grimasse. »Touché. Das ist natürlich wahr.« Er schenkte ihr ein warmes Lächeln. »Wie lang bleibt ihr noch in Rhidorroch House?«

»Morgen will ich weiter«, entgegnete sie. »Meine Expeditionsliste ist lang.«

»Wo geht es als Nächstes hin?«

»Eilean Donan Castle ist natürlich ein Muss. Danach möchte ich weiter Richtung Westen, Armadale und Dunvegan Castle stehen als Nächstes auf meiner Liste.«

Er zog die Augenbrauen hoch. »Alles an einem Tag?«

»Ich möchte es versuchen. Es ist auch abhängig davon, wie viel Zeit ich brauche und ob ich Jay überall mitnehmen darf. Später will ich weiter zur Ostküste. Ich freu mich besonders auf die Ruinen von Dunnottar Castle.«

»Das ist einmal quer durch Schottland«, bemerkte er beeindruckt.

»Ja, aber die Strecke fahr ich nicht in einem durch. Es gibt noch ein gutes Dutzend weiterer Ruinen unterwegs, die ich abklappern möchte, und ich muss schauen, wo ich unterkomme.«

»Du hast nicht fest gebucht?«

»Nein, ich dachte, ein B&B werde ich fast überall finden – und im Zweifel legen Jay und ich uns mit Schlafsack in den Kofferraum.«

»Nachts kann es ganz schön kalt werden in den Highlands, Juli hin oder her.«

»Wir haben schon öfter draußen übernachtet, der Schlafsack ist wirklich gut gefüttert.«

Er deutete mit dem Zeigefinger auf sie und legte den Kopf schief. »Du bist der Survival-Typ, oder?«

Liv lachte leise. »Nein, ich mag nur Wanderungen in Mutter Natur, und dafür nimmt man auch mal eine Nacht im Wald in Kauf. Da ist ein guter Schlafsack einfach unabdingbar.«

Er warf ihr einen anerkennenden Blick zu. »Ich muss zugeben, das beeindruckt mich. Ich weiß nicht, wann mir zum letzten Mal jemand wie du begegnet ist.«

»Ich bin halt einzigartig«, scherzte sie und schenkte ihnen erneut Tee ein.

»In der Tat.«

3

*E*s war ein schöner Nachmittag und ein wunderbarer Abend gewesen. Dafür, dass sie schon gedacht hatte, der Tag würde sich zu einer einzigen Katastrophe entwickeln, hatte sie sich hervorragend amüsiert. Und all ihren Vorurteilen zum Trotz hatte Taylor sich als witziger und empathischer Gesprächspartner herausgestellt. Eine angenehme Überraschung.

Sie hatten den halben Nachmittag mit den Hunden im Kaminzimmer verbracht, waren später noch eine Stunde gemeinsam spazieren gegangen und hatten zusammen zu Abend gegessen. Es war insgesamt ein wirklich toller Tag gewesen, der die negativen Momente in den Hintergrund hatte rücken lassen. Da war es ihr auch nicht schwergefallen, ihm ihre Handynummer zu geben, als er sie nach dem Essen darum gebeten hatte. Taylor hatte nie den Eindruck bei ihr hinterlassen, sie abschleppen zu wollen, und sie genoss dieses freundschaftlich-kameradschaftliche Beisammensein mit ihm, weil es sie nicht in diesen inneren Alarmzustand versetzte, den sie beispielsweise bei Marcus immer empfunden hatte.

Wenn sie ehrlich war, hatte sie an diesem Tag mit Taylor mehr gelacht und geredet als in all den Monaten, in denen sie mit Marcus liiert gewesen war. Eine gruselige Erkenntnis.

Zugegeben, da waren schon ein paar Schmetterlinge in ihrem Bauch, aber nicht weil sie sich Hals über Kopf verliebt hatte, sondern weil es einfach ein schöner und wirklich entspannter Tag mit ihm gewesen war. Sie hatte sich lange nicht so wohl mit jemandem gefühlt wie mit ihm, und ganz sicher nicht so vertraut und geborgen.

Als sie sich nun im Spiegel ihres Badezimmers musterte, erkannte sie sich selbst kaum wieder. Ihre Augen leuchteten, ihre Wangen waren zartrosa, und sie sah glücklich aus. Taylor hatte ihr einfach gutgetan, anders konnte sie das nicht beschreiben. Lächelnd zog sie sich aus und stieg unter die Dusche.

Heute wusste sie mit Bestimmtheit, dass sie gut schlafen würde. Morgen würde sie sich wieder um alles andere Gedanken machen. Leise summend genoss sie das warme Prasseln des Wassers auf ihrer Haut, schloss die Augen und versuchte abzuschalten. Vor ihrem Inneren tauchte Taylor auf, wie er lachte und sich in ihre Richtung beugte. Wie es sich angefühlt hatte, als er sie auf die Wange geküsst hatte. Es war nur eine flüchtige Berührung gewesen, aber die Geste hatte mehr Zärtlichkeit ausgedrückt, als irgendjemand ihr seit langer Zeit entgegengebracht hatte, Christin mal außen vorgelassen.

Liv zwang die Lider auseinander und schüttelte den Kopf. Jetzt an Taylor zu denken, war irgendwie unpassend. Großer Gott, sie war nun wirklich nicht auf der Suche nach einem Urlaubsflirt. Es war doch nur ein schöner Tag gewesen, mussten ihre Hormone ihr jetzt dazwischen grätschen? Sie konnte sich doch nicht nach so kurzer Zeit so dermaßen zu ihm hingezogen fühlen.

Sie schüttete sich das Duschgel in ihre hohle Hand und begann sich einzuseifen. Unweigerlich glitten ihre Finger auch über all die Linien, die vor allem ihre untere Körperhälfte bedeckten.

Liv verharrte und stieß einen traurigen Seufzer aus. Sie hatte jahrelang gegen ihre Minderwertigkeitskomplexe gekämpft, die ihr diese Narben beschert hatten. Es hatte sie viel Arbeit gekostet, sich bewusst zu machen, dass diese zahllosen hellen Streifen sie als eine Überlebende auszeichneten und nicht als Monster verunstalteten.

Dennoch hatte Marcus' verletzende Aussage ihr zugesetzt, weil er damit einen wunden Punkt in ihr berührt hatte und zudem das Andenken an ihre Eltern besudelte. Sie mochte Taylor gegenüber cool getan haben, aber in Wirklichkeit war ein Teil von ihr immer noch dieses kleine Mädchen, das sich eine Tüte über den Kopf ziehen und unsichtbar sein wollte.

Mehrere lange Narben schlängelten sich an ihren Beinen von den Fesseln bis zu den Oberschenkeln empor und erinnerten sie jeden Tag an den schlimmsten Augenblick ihres Lebens.

Sie war nach dem Zusammenstoß hinterm Steuer eingeklemmt und bei vollem Bewusstsein gewesen. Sie hatte spüren können, wie der Motorblock des Ford ihre Schienbeine langsam zerquetschte, aber sie hatte die Schmerzen kaum wahrgenommen.

Auf dem Rücksitz hinter Ma hatte Pa gesessen, mit weit

aufgerissenen Augen und gebrochenem Blick, während
ein Stück Leitplanke sich durch die Tür und seitlich durch
seinen Oberkörper gebohrt hatte. Das Blut war ihm aus
Mund und Nase gesickert. Sie hatte gemerkt, dass ihr Gesicht nass war von Tränen, aber sie hatte keinen Laut von
sich geben können.

Neben ihr hatte Ma gesessen, das Metall der Beifahrer-
tür hatte sich zur Hälfte über sie gelegt, als hätte es sie
umarmen wollen. Ihre Beine waren im Fußraum nicht
mehr zu sehen gewesen, weil die ganze Schnauze des Wagens ins Innere gedrückt worden war.

Sie hatten einander in die Augen gesehen. Ma hatte zu
lächeln und zu sprechen versucht, um Liv zu beruhigen,
aber die hatte nur den Kopf geschüttelt. Ma sollte sich
nicht anstrengen, jede Bewegung konnte eine zu viel sein.

Stimmen waren nähergekommen, Hände hatten am
Blech der Fahrertür gezerrt, jemand hatte sich durch das
zerborstene Fenster auf der Beifahrerseite gebeugt und
mit ihnen gesprochen. Sanfte, tröstende Finger hatten
ihnen über das Haar gestrichen und versucht sie zu beruhigen. Sie hatte das Schluchzen einer fremden Frau gehört, die schockiert gewesen war vom Anblick der Menschen im Unfallfahrzeug. Und irgendwo war Sirenenge-
heul laut geworden.

Es waren nur Minuten gewesen, aber es hatte sich angefühlt wie eine Ewigkeit. Liv schloss erneut die Augen, als
sie die Linien auf ihren Hüften, dem Bauch und der Mitte
ihres Oberkörpers nachzeichnete.

Es war ihr zweiundzwanzigster Geburtstag gewesen.
Danach hatte sie nie wieder Geburtstag gefeiert.

Es war fast Mitternacht, als sie zurück ins Schlafzimmer kam. Jay lag am Fußende des Bettes und schnarchte, während Liv das Licht löschte, sich die Hände eincremte und neben ihrem Hund unter die Bettdecke schlüpfte.

Sie griff nach ihrem Handy, um den Wecker für den nächsten Tag ein bisschen später zu stellen, und sah die WhatsApp-Nachricht von einer fremden Nummer.

Unbekannter Teilnehmer, Mittwoch, 23:35: Kannst du dir vorstellen, noch einen Tag länger zu bleiben?

Das konnte nur Taylor sein. Sie registrierte fast widerstrebend die leise Aufregung, die sie unvermittelt überfiel. Sie schickte ihm eine einzige Frage zurück:

Liv, Mittwoch, 23:55: Wieso?
Unbekannter Teilnehmer, Mittwoch, 23:57: Lass uns morgen gemeinsam einen Ausflug machen. Es gibt einen Leuchtturm in der Nähe von Ullapool. Ich weiß, es ist keine Burg, aber dieser Leuchtturm hat eine wirklich interessante Geschichte, und ich glaube, die könnte dir gefallen. Sag bitte Ja.

Liv zögerte. Natürlich war sie flexibel und konnte sich ihre Zeit und ihre Ausflüge einteilen, allerdings wusste sie nicht, ob sie so einfach würde verlängern können. Vielleicht war es besser abzureisen, statt noch weiter in Taylors Nähe herumzuhängen und sich damit der Gefahr auszusetzen, doch mehr als nur ein paar Schmetterlinge im Bauch herumschwirren zu haben. Sie speicherte seine

Nummer mit einem Grinsen in ihrem Handy, ehe sie die nächste Nachricht tippte.

Liv, Mittwoch, 23:58: Ich weiß nicht. Die nächsten Gäste warten morgen sicher auf mein Zimmer.
Mr. Hollywood, Mittwoch, 23:58: Vielleicht, aber fragen kostet nichts, möglicherweise ist es noch eine Nacht frei. Was denkst du?
Liv, Mittwoch, 23:58: Ich schlaf eine Nacht drüber, okay? Ich sag es dir morgen.
Mr. Hollywood, Mittwoch, 23:59: In Ordnung. Dann gute Nacht und träum schön.
Liv, Mittwoch, 23:59: Dir auch eine gute Nacht.

Mit einem Seufzer schaltete sie das Handy auf lautlos und legte es auf den Nachttisch. Dann löschte sie das Licht, rutschte tiefer in die Kissen und blieb mit weit aufgerissenen Augen im Dunkeln liegen.

Draußen vor dem Fenster und gut verborgen von den dicken Vorhängen sandte der Vollmond vereinzelte Strahlen seines kalten, weißen Lichts zwischen den Ritzen der schweren Stoffbahnen hindurch, die nach einer Weile ein seltsames Muster an ihre Zimmerdecke zauberten. Es sah aus, als würden sich dürre, schwarze Finger durch das Fenster in ihre Richtung schieben. Liv blinzelte. Sie war übermüdet und verwirrt, ihre Fantasie spielte mal wieder verrückt. Sie sollte schlafen.

»Es ist nur ein Ausflug«, flüsterte sie gähnend. »Das ist keine Verabredung, also mach dich nicht verrückt.«

Sich auf die Seite drehend, zog sie die Decke höher und

bemerkte, dass ihr Handy leuchtete. Schläfrig griff sie danach und zog es näher. Auf dem Display war Taylors letzte Nachricht als Vorschaubild zu sehen.

Mr. Hollywood, Donnerstag, 0:00: _Es soll dort spuken._

Schmunzelnd schob die das Smartphone zurück. Er ahnte viel zu gut, womit er sie locken konnte. Trotzdem würde sie ihm ihre Antwort erst morgen mitteilen. Müde schloss sie die Augen und sank tiefer in die Kissen.

***

»Was ist?« Sie warf ihm einen schrägen Blick zu, als er sie von der Seite musterte.

Taylor verkniff sich klar ein Grinsen. »Nichts weiter.«

»Warum glotzt du dann so?«

»Ich schau dir gern beim Autofahren zu.«

Sie rollte die Augen. »Du sitzt seit zehn Minuten zum ersten Mal mit mir im Wagen. Daran ist nichts Aufregendes.« Mit hochgezogener Braue sah sie ihn an. »Oder hast du Angst?«

Er lachte leise. »Nein. Du bist eine sehr souveräne Fahrerin, wie ich finde.«

»Danke.« Sie konzentrierte sich wieder auf den Verkehr. »Marcus hat immer darauf bestanden, selbst zu fahren. Mit dem Linksverkehr wäre er vermutlich schon einem Infarkt nahe, wenn er neben mir sitzen müsste.«

Taylor runzelte die Stirn. »Der Kerl hat dir nicht viel zugetraut, oder?«

»Er ist ein stoischer Egoist. Er hat niemandem irgendwas zugetraut. Alle sind dumm, alle sind unfähig, alle gehören erschossen …« Sie verstummte und schüttelte gleich darauf den Kopf. »Entschuldige, ich will eigentlich nicht ständig von ihm reden. Seit wir uns getrennt haben, fallen mir leider nur noch die Dinge ein, die mich bereits während unserer Beziehung genervt haben, aber zu denen ich mich nie geäußert habe.«

»Warum hast du es ihm nicht gesagt?«

»Ich versuche zu akzeptieren, dass die Menschen sind, wie sie sind – mit all ihren Ecken und Kanten. Ich will niemanden ändern.«

»Fehlt er dir manchmal?«

Sie hielt das Lenkrad mit beiden Händen fest und blieb stumm. Über die Frage musste sie ernsthaft nachdenken. Fehlte er ihr? Als Mann gewiss nicht, er war nur für kurze Zeit charmant und zuvorkommend gewesen, sein Humor hatte auch nicht unbedingt ihrem eigenen entsprochen, und der Sex … na ja, der war nun wirklich nicht der Rede wert. Aber auch der Rest ihrer Beziehung war nicht erfüllend gewesen, zu oft hatte sie sich gefühlt wie ein unwillkommener Gast. Sie schüttelte den Kopf.

»Eher nicht. Als Mensch fehlt er mir ganz sicher nicht. Er hat so viele Eigenschaften, die mich schon während unserer Beziehung gestört haben – und damit meine ich nicht, dass er seine Socken hat herumliegen lassen. Er war eindeutig ordentlicher als ich.«

»Aber etwas an ihm muss dich angezogen haben.«

Sie hob eine Schulter. »Worüber er definitiv verfügt, ist Charme. Er weiß sich auszudrücken. Er schafft es, dass die eigenen Argumente irgendwie lahm klingen, wenn man mit ihm diskutiert. Er kann echt nett sein, hält einem die Tür auf, benimmt sich wie ein Mann von Welt und ist scheinbar ein Gentleman, weißt du? Ich mag diese ›Kavaliere alter Schule‹ – diese freundliche Höflichkeit gegenüber Mitmenschen und diesen stillen, so selbstverständlichen Respekt von früher, der vielen verloren gegangen ist.«

Vor ihnen flammten die Bremsleuchten des Vordermannes auf, und Liv verringerte die Geschwindigkeit des Wagens. »Blöderweise ist das bei Marcus nur eine Masche, und all diese Dinge verschwinden, wenn du ihn länger kennst. Lernt er jemanden neu kennen, ist er zuvorkommend und gibt sich höflich und fürsorglich. Aber in Wirklichkeit … ist er ein Blender. Wenn man nicht tatsächlich so lebt, hält man dieses Konstrukt aus Lügen nicht lang durch.«

»Also ist er doch einfach nur ein Arsch.«

»Ist er, aber meine Antipathie ihm gegenüber fußt natürlich in erster Linie auf verletzten Gefühlen.«

»Dann muss ich meine Frage von eben nochmal neu formulieren: Vermisst du ihn als Partner?«

Sie hielten, und hinter ihnen bildete sich langsam ein Stau. »Ihn nicht, aber es gibt Momente, da hätte ich gern jemanden an meiner Seite. Jemanden, der mich unterstützt und mir zuhört. Ich meine, es ist nicht so, als könnte ich nicht mit Christin reden. Sie ist immer da, aber sie ist eben kein großer, breiter Kerl, bei dem man sich einfach mal anlehnen kann oder der einen in den Arm nimmt, wenn man sich klein und mickrig fühlt.«

Liv spürte, wie ihre Wangen heiß wurden. Schon gestern hatte sie das Bedürfnis, in Taylors Nähe alles laut auszusprechen, was ihr auf der Seele brannte. Dabei war egal, ob es ihr Frust war, der rauswollte, oder die wirren Gedanken, die manchmal durch ihren Kopf tobten. Sie war sonst nicht so redselig bei Menschen, die ihr fremd waren – aber mit Taylor fühlte es sich einfach anders an.

Dennoch machte sie sich langsam Sorgen, was er von ihr dachte. Das Problem war, selbst wenn sie versuchte sich zusammenzureißen, sprudelte es allen Bemühungen zum Trotz einfach aus ihr heraus.

»Marcus war groß und breit?« Seine Stimme klang erheitert.

Liv lächelte. »Nicht so, wie ich es mir gewünscht hätte«, erwiderte sie und wurde gleich darauf wieder ernst. »Ich glaube, mir fehlt einfach dieses Gefühl aus meiner Kindheit.«

»Was meinst du?«

»Geborgen zu sein, behütet.« Tief einatmend starrte sie nach vorn. Sie konnte nicht völlig verhindern, dass ihre Stimme leicht zitterte. Ihr Gesicht brannte. Lieber Gott, was war in sie gefahren, ihm *das* zu erzählen?

»Wünschen wir uns das nicht alle irgendwo?« Er nickte, als wollte er sich seine Frage selbst beantworten. »Du hast deine Eltern verloren, noch dazu durch einen grausamen Schicksalsschlag. Da ist es normal, sich diese Art von Vertrautheit und Nestwärme zurückzuwünschen.«

Dass er sie auch ohne große Erklärungen zu verstehen schien, machte die Sache nicht gerade leichter. Sie nickte langsam. »Wenn mein Pa mich früher in die Arme genommen hat, war das immer so, als würde ein Bär seine Pranken um einen legen.« Liv schluckte. »Wie sehr mir das fehlt, ist mir erst klar geworden, als er nicht mehr da war. Und versteh mich nicht falsch, ich habe keinen Vater-Komplex, … es wäre nur schön, wieder erleben zu dürfen, wie es ist, sich beschützt zu fühlen. Ich weiß, das klingt furchtbar altmodisch und so gar nicht emanzipiert, aber mir fehlt das einfach.«

Er musterte sie eine Sekunde wortlos. »Du hast ihn zu früh verloren.«

Sie stieß die Luft zwischen den Lippen aus. »Ich glaube, es wäre nicht anders, wenn ich ihn erst gestern verloren hätte.« Liv legte erleichtert den ersten Gang ein, als die Kolonne vor ihnen sich weiterbewegte. »Er war ein toller Vater, und Ma war genauso wunderbar.«

»Du vermisst die beiden sehr, oder?«

Sie nickte. »Jeden Tag ein bisschen. Es ist nicht mehr so schlimm wie in den ersten Jahren, aber … sie werden immer fehlen.«

Er holte Luft, öffnete den Mund und schloss ihn wieder, ohne etwas gesagt zu haben. Als sie ihm einen Seitenblick zuwarf, starrte er stumm aus dem Fenster.

Minutenlang schwiegen sie beide, während wieder Sträucher und Felder, Schafe und Fasane an ihnen vorbeirauschten. Sie hörte ihn ein zweites Mal tief Luft holen und sich räuspern, dann erklang seine warme Stimme mit diesem unverkennbaren schottischen Akzent: »Es tut mir leid, Liv.«

»Danke.«

Sie wusste nicht, was sie sonst sagen sollte. Dieser eine

Satz war irgendwie tröstlich, anders als Marcus' damalige Reaktion auf ihre Lebensgeschichte und den schrecklichen Unfall: »Gibt es ein Dashcam-Video davon?«

Das hätte sie vorwarnen müssen. Es hatte sich früh gezeigt, wie oberflächlich und einfältig er war, aber sie war einfach einsam gewesen und hatte es ignoriert. Sie hatte so viele ihrer Träume aufgegeben, und er war der Strohhalm gewesen, an den sie sich klammern wollte. Sie war Mitte dreißig gewesen und wollte nicht allein alt werden.

Liv strich sich mit einer Hand über das Gesicht. Es nervte sie, dass so viele ihrer Erinnerungen mit Marcus' taktlosen Kommentaren und seinen sinnfreien Sprüchen verknüpft waren, um sich immer wieder im unpassenden Moment in ihr Gedächtnis zu drängen. Vielleicht lag es an der Tatsache, dass er ihr gestern erst gekündigt hatte und sie noch mit ihrem Groll auf ihn kämpfte.

Sie wollte an etwas anderes denken.

»Erzähl mir vom Leuchtturm«, bat sie.

Taylor wandte sich auf dem Sitz in ihre Richtung. Nicht zum ersten Mal stieg ihr der Duft seines Aftershaves in die Nase. Es war nicht dieser scharfe, herbe Männergeruch, den Marcus immer getragen hatte und der an billiges Duschgel voller Chemikalien erinnerte.

Taylors Geruch war irgendwie sanfter, blumiger, vermischt mit Sandelholz und … Vanille? Es erinnerte sie an weite Wiesen, dichte Wälder und weiche Erde.

In jedem Fall roch er deutlich besser als ihr Ex-Chef-Freund.

»Er heißt Rhue Lighthouse.«

Sie furchte die Stirn. »Ich glaube, den Namen habe ich

gelesen, als ich meine Tour geplant habe. Aber weil es ein Leuchtturm ist, dachte ich, es wäre für mich uninteressant.«

»Jaaaa«, er nickte vielsagend und rollte mit den Augen, »weil du die Geschichte dahinter nicht kennst.«

»Welche Geschichte?«

»Die von RudhaCadail.«

»Ruder-wie?«

»RudhaCadail – die Landzunge der schläfrigen Menschen.«

Liv stutzte und sah ihn von der Seite an. »Bitte was?«

»Du hast schon richtig gehört.«

»Das ist ein seltsamer Name.«

»Der zurückzuführen ist auf eine alte Geschichte aus längst vergessenen Zeiten.«

Sie lachte leise. »Okay, ich habe angebissen. Erzähl.«

»RudhaCadail ist der gälische Name für die Küste am Fuße des Leuchtturms. Es heißt, dass man ihn so genannt hat, weil Matrosen, die in stürmischen Nächten dort Schiffbruch erlitten, an Land gespült wurden. Und als man sie fand, lagen sie schlafend, aber unversehrt zwischen Steinen und Seetang.« Taylor lehnte sich in seinem Sitz zurück und streckte sich genüsslich. »An dem Punkt hat die eigentliche Geschichte aber nicht begonnen, denn auf alten Landkarten hieß der Ort, lange bevor der Leuchtturm gebaut wurde, Ard-a-chadail – die Stadt der schlafenden Menschen. Laut den Legenden sollen die Anwohner gierig und maßlos geworden sein. Sie fischten die Meere leer, besudelten die Welt und hatten ihren Respekt vor Mutter Natur verloren. Die Götter zürnten ihnen, und so tobte ein Sturm vor ewigen Zeiten, der die See so aufwühlte, dass meterhohe Wellen eines Nachts die Küstenstadt überfluteten. Die meisten Menschen im Ort waren eingeschlafen, sie scherten sich nicht um das Unwetter oder das Meer. So kam es, dass in ihren Träumen der Tod sie ereilte und das Meer mit seinen zornigen Bewohnern ihre Seelen mit sich nahm, um ihnen auf ewig den Übergang in die andere Welt zu verwehren. Es heißt, dass sie jeden Seefahrer, der sich der Küste und dem Leuchtturm nähert, in tiefe Trance führen, sodass sie den Weg nicht heimwärts finden und Schiffbruch erleiden. Niemand stirbt, aber sie alle landen schlafend am Strand – so lang, bis jemand sie ins Leben zurückruft, indem er sie weckt. Geschieht dies nicht, werden sie zu Seetang, der auf den Felsen verrottet.«

Liv schnitt eine Grimasse. »Igitt! Wobei es sicher grausamere Tode gibt, als sich im Schlaf in Seetang zu verwandeln.«

»Ganz sicher sogar.« Er zwinkerte ihr zu. »Angeblich soll man die Toten aus Ard-a-chadail singen hören, wenn man am Strand von RudhaCadail steht und dem Meer lauscht.«

»Und dann schlafen wir auch ein und werden zu Seetang?«, wollte sie wissen.

»Nein. Solang wir nicht mit einem Boot an der Küste entlangfahren, sollten wir sicher sein.«

»Das beruhigt mich ungemein«, bemerkte sie wenig überzeugt.

Er grinste. »Der Leuchtturm ist später von den Überlebenden von Ard-a-chadail erbaut worden. Als Mahnmal und um zu verhindern, dass noch mehr Schiffe an den Klippen zerschellen oder sich der Küste nähern, … aber so ganz hat der Plan wohl nicht funktioniert, denn noch heute sind die Felsen voller Seetang.«

»Ich gebe zu, jetzt wird es irgendwie eklig.«

»Wenn es dort unangenehm riecht, sollten wir vielleicht nicht so nah herangehen.«

Sie riss die Augen auf und versuchte die Bilder zu verdrängen, die seine Erzählung in ihrem Kopf auslöste.

»Ganz ehrlich, wenn wir nicht schon fast da wären, würde ich jetzt drehen und mir die nächste Burgruine in der Umgebung suchen«, bemerkte Liv.

Taylor lachte.

***

Es war früher Vormittag, als sie den Wagen auf dem Parkplatz abstellten, ihre Hunde und die Rucksäcke ausluden und für einen Moment schweigend die Aussicht genossen.

Rhue Lighthouse stand etwa zweihundert Meter entfernt und einige Höhenmeter tiefer auf der sagenumwobenen Landzunge, die in den Mündungsbereich des Loch Broom ragte. Ein atemberaubender Anblick, nicht nur für Taylor. Es gab auch heute keinen klaren Himmel und keinen Sonnenschein, aber es war keineswegs so verregnet und neblig wie tags zuvor. Der Himmel hing voll grauer Wolken, und der Geruch von nassem Gras und feuchter Erde lag in der Luft.

Die Weite des Wassers und des endlosen Himmels, das Grün der Wiesen und die zerklüfteten Felsen der Highlands im Hintergrund ließen das Herz jedes Besuchers dieses Ortes um ein Vielfaches höherschlagen. Und es spiegelte so sehr den rauen Charme dieses Landes wider.

»Gott, ist das schön.« Livs Stimme war nur ein Flüstern, aber sie sprach genau das aus, was ihm durch den Kopf gegangen war.

Taylor nickte. »Man kann sich nicht sattsehen, oder?«

Sie trat neben ihn und schüttelte den Kopf. »Weißt du, woran ich denken muss, wenn ich hier stehe?«

Er wandte den Kopf und betrachtete ihr Profil. Sie war so unglaublich hübsch. Die Haut wie Porzellan, die Lippen voll und süß, ihre Nase mit dem perfekten Schwung und die Augen von dunklen Wimpern umrahmt. Er spürte, wie sein Puls sich beschleunigte und seine Handflächen feucht wurden. »Woran?«, wollte er zerstreut wissen.

»Dass in all den Jahrhunderten so viele deiner Landsleute für dieses Land und ihre Freiheit ihr Leben gelassen haben, … und wäre ich in diesen Zeiten geboren und aufgewachsen, hätte ich ebenso gehandelt.« Sie seufzte. »Ich habe in den vergangenen Jahren einige Orte bereist, und viele davon waren wirklich schön und teilweise sehr aufregend, aber … *kein* Land auf dieser Welt ist wie Schottland. Es ist, als würde man durch eine Postkarte reisen – egal wo man sich befindet, Schottland ist einfach großartig. Nichts ist so ursprünglich und schenkt einem, allein durch die Anwesenheit an einem Fleck wie hier, dieses Gefühl von Frieden.«

Sein Herz klopfte ihm gegen die Rippen und ein warmes Kribbeln machte sich in seinem Inneren breit. »Für eine Nicht-Schottin klingst du ziemlich schottisch.«

Sie lächelte und wandte sich ihm halb zu. »Meine Ma war Engländerin, vielleicht ist doch ein bisschen Schottland in meinem Blut.«

Taylor schluckte. Es fiel ihm schwer, dem Drang zu widerstehen, sie an sich zu ziehen. Das war verrückt. Fahrig konzentrierte er sich auf Livs Worte. »Das wäre eine Erklärung. Aber ich dachte, du wärest Dänin?«

»Bin ich auch, zur Hälfte. Ich bin dort geboren und aufgewachsen, denn mein Pa war Däne, aber Ma hat mir ihre Liebe zu Großbritannien vererbt.«

»Das macht es plausibel.« Er bemühte sich um Gelassenheit und nickte Richtung Leuchtturm. Er brauchte Bewegung, um den Kopf freizubekommen. »Wollen wir?«

Ihm entging nicht der skeptische Blick, den Liv ihrem gemeinsamen Ziel zuwarf. Taylor lachte leise. »Wir sind sicher, ich verspreche es dir.«

»Dir ist schon bewusst, was du im Gehirn einer Schriftstellerin anstellst, wenn du ihr solche Brocken wie eben im Auto hinwirfst, oder?«

»Fährst du direkt deinen persönlichen Horrorstreifen?«, fragte er amüsiert.

»Das noch nicht, aber die ›*Was-wäre-wenn*‹-Theorien gedeihen bereits prächtig, egal wie sehr ich sie zu ignorieren versuche.«

»Ich verspreche, ich passe auf dich auf, … und solltest du einschlafen, werde ich dich persönlich aufwecken.«

»Das ist sehr zuvorkommend«, bemerkte sie mit hochgezogener Braue. »Hoffen wir, dass du dich nicht zuerst in Dornröschen verwandelst.«

Gut gelaunt schulterten sie ihre Rucksäcke und machten

sich mit Shanna und Jay auf den Weg. Der Marsch und die frische Luft taten Taylor gut, sodass der Anflug unwillkommener Hormonausschüttungen wieder abebbte. Weitere Komplikationen brauchte er jetzt gar nicht. Liv war nur eine nette Bekannte, mehr nicht!

Sie brauchten keine Viertelstunde, und dabei blieben sie zahllose Male stehen, um Fotos zu schießen, sich nach Kräutern und Sträuchern zu bücken und immer wieder das Panorama auf sich wirken zu lassen.

Als sie Rhue Lighthouse schließlich erreichten, war der Anblick des Leuchtturms selbst ernüchternd. Umgeben von wenig Gras und umso mehr blanken Felsen ragte er mit seinem fast schon modernen, weißen Äußeren und den lackierten Stahltreppen vor ihnen empor.

»Hm, ich habe gedacht, er wäre altmodischer … also, so vom Baustil her«, stellte Liv fest.

Taylor blickte sich konsterniert um. »Ja, ich auch.«

»Und es gibt keinen Seetang.«

Er nickte, während er die steinigen, weiten Flächen betrachtete. »Bist du enttäuscht?«

»Ehrlich gesagt bin ich irgendwie erleichtert«, erwiderte sie leise kichernd. »Das gibt mir die Hoffnung, dass die Fischer und Matrosen der letzten Jahrzehnte alle ihren Heimweg gefunden haben.«

»Offensichtlich … und wir kommen auch um ein Nickerchen herum.«

Er spürte ihren Blick. »*Du* bist enttäuscht, oder?«

»Ein bisschen«, gab er unangenehm berührt zu. »Irgendwie habe ich gedacht, dieser Ort würde sich geschichtsträchtiger anfühlen, weißt du? Es gibt einige

Flecken in Schottland, wo man regelrecht spürt, dass die Legenden der Wahrheit entsprechen könnten.«

Sie hakte sich bei ihm unter und stupste ihn freundschaftlich. Sofort erhöhte sich wieder sein Pulsschlag, und ihm wurde warm. »Ärger dich nicht, Taylor. Selbst wenn das mit den schlafenden Menschen nur ein Märchen sein sollte«, sie deutete auf den Loch Broom, »so macht diese Aussicht das doch wirklich wett, findest du nicht?«

»Na ja, du hast schon recht.« Er sah entschuldigend auf sie herunter. »Es tut mir nur leid, weil ich dich abgehalten habe, deine Burgentour zu beginnen.«

Sie drückte seinen Arm und zwinkerte ihm zu. Für einen Moment kämpfte er gegen den Drang, sie zu küssen.

Wo kam dieser Wunsch plötzlich her?

Der letzte Tag und auch die vergangenen Stunden mit ihr waren geprägt gewesen von einem sehr lockeren Miteinander, das einfach nur schön und entspannt gewesen war. Gerade diese natürliche und kumpelhafte Stimmung zwischen ihnen war das, was es so einfach machte, Zeit mit ihr zu verbringen und über Dinge zu reden, über die er zum Teil nicht mal mit Maddison gesprochen hatte. Nichts davon wollte er für einen flüchtigen Kuss riskieren.

Doch er konnte nicht völlig ignorieren, dass sein Inneres in ihrer Nähe in Aufruhr geriet … und dass das kein plötzlich auftretender Zustand war, sondern sein Herzschlag und seine Hormone stetig stärker verrücktspielten, seit sie sich das erste Mal über den Weg gelaufen waren. Natürlich war er weder auf der Suche nach einer Affäre noch nach etwas von Dauer, aber das war auch kein flüchtiger Effekt, der nach einer Weile wieder abflaute. Er fühlte sich fast wie ein pubertärer Teenager bei seinem ersten Date, und das verwirrte ihn zutiefst.

»Du hast mich nicht abgehalten.« Ihre Worte drangen nur mühsam zu ihm durch. »Du hast mich gefragt, und ich habe Ja gesagt. Es war eine schöne Idee, und es gibt in der Umgebung noch ein paar andere Ziele, die wir heute aufsuchen können, wenn du magst.«

Taylor nickte.

Liv lächelte ihn an, und er betrachtete versonnen ihre schönen Lippen. Vielleicht musste er einfach anfangen zu akzeptieren, dass er sich eben doch stärker als erwartet zu ihr hingezogen fühlte … und sie nicht nur freundschaftliche Gelüste in ihm weckte. »Da ich noch zwei Nächte in Rhidorroch House verlängert habe, kannst du mich morgen ja auf *meine* Tour begleiten, … ich will zu den Wasserfällen von Corrieshalloch Gorge.«

Taylor floh sich in ein ciliges Grinsen. Auch wenn ihn diese Erkenntnis verblüffte, aber wenn er ehrlich war, würde er alles in Kauf nehmen, um noch mehr Zeit mit ihr zu verbringen. »Da bin ich gern dabei, und abends gehen wir tanzen.«

»Tanzen?«

»Es ist Freitag, da wird ein Lagerfeuer gemacht und gefeiert.«

Sie wirkte wenig begeistert. »Oh, schön, das war mir irgendwie durchgegangen.«

»Du willst doch nicht nur Burgen sehen, sondern auch Land und Leute erleben. Wir halten viel von unseren traditionellen Bräuchen, und wir mögen ein gemütliches

Beisammensein im Schein des Feuers. Außerdem können wir als Heiden so unsere Götter anbeten.« Eine seiner Augenbrauen zog sich fragend nach oben, als er den Kopf zur Seite neigte. »Oder wird man in Dänemark zur streng gläubigen Christin erzogen?«

Sie lächelte. »Nein. Ich habe mit Kirche & Co. nichts am Hut. Ich muss dir allerdings was sagen.«

»Was denn?«

»Ich kann nicht tanzen.«

»Das macht nichts«, erwiderte er und beugte sich grinsend in ihre Richtung. »Ich auch nicht.«

4

Vor drei Tagen hätte sie sich nicht träumen lassen, einen Abend am Lagerfeuer zu verbringen, auf Holzspieße gesteckte Würstchen zu grillen und Marshmallows in Schokolade zu versenken. Aber vor drei Tagen hatte sie auch noch in nassen Socken gesteckt und Taylor Morris einen Ball an den Kopf geworfen.

Mehr als achtundvierzig Stunden später hatte sie fast zwei volle Urlaubstage mit diesem Mann verbracht, neue Orte entdeckt, grandiose Aussichten genossen und eine Menge gelacht und geredet. Es war eine schöne Zeit gewesen, die sich nun ihrem Ende neigte.

Während sie auf einem Baumstumpf hockte, Jays Kopf streichelte und dabei zusah, wie Taylor und ein paar der anderen Gäste versuchten, völlig sinnbefreit alte Hufeisen um irgendwelche in den Boden getriebene Pflöcke zu werfen, ging langsam die Sonne über den Highlands unter. Schnell wurde es dunkel um sie herum.

Liv atmete den Geruch von nasser Erde und brennenden Zweigen ein, schloss die Augen und lächelte in sich hinein. Sie hatte glückliche Tage erlebt, auch wenn sie so nicht auf ihrem eigentlichen Plan gestanden hatten. Aber immerhin hatten sie heute sogar Eilean Donan Castle besucht. Es war ein unvergesslicher Moment gewesen, an jenem Ort zu stehen, von dem sie wusste, dass ihr Pa ihrer Ma dort vor fast vierzig Jahren einen Heiratsantrag gemacht hatte.

Morgen würden Jay und sie sich auf den Weg gen Südosten begeben, einmal quer durch Schottland und endlich mit ihrer Burgentour beginnen. Die Kathedrale von Elgin war ihr erstes großes Ziel, danach würden sie sich langsam auf ihrer Liste vorarbeiten und eine Ruine nach der anderen besuchen. Es gab noch viel zu entdecken.

Für heute war nur noch wichtig, den letzten Abend am Loch Achall gemütlich ausklingen zu lassen. Die Würstchen brutzelten in der Nähe des Feuers auf ihren Stöcken, schottischer Whisky wurde herumgereicht, und die Stimmung war durchweg gemütlich, wie in einer großen, zusammengewürfelten Familie. Man scherzte, man lachte, und jemand hatte einen altertümlichen Kassettenrekorder herbeigeschleppt, aus dem nun leicht blechern die Musik der Neunzigerjahre ertönte.

Das war kein Freitag, wie sie ihn aus ihrem normalen Leben kannte. Kein Heimwärtshetzen nach der Arbeit, kein Hektisch-Einkaufen und Völlig-gefrustet-auf-dem-Sofa-Landen. Das war einfach nur ein gemütliches Beisammensein, wie bei einem Grillabend mit Freunden. Man hatte nicht für eine Sekunde das Gefühl, hier mit fremden Hotelgästen und den Besitzern der Anlage zusammenzuhocken.

Jedes Mal, wenn Taylor sich freute wie ein kleiner Junge, weil es ihm gelungen war, sein Hufeisen zu platzieren, jubelte sie ihm zu – obwohl Liv das Spiel auch nach der dritten Runde nicht wirklich verstanden hatte. Sie fühlte sich ein bisschen wie in einem Feriencamp für Erwachsene.

Mit einem Seufzer atmete sie aus und öffnete die Augen. Jay döste neben ihren Füßen, Shanna lag auf der anderen Seite und hatte sich auf den Rücken gedreht. Das waren die Momente, die sie so schätzte. Wenn die Welt so simpel und alltäglich erschien in diesen ruhelosen Zeiten.

»Bist du beschäftigt?« Taylors tiefe, warme Stimme erklang direkt an ihrem Ohr.

Sie wandte den Kopf. Er stand neben ihr, hatte sich zu ihr heruntergebeugt und musterte sie aufmerksam.

»Nein, außer mit rumsitzen und nichts tun.«

»Glaubst du, du kannst dich loseisen?«

»Kommt drauf an, was du vorhast.«

Er reichte ihr die Hand und zog sie von ihrem hölzernen Sitz hoch. »Tanz mit mir.«

Livs Augen wurden groß. »Oh Gott.« Sie deutete ein Kopfschütteln an, während er sie tiefer in die Schatten zog. »Ich habe doch gesagt, ich kann nicht tanzen.«

»Ich kann auch nicht tanzen«, erwiderte er schmunzelnd. »Jedenfalls nicht richtig. Ich habe für einen Film ein paar Schritte lernen müssen, die werden uns reichen, und ich führe dich, also musst du nichts weiter machen als dich festhalten, und wir drehen uns im Kreis.«

»Ich weiß nicht.«

»Es ist dunkel hier, wir sind außerhalb des Feuerscheins, niemand sieht uns.«

Unsicher ließ sie zu, dass er sie näher zog, ihre linke Hand auf seiner Schulter ablegte und ihre rechte in seine nahm. Sie konnte spüren, wie ihr Puls schneller schlug.

In den letzten Tagen hatte sie sich immer wieder gesagt, dass er nichts weiter war als eine nette Bekanntschaft, vielleicht sogar ein lockerer Freund, und trotzdem war da unterschwellig immer eine gewisse Aufregung gewesen, sobald er sich ihr näherte. Jedes Mal, wenn er sie berührte, schlug ihr Herz schneller und ihr wurde warm. Sie versuchte sich einzureden, dass da nichts weiter zwischen ihnen war, aber sie wusste, dass sie sich damit selbst belog. Seine Blicke verfolgten sie, wenn sie sich um ihn herumbewegte. Die Art und Weise, wie er sie betrachtete, hatte wenig mit dem Kumpeltyp zu tun, den sie gern in ihm sehen wollte. Da war etwas zwischen ihnen, das Liv eigentlich nicht näher benennen wollte.

Der Kassettenrekorder spielte die ersten Töne eines ihr sehr vertrauten, langsamen Liedes. »Oh nein.«

Taylor musterte sie. »Was ist los?«

Liv rollte mit den Augen. »Der Song.«

Er lauschte eine Sekunde. »Das ist doch aus diesem alten Film mit Julia Roberts und Richard Gere.«

»Ja, *Pretty Woman* … Roxette.«

Er grinste breit. »Wenn das kein Zeichen ist.« Seine Nähe hüllte sie ein, er führte sie, und langsam fanden sie den gleichen Rhythmus.

Einfach von einem Fuß auf den anderen treten, befahl sie sich im Stillen.

»Wie fühlst du dich?«, wollte Taylor wissen.

»Seltsam«, gab sie zurück.

Er lachte leise in sich hinein. »Versuch dich zu entspannen, Liv, niemand beachtet uns. Das ist unser letzter Abend, da dürfen wir einfach mal Dinge tun, die wir sonst nicht tun.« Er musterte sie einen langen Moment. »So schlimm ist es doch eigentlich gar nicht, oder?«

Sie schüttelte den Kopf. Natürlich war es nicht schlimm, sich mit ihm zum Takt der Musik zu bewegen. Sie musste keine Schrittfolgen beachten und sich nicht beschämt fühlen, weil sie sich für linkisch und untalentiert hielt. Eigentlich war es sogar sehr angenehm, mit ihm zu tanzen. Er zog sie noch ein Stückchen näher, als hätte er ihre Gedanken gelesen.

Liv schloss die Augen, lehnte sich dankbar an seine Brust und ließ sich treiben. Wenn sie ehrlich war, hatte sie sich das schon seit ein paar Tagen gewünscht. Er war genau dieser große, breite Typ Mann, den sie so mochte – und sie wünschte sich doch eigentlich nichts weiter als eine bärenhafte Umarmung.

»Wie fühlst du dich?«, wiederholte er seine Frage.

»Es ist okay.« Seine Hand berührte sie sanft in ihrem Rücken, und Liv hob den Kopf. »Treffen wir uns morgen zum Frühstück?«

»Na klar, wir müssen uns doch verabschieden.« Sie drehten sich sanft, wiegten sich hin und her, ganz langsam und unaufdringlich. Mit Taylor verlor sogar das Tanzen seinen Schrecken. Sie erwiderte sein Lächeln, als er ihr zuzwinkerte und fragte: »Ist doch gar nicht so schlecht, was wir hier treiben, oder?«

»Es ist nicht so schlimm, wie ich gedacht habe.« Liv riss die Augen auf, als er sie ohne Vorankündigung einmal um ihre eigene Achse drehte, um sie anschließend wieder an sich zu ziehen.

Taylors faszinierendes Lächeln war sogar im Halbdunkel zu erkennen. »Du machst dich hervorragend.«

Liv lachte. »Wie ein Elefant im Porzellanladen.«

Er zog sie erneut an sich, und sie bewegten sich wieder sanft von einem Fuß auf den anderen zum Takt der Musik. »Mach dich nicht schlechter, als du bist.«

»Ich bin nur realistisch.«

»Manchmal klingst du eher zynisch.«

»Okay, das kann ich vermutlich nicht leugnen.«

Sie schloss die Augen, als er sie eng an sich zog, und legte ihre Wange an seine Brust. Ein glückliches Lächeln zwang ihre Mundwinkel nach oben. Manche Wünsche erfüllten sich schneller als gedacht, und es war schön, ihm so nah zu sein. Er roch gut, er fühlte sich gut an, so konnte sie ewig weitermachen.

In ihrer Beziehung mit Marcus war immer eine gewisse Distanz gewesen. Sie konnte sich nicht erinnern, wann er sie einfach in die Arme genommen hatte.

Rasch verdrängte sie die unliebsamen Gedanken an diesen Idioten und ließ sich treiben. Sie genoss den Moment und dieses Gefühl von Geborgenheit, während die Gitarrenklänge Marie Fredriksson bei ihrem Gesang begleiteten. Es war ein schöner Moment, friedlich irgendwie. Sie wollte ewig so mit ihm weitertanzen, sich an ihn kuscheln und die Schmetterlinge genießen, die in ihrem Bauch tobten.

»Sag mal, glaubst du an sowas wie … Liebe auf den ersten Blick?«, fragte er unvermittelt.

Liv wagte es nicht, ihn anzusehen, während sie langsam auf der Stelle tanzten. »Ich weiß nicht.« Sie zog eine Schulter hoch. »Ich selbst hab das noch nicht erlebt.«

»Hältst du es für möglich?«

Sie verharrten, hielten einander umarmt, und Liv lauschte dem Herzschlag in Taylors Brust. Sie wollte nicht über seine Frage nachdenken. Sie wollte nur den Augenblick genießen und sich nicht mit komplizierten Möglichkeiten auseinandersetzen.

Seine Stimme holte sie zurück in die Realität. »Was denkst du?«

Sie öffnete die Augen. »Ich glaube, dass Liebe wachsen muss.«

»Du meinst, es gibt keine Liebe auf den ersten Blick?«

»Das sage ich nicht.« Sie zögerte kaum merklich. »Ich denke schon, dass es da etwas gibt, weswegen man sich zueinander hingezogen fühlt, sich nah ist – vom ersten Moment an.«

»So wie wir?«

Sie hob das Kinn und sah ihn an. Ein Teil von ihr wollte ihm zustimmen, sich wieder an ihn lehnen und in seinem Blick versinken. Doch der andere, der rational abwägende Part ihrer selbst, ließ sie den Kopf schütteln. »Wir sind doch nur Freunde«, warf sie ein. Es klang sogar in ihren eigenen Ohren lahm.

Er stand mit dem Rücken zum Feuer, und sie konnte seinen Gesichtsausdruck im Halbdunkel unmöglich deuten. »Sind wir das?« Die Frage schwebte sekundenlang unbeantwortet zwischen ihnen, dann senkte Taylor seinen Mund auf ihren.

Die Welt drehte sich, in sanftem gleichbleibendem Rhythmus, getrieben von einer sachten Hitze, die sich langsam in ihren Adern ausbreitete. Sie spürte ihren eigenen Herzschlag in ihrer Kehle, als das Gefühl seiner Lippen sie einhüllte und mit etwas erfüllte, was sie so nicht kannte.

Es war, als würde sie schweben und gleichzeitig so fest mit beiden Beinen auf der Erde stehen, dass nichts auf der Welt sie jemals wieder erschüttern konnte.

Jeder Gedanke in ihr erlosch, bis auf den einen: Taylor.

Als er sich nach einer gefühlten Ewigkeit, die viel zu kurz war, von ihr löste und den Kopf hob, um sie anzusehen, waren sie beide atemlos.

Seine Stimme war nur ein Murmeln. »Das war nicht geplant gewesen.«

»Aber es war schön«, wisperte sie.

»Ja«, hauchte er.

Sie küssten sich ein zweites Mal, intensiver und länger. Sie spürte seine Finger, die sich in ihr Haar wühlten, während ihre eigenen sich in den Stoff seines Hemdes krallten und sie sich auf die Zehenspitzen erhob, um ihm noch näher zu sein.

Seine Zunge umkreiste ihre eigene, neckte sie, lockte sie. Seine Hände waren plötzlich überall, und sie wollte nichts mehr, als ihm ganz nah zu sein. Sie spürte die Härte seiner Erregung an ihrem Bauch und drängte sich an ihn. Seine Finger krallten sich in ihre Pobacken. Liv stöhnte leise und hörte ihre eigene Stimme in seinem Mund als Echo.

Fast erschrocken machte sie sich von ihm frei und trat

einen Schritt zurück. Schwer atmend blickten sie einander an. Für eine Sekunde fühlte sie sich, als wäre sie fünfzehn und hätte heimlich ihren ersten Kuss mit ihrer großen Liebe erlebt. Voller Enthusiasmus und Glück, doch gleichzeitig auch fürchtend, dass jemand sie gesehen haben könnte.

Das Lagerfeuer warf sein Licht auf ihre Gesichter, aber verbarg wenigstens die Röte, die Livs Wangen überzog.

»Habe ich … irgendwas falsch gemacht?«, wollte er wissen. Zum ersten Mal, seit sie ihn kannte, wirkte Taylor unsicher.

Liv fuhr sich mit allen Fingern durchs Haar, sah zu Boden und schüttelte den Kopf. »Nein, nein … es, … es liegt nicht an dir.« Sie holte tief Luft. »Ich bin gerade ein bisschen überfordert.«

Sie bemerkte, wie er eine Hand hob und sich über den Bart strich. »Ich wollte dich nicht bedrängen. Es ist einfach mit mir durchgegangen.«

Als ihre Blicke sich trafen, lächelten sie einander zu. Der Moment der inneren Anspannung löste sich allmählich und machte einem warmen Gefühl in ihrem Inneren Platz. Dennoch spürte Liv, dass sie noch nicht so weit war, sich rational mit dieser neuen Situation auseinanderzusetzen. Sie zog die Schultern hoch und schob die Hände in die Hosentaschen. Für eine endlos lange Sekunde kaute sie unschlüssig auf ihrer Unterlippe herum. »Okay, … ich glaube, ich zieh mich zurück für heute.«

»Du bist sauer auf mich?« Er sah enttäuscht aus.

»Nein.« Sie blieb zwar, wo sie war, als er die Entfernung zwischen ihnen mit einem Schritt verringerte, konnte aber nicht verhindern, dass ihr Pulsschlag sich erneut erhöhte. Sie suchte verzweifelt nach irgendeiner belanglosen Ausrede. »Die letzten Tage waren sehr aufregend, und ich bin einfach platt. Das gerade hat mich ziemlich verwirrt.«

»Ich hätte dich nicht so überrumpeln sollen«, bemerkte Taylor. »Entschuldige bitte.«

Kopfschüttelnd legte sie ihm eine Hand auf die Brust. Ihre Blicke sanken erneut ineinander. Liv floh sich in ein verlegenes, leises Lachen. »Entschuldige dich nicht. Der Kuss war … sehr schön, wirklich schön.« Er lächelte, und sie tat es ihm gleich. »Aber es ist gerade ein bisschen viel. Ich brauch einfach ein bisschen Zeit für mich, um mich zu sammeln – sei nicht böse, bitte.«

»Es ist okay.« Als er ihre Finger in seine Hände nahm und die Wärme seiner Haut sie einhüllte, hätte sie sich fast wieder gegen ihn gelehnt.

Großer Gott!

Wieso fühlte es sich so absolut richtig an, ihm so nah zu sein?

»Unsere Verabredung zum Frühstück morgen steht trotzdem, oder?«, wollte er wissen. Sie musterte ihn für den Bruchteil einer Sekunde. Bisher hatte sie immer geglaubt, dieser Kerl wollte einfach nur überall seinen Spaß haben. Doch der Mann, den sie in den letzten Tagen kennengelernt hatte, hinterließ den Eindruck, an mehr als nur an flüchtigen Affären interessiert zu sein.

Sie wollte sich das alles nicht nur einreden. Sie sollte sich verdammt nochmal nicht in einen Kerl verlieben, der tausende Kilometer von ihr entfernt lebte. Seufzend versuchte sie ihre zittrigen Finger unter Kontrolle zu bekommen. Ihm zunickend machte sie einen Schritt zurück. »Ja, klar sehen wir uns zum Frühstück.«

»Okay, dann … gute Nacht und träum was Schönes.«

»Gute Nacht.«

Als er sich ein letztes Mal zu ihr hinabbeugte, trommelte ihr das Herz gegen die Rippen. Doch statt auf den Mund küsste er sie diesmal nur auf die Wange. Sein Blick war weich, als er sich widerstrebend rückwärts Richtung Lagerfeuer bewegte.

Liv blinzelte, rief Jay zu sich und drehte sich mit einem halbherzigen Winken zum Hotel um. Sie fürchtete, dass sie heute Nacht kein Auge zubekommen würde.

***

Er zog die beiden Stöcke mit den Würstchen, die Liv vergessen hatte, aus dem Feuer. Gedankenverloren ließ er sich damit auf den Baumstumpf sinken, auf dem sie vor wenigen Minuten noch gesessen hatte, und zückte sein Handy. Während er die Bilder-App öffnete und durch die Galerie scrollte, schwirrte ihm der Kopf.

Er hatte sie geküsst.

Und es hatte sich absolut richtig angefühlt.

Vollkommen und perfekt.

In den letzten Tagen hatte er oft darüber gegrübelt, dass zwischen ihnen mehr sein könnte als eine lockere Freundschaft. Mit Liv Zeit zu verbringen war voller Leichtigkeit. Sie hatten gelacht, geredet, miteinander gescherzt und bei ernsten Themen auch geschwiegen. Sonst fühlte er sich nur in Anwesenheit seiner Kumpels so entspannt und zufrieden.

Sie war wunderhübsch, auf eine natürliche, ungekünstelte Weise.

Aber sie war auch so ganz anders als der Typ Frau, auf den er sonst flog. Liv war ursprünglich und echt. Das einzige Make-up, das er bisher an ihr bemerkt hatte, war ein bisschen Tusche für die Wimpern gewesen. Vermutlich besaß sie nicht einmal einen Lippenstift. Keine drei Schichten Puder und Foundation, keine künstlichen Fingernägel, keine Solarbräune, keine gebleichten Zähne und aufgeklebten Wimpern.

Ja, zugegeben, sie faszinierte ihn. Mit ihrer Art, mit ihrer Ungezwungenheit, mit ihrem ganzen Leben. Sie war ein bisschen zurückhaltend, aber überaus ehrlich. Sie war selbstbewusst, ohne arrogant zu wirken. Trotz ihrer traurigen Vergangenheit war sie nicht in Trübsinn verfallen. Sicher gab es Momente, in denen sie nachdenklich war, manchmal auch ein bisschen traurig, aber sie war nicht der Typ, der aufgab, sich gehen ließ und in seinen Erinnerungen festhing, um dem nachzutrauern, was nicht zu ändern war.

Sie machte einfach weiter.

Und sie behandelte ihn wie den Typ von nebenan.

Genau das war es, was ihm so gefiel. Für sie war er nicht der unnahbare Hollywoodstar. Sie verfiel auch nicht in hysterisches Kichern, wenn er von seinen Filmen erzählte. Sie hörte ihm zu, lachte mit ihm und behandelte ihn mit der gleichen Leichtigkeit wie jeden anderen Menschen. Für sie zählte nicht, wie sein Name war oder womit er sein Geld verdiente. In ihrer Nähe war er einfach nur Taylor, der gleiche Taylor, der vor zwanzig Jahren sein Jurastudium hingeworfen hatte und seinen Träumen hinterhergejagt war.

Er betrachtete das Telefon in seinen Fingern. In den letzten Tagen hatte er sein Smartphone nur in die Hand genommen, um sich mit ihr zu verabreden oder Fotos zu machen, ansonsten steckte es unbeachtet in seiner Hosentasche oder lag ungenutzt auf seinem Zimmer.

Zum ersten Mal seit fünf Jahren waren alle Social-Media-Kanäle, auf denen er sonst stets unterwegs war, um seine Fans sogar während seines Urlaubs auf dem Laufenden zu halten, uninteressant für ihn und stumm geschaltet. Nun hatte er es bloß in der Hand, um das Foto von ihnen beiden vor den Wasserfällen von Corrieshalloch Gorge anzuschauen.

Das war heute Morgen gewesen. Sie hatten sich früh mit den Hunden auf den Weg gemacht, und diesmal hatte er die Tour dorthin übernommen. Liv war eine angenehme Beifahrerin. Sie regte sich nicht wegen seiner Überholmanöver auf, korrigierte ihn nicht fortwährend oder musste ständig eine Pinkelpause einlegen.

Vom Parkplatz aus waren sie losgewandert und hatten über eine Hängebrücke die Aussichtsplattform erreicht, von der man den perfekten Blick auf die Wasserfälle genießen konnte.

Es war nicht riesig und spektakulär gewesen, aber atemberaubend genug aufgrund seiner Schönheit und Ruhe. Es waren nur wenig andere Wanderer unterwegs gewesen, trotzdem hatten sie jemanden bitten können, das Foto von ihnen zu machen. Sie beide nebeneinander, Arm in Arm, Shanna und Jay zu ihren Füßen. Sie sahen aus wie ein Paar, das schon seit Jahren liiert war.

Irgendwie gefiel ihm das. Und gleichzeitig irritierte es ihn.

Das Ende seiner letzten Beziehung lag gute sieben Monate zurück, es war nicht sein Plan gewesen, sein Interesse auf jemand Neues zu lenken. Seine Verbindung mit Maddison hatte fast drei Jahre angedauert, und nicht alles daran war schlecht gewesen, im Gegenteil.

Diese Frau hatte alles verkörpert, was ihn immer angezogen hatte. Sie war sportlich, aufregend, wunderschön, intelligent und ehrgeizig, … sie hatte ihn in einer Phase kennengelernt, als es ihm physisch und psychisch nicht gutgegangen war, und hatte zu ihm gestanden. Trotzdem hatte er sich ihr niemals so nah gefühlt wie Liv, obwohl er diese Frau seit weniger als drei Tagen kannte.

Sein Daumen wischte über das Display. Liv mit Jay, Liv mit Shanna, Liv mit Shanna und Jay. Shanna, die sich auf den Rücken drehte, um sich von Liv den Bauch kraulen zu lassen. Jay, die mit ihren abstehenden Haaren in die Kamera blickte und zu grinsen schien. Er schmunzelte und wischte weiter.

Liv, die ihn anlächelte und eine Hand hob, weil sie nicht schon wieder fotografiert werden wollte. Gott, wie er dieses Lächeln liebte. Jedes Mal, wenn sie ihn so ansah, glaubte er Bäume ausreißen zu können.

War das noch normal?

Sie waren von den Wasserfällen zurück zum Auto gewandert, hatten gegessen und sich wieder auf den Weg gemacht. Gute zwei Stunden später hatten sie Eilean Donan Castle erreicht.

Er war ein Stück zurückgeblieben, weil Liv so ergriffen wirkte und ihr beim Anblick dieses Ortes die Tränen in den Augen gestanden hatten. Als sie die Brücke zur Burg überquerten, war sie genau in der Mitte stehen geblieben, hatte ihre Lider geschlossen und das Gesicht in den Wind gehalten, während die Sonne auf sie schien. Jay hatte sich neben sie gesetzt, ihr Frauchen angesehen und gewartet.

Taylor hatte den Auslöser gedrückt. Er mochte dieses Foto, weil beide so verloren und gleichzeitig so in sich ruhend wirkten. Liv sah aus, als hätte sie lange auf diesen einen Augenblick gewartet. Er hatte sie nicht gefragt, was es damit auf sich hatte, dass sie genau dort minutenlang verharrt hatte. Doch er hatte gespürt, dass es ein besonderer Moment für sie gewesen war.

So wie die letzten Tage mit ihr ein Genuss für ihn gewesen waren.

Er hatte sich noch nie so erholt gefühlt.

Sie heute Abend nach ihrem gemeinsamen Tanz zu küssen, war so *normal* gewesen, als wäre es die logische Konsequenz. Er bereute nicht, sich das herausgenommen zu haben. Allerdings fragte er sich, ob er damit etwas zwischen ihnen zum Negativen verändert hatte.

Ihm war in den letzten Tagen bewusst geworden, dass er seine Gefühle für sie nicht unter Kontrolle hatte. Auch wenn er versuchte sich einzureden, dass er noch nicht wieder bereit war für etwas Neues, bewiesen seine Träume der vergangenen Nächte ihm etwas anderes.

Ihre Reaktion nach dem Kuss verunsicherte ihn. Und

dermaßen verunsichert zu sein, war ihm gänzlich unbekannt. Er war noch nie von einer Frau stehen gelassen worden. Wenn es ihr nicht gefallen hätte, hätten sie sich doch kein zweites Mal geküsst, oder?

Natürlich hatte er nicht damit gerechnet, dass sie ihm willig in die Arme sinken und die Nacht mit ihm verbringen wollte. Das war auch gar nicht sein Plan gewesen. Eigentlich hatte er überhaupt keinen Plan. Mit Liv war alles irgendwie … anders.

Kopfschüttelnd fuhr er sich mit der freien Hand durchs Haar und starrte das Smartphone an. Er brauchte dringend Ablenkung. Sein Daumen glitt über das Display, und er wählte sich in seinen Facebook-Account ein. Es dauerte eine gefühlte Ewigkeit, bis sich eine Verbindung aufbaute, dann stellte er unangenehm überrascht fest, dass er sich beim letzten Mal offenbar nicht abgemeldet hatte.

Die Anzahl roter Icon-Benachrichtigungen, die ihn in der Regel auf neue Mitteilungen hinwiesen, sprengten den üblichen Rahmen. Er hatte doch eine öffentliche Story geteilt, dass er sich im Urlaub befand, … was war da los?

Taylor tippte auf den Messenger und wurde mit einer schier endlosen Reihe an ungelesenen Nachrichten belohnt. Bei den meisten sah er in der Vorschau schon, dass sie mit der Frage begannen, ob es ihm gutgehe. Irritiert schüttelte er den Kopf und öffnete die erste Nachricht. Der Absender war unbekannt, vermutlich ein Fan.

Hi Taylor, bist du okay? Du wirst sogar in der Wildnis von heißen Fegern abgeschossen, was? :) Meld dich, Mann!

Erst in der vierten oder fünften Nachricht bekam er einen Hinweis darauf, dass jemand sein Video gesehen hätte und fragte, ob er verletzt sei.

Was für ein Video?

Er kehrte auf die Startseite zurück, rief sein Profil auf und scrollte nach unten.

Ein Live-Video von vor drei Tagen.

Taylor holte tief Luft.

»Fuck!«

Er hatte völlig vergessen, dass er sich gefilmt hatte, als Livs Ball ihn am Kopf getroffen hatte. Wie viel davon war im Netz gelandet? Er startete das Video und starrte einen Moment auf die Zeitanzeige. Eine Minute und siebenundfünfzig Sekunden, … so viel zu seinem kurzen Update.

Taylor sah dabei zu, wie er sich mit dem Loch Achall im Hintergrund langsam um seine eigene Achse drehte.

»Hallo Schottland. Es ist schön, wieder zu Hause zu sein.« Während er noch in die Kamera grinste, um sich und das hinter ihm liegende Panorama in Szene zu setzen, sah er einen kleinen, gelben Punkt aus der Ferne auftauchen. Der Tennisball knallte gegen seinen Hinterkopf, und das Video artete in ein einziges Gewackel und Gestöhne aus. Bei der Erinnerung daran spürte er fast wieder den Schlag des Balles.

Auf dem Video waren nur Erde und Gras zu sehen. Dafür hörte er ein einzelnes Bellen, dann das Hecheln zweier Hunde, leises Gefluche und schließlich zerbrechende Äste, als Liv sich einen Weg durch Büsche und Sträucher zu ihm bahnte.

»Entschuldigen Sie bitte vielmals, Sir.« Ihre Stimme

klang gehetzt. »Das war wirklich keine Absicht. Sind Sie verletzt?«

Er hatte den Arm mit dem Handy offenbar angehoben, denn im nächsten Moment erschienen Livs Beine im Bild. Blaue Jeans, dunkel und nass oberhalb der Gummistiefel – die Dinger waren ihr vollgelaufen, und er konnte sich noch gut an das schmatzende Geräusch erinnern, mit dem sie neben ihm hermarschiert war.

Dann die orangefarbene Regenjacke, die Kapuze, die sie über den Kopf gezogen und mit den Bändern unterm Kinn zusammengebunden hatte. Ihr Gesicht war schmal und blass, feucht vom ständigen Nieselregen und dem Nebel an diesem Tag. Große, blaue Augen, mit denen sie ihn verschreckt ansah.

»Immerhin freut sich einer von uns über diesen unerwarteten Zusammenstoß«, bemerkte er.

Er erinnerte sich, dass er Shanna meinte, weil die sich über sein Sandwich hergemacht hatte, als es ihm aus der Hand gefallen war, … aber bei den Zuschauern hatten diese Worte sicher zu seltsamen Spekulationen geführt.

Liv verschwand aus dem Video, als er den Arm sinken ließ. Er hatte nie darüber nachgedacht, was ihr in dem Augenblick durch den Kopf gegangen war. Es schien ja nur eine flüchtige Begegnung zu sein, und er hatte nicht erwartet, die nächsten Tage mit dieser Frau zu verbringen.

Während nur noch Büsche und die Hintern von zwei Hunden zu sehen waren, hörte er sie fragen: »Kann ich irgendwas für Sie tun, als Wiedergutmachung?«

»Ein Kaffee wäre nett.« Taylor fuhr sich mit einer Hand über das Gesicht.

Ernsthaft? Die halbe Welt war live bei seiner ersten Begegnung mit Liv dabei gewesen? Er war gern in den sozialen Medien unterwegs, interagierte mit seinen Fans und genoss es, wenn seine Arbeit gut ankam, aber sein Privatleben hatte er nach Möglichkeit außen vor gelassen.

Er scrollte ein Stück runter. Drei Tage und das Video hatte 1,6 Millionen Aufrufe, 253.567 Reaktionen und 6.799 Kommentare. Er schloss die Augen und blies die Luft zwischen den zusammengepressten Lippen heraus. Er mochte die Aufmerksamkeit, allerdings war er nicht sicher, wie Liv darauf reagieren würde, wenn sie davon Wind bekam. Bisher hatte sie nicht den Eindruck bei ihm hinterlassen, besonderen Wert auf eine erhöhte Aufmerksamkeit zu legen.

»Ja, … ja sicher, das ist das Mindeste.« Er hörte ihr leises Räuspern. »Ähm, auf der anderen Seite des Sees gibt es ein wirklich schönes Gutshaus. Wir könnten mit den Hunden in einer halben Stunde dort sein. Sie haben ein sehr gemütliches Kaminzimmer, in dem leckerer Tee, Scones und frisch gebackener Kuchen serviert werden.«

»Auf der anderen Seite des Sees?«, wiederholte er.

»Ja, eine Ferienunterkunft mit Fremdenzimmern – in erster Linie zwar mit Selbstversorgung, aber die Eigentümer sind immer dort und verwöhnen ihre Gäste mit selbstgebackenen Köstlichkeiten.«

»Das klingt doch nach einem guten Plan. Nachdem Shanna gerade den Rest meines Sandwiches verdrückt hat, hätte ich gegen ein Stück Kuchen weiß Gott nichts einzuwenden. Und später kann ich mir ein Taxi nehmen, um zu meiner Unterkunft zurück zu kommen.«

»Es tut mir wirklich leid, Sir. Das hätte nicht passieren dürfen.«

Er hob das Handy wieder hoch und sah sein eigenes Gesicht im Display, als er sich sagen hörte: »Alles gut. Ich werde vermutlich nicht mal eine Beule bekommen, es war ja nur ein Tennisball.« Dann brach das Video ab.

Als er die ersten Kommentare darunter überflog, schüttelte er wieder den Kopf. Die Netten waren die, die sorgenvoll nachfragten oder einfach nur Witze darüber machten, dass er selbst in der Wildnis von irgendwelchen Frauen abgeschleppt würde, die ihn locker überfallen und verscharrt haben könnten. Die weniger Netten waren die, die anzüglich wissen wollten, ob es nur beim Kaffee geblieben wäre oder die Betreffende nicht noch mehr Wiedergutmachung an ihm betrieben hätte.

Taylor rollte mit den Augen.

Angesichts der Tatsache, dass Loch Achall als Markierung in den Fußnoten des Videos auftauchte, war es eigentlich ein Wunder, dass niemand hier aufgetaucht war, um Genaueres zu erfahren.

Vielleicht wäre es angebracht, ein weiteres Video zu drehen und es online zu stellen. Da es aber eindeutig zu dunkel war, um ein ordentliches Bild zu bekommen, musste das wenigstens bis morgen warten.

Er tippte eine kurze Nachricht in sein Profil, dass es ihm gutgehe und er in Kürze noch ein Statement abgeben werde, sobald sein Urlaub ihm Zeit dazu ließ, dann postete er die Nachricht und loggte sich aus.

Dieses kleine digitale Fiasko sollte sich rasch wieder in Ordnung bringen lassen. Allerdings war er nicht sicher, wie er das mit Liv und ihm verpacken sollte. Sein Blickwinkel ihr gegenüber hatte sich nicht erst seit dem gemeinsamen Kuss geändert. Er wollte mehr als nur Freundschaft mit Liv, … und er war nicht sicher, wie sie oder sogar die Öffentlichkeit darauf reagieren würde.

Es widerstrebte ihm, diese Beziehung – was auch immer letztlich daraus werden mochte – öffentlich werden zu lassen. Maddison hatte damals viele Anfeindungen auf ihren Social-Media-Kanälen aushalten müssen, aber sie war vorher schon selbst in diesem Business unterwegs und wusste mit Hatern und denunzierenden Kommentaren umzugehen. Wie Liv sich mit ihrer Online-Präsenz schlug, war ihm bisher nicht ganz klar. Er wollte sie mit dem Video und den daraus resultierenden Folgen nicht endgültig verprellen.

Andererseits … Ihm kam eine Idee. Dazu brauchte er allerdings Livs Einverständnis, und die war schon im Bett. Ob er ihr eine Mail schreiben sollte?

Als er WhatsApp öffnete, schrien ihm auch dort unzählige rote Benachrichtigungen entgegen. Er hatte das Programm zuletzt vor knapp zwei Tagen genutzt, um Liv zu schreiben. Nun waren dort zahllose Nachrichten von Freunden, Kollegen und seinem Manager. Taylor rollte mit den Augen, als er einen Kontakt nach dem anderen anwählte. Im ganzen Jahr bekam er nicht so viele Mails wie nun. Er öffnete den Chat mit seinem Manager.

Saul, Donnerstag, 15:42: Taylor, meld dich bitte umgehend bei mir!
Saul, Donnerstag, 16:30: Ruf an! Wir müssen reden!

***Saul, Donnerstag, 18:01:** Taylor, wo bist du? Meld dich!*
***Saul, Donnerstag, 22:38:** Scheiße, Taylor! Lies endlich deine verfickten Nachrichten und schalt das Dreckshandy wieder laut!!! Wir haben ein scheiß Problem wegen deines Videos!*

***Saul, Freitag, 09:51:** Da du weder deine Nachrichten liest noch telefonisch erreichbar bist und dich in diesem Hotel angeblich niemand kennt (vermutlich, weil du mal wieder unter anderem Namen eingecheckt hast), jetzt auf dem Weg: Die Boulevardpresse läuft hier gerade Amok, weil alle Welt versucht herauszubekommen, wer die Tussi im orangen Anorak ist, die dir da in Schottland über den Weg gelaufen ist. Sag mir bitte, dass nicht SIE es ist!!!Du bist wie vom Erdboden verschluckt und meldest dich nicht. Was ist bei dir los? Wir müssen der Presse irgendein Statement liefern. Ich sitz hier und weiß gar nichts. Die ersten Paparazzi sind schon auf dem Weg zu dir, also pass auf, was du tust.*
***Saul, Freitag, 15:15:** Meld dich, sobald du meine Nachrichten gelesen hast! SOFORT!!!!!!*

»Oh Mann.« Kopfschüttelnd berührte Taylor das Antwortfeld. Was für ein Theater wegen einer scheinbar alltäglichen Begegnung. Was war denn nur los mit allen? Rasch tippte er eine Nachricht an Saul, dass alles in Ordnung sei, und sah im gleichen Moment, dass sein Manager online war. Schlief der Junge eigentlich noch irgendwann? Es dauerte keine fünf Sekunden, bis Saul anrief. Amüsiert nahm Taylor das Gespräch entgegen. »Hi Saul.«

»Hi Saul? Ich dreh hier noch durch, Mann!«

»Hey, jetzt beruhig dich mal wieder. Was macht ihr alle für ein Drama daraus, dass mir hier eine Frau über den Weg gelaufen ist?«

»Es ist passiert, während du ein Live-Video mit Facebook geteilt hast«, warf Saul ein.

»Ja und? Sowas passiert jeden Tag, überall auf der Welt – Menschen begegnen sich und gehen wieder ihrer Wege. Was ist an meinem Video so aufsehenerregend, dass mich hier eine Flut von hysterischen Nachrichten erreicht?«

»Vermutlich liegt es daran, dass nicht jeden Tag Maddison Townsend zur gleichen Zeit verschwindet und scheinbar wie vom Erdboden verschluckt ist.«

Taylor verspannte sich unwillkürlich bei der Erwähnung dieses Namens. »Wovon redest du?«

»Jetzt sag mir nicht, dass du davon nichts weißt?«

»Wovon?«

»Maddison Townsend hat ihr gerade frisch erworbenes Haus vor drei Tagen verkauft, sowie all ihre Möbel und Teile ihrer exklusiven Garderobe verschenkt. Sie ist vor zwei Tagen nach Schottland geflogen – und angeblich weiß nicht einmal ihr Management, wo sie ist.«

Taylor spürte, wie ihm die Gesichtszüge entglitten. »Bitte was?«

Es dauerte eine Sekunde, bis Saul verwundert fragte: »Sie ist nicht bei dir?«

»Warum sollte sie? Du weißt, dass wir uns nicht gerade im Guten getrennt haben.«

»Du bist ihr einziger Kontakt dort. Ehrlich gesagt dachte ich auch, dass die Frau im Video Maddison ist.«

»Was? Nein!« Er schüttelte vehement den Kopf. »Nein, das ist … nicht Maddison, und wenn ich das mal so sagen darf, ist mir ziemlich egal, was diese Frau so treibt. Sie kann hinreisen, wo sie will und mit wem sie will.«

»Versteh mich nicht falsch, Taylor. Falls das mit euch wieder aufflammt, … ich bin sicher nicht begeistert, aber ich steh hinter dir.«

»Himmelherrgott! Ich habe nichts mehr mit Maddison, und ich will auch nichts von ihr. Wir haben uns seit fast sieben Monaten nicht mehr gesehen. Ich weiß nicht, wo sie ist, und es ist mir auch scheißegal – das kannst du der Presse gern so ausrichten.«

»Solang sie nicht wieder unversehrt auftaucht, verkneif ich mir das lieber.«

Stirnrunzelnd fuhr Taylor sich mit einer Hand durch das Haar. »Was soll das heißen? Wird jetzt schon spekuliert, dass ich sie hier in den Highlands verscharrt habe, oder was?« Er verdrehte die Augen. »Eben habe ich noch irgendwelche verrückten Theorien gelesen, dass *ich* umgebracht und verscharrt worden wäre. Vielleicht könnt ihr euch alle mal auf eine Sache festlegen.«

»Du weißt, wie die Leute sind. Sie haben ihre Anhaltspunkte und basteln sich daraus dann irgendwelche Hirngespinste und Geschichten, egal wie sehr sie an den Haaren herbeigezogen sind. Ich will da nichts forcieren.«

»Es gibt auch nichts herbeizureden. Sicher gibt es für Maddisons Entscheidung einen guten Grund, aber das Statement dazu muss sie dann abgeben. Ich hab damit jedenfalls nichts zu tun.«

»Hm … und wer ist die Frau im Video?«

»Du kennst sie nicht«, bemerkte Taylor.

»Aber das sollte ich«, gab Saul zurück. In seiner Stimme klang dieser schmeichelnde Ton mit, den er immer einschaltete, wenn er etwas von Taylor wollte. »Du bist einen Kaffee mit ihr trinken gegangen, also erzähl mir nicht, sie wäre nur eine dahergelaufene Touristin.«

»Na, sie hat mich schließlich gefragt, ob sie es wiedergutmachen darf.«

»Hat sie es wiedergutgemacht?«

»Es gab auch Sandwiches und Kuchen, falls du das meinst.«

Für einen kurzen Augenblick blieb es still am anderen Ende der Leitung. Dann hörte Taylor seinen Manager tief einatmen. »Es ist was Ernstes, oder?«

»Was? Wie kommst du darauf?«

»Du vermeidest alles, um über sie zu reden. Ich kenn dich lang genug, um zu wissen, wann es nur ein Flirt oder eine nichtige Begegnung ist, und wann jemand wirklich dein Interesse weckt. Du magst sie, und da entwickelt sich gerade was zwischen euch.«

Taylor strich sich mit einer Hand über das Gesicht und schüttelte erneut den Kopf. Saul und er kannten sich seit seinen Anfängen in Hollywood. Sie hatten gemeinsam im gleichen Restaurant gekellnert, und während Taylor Karriere gemacht hatte, hatte Saul sich auf seine Laufbahn im Management spezialisiert. Wenn jemand außerhalb seiner Familie ihn genau einzuschätzen wusste, dann war das definitiv dieser Mann.

»Wir ... lernen uns noch kennen«, erwiderte er ausweichend.

»Aber sie ist keine Prominente?«

»Nein, sie … ist Schriftstellerin, in Deutschland. Sie bewegt sich nicht in unseren Kreisen.«

»Ouh, Aschenputtel und der Prinz, die Leute werden das lieben.«

»Saul, bitte. Nichts an die Presse, okay? Ich will sie nicht … verschrecken. Ich will das langsam angehen lassen und sie auf dieses Haifischbecken erst vorbereiten.«

»Du weißt, es wird nicht lang dauern, bis irgendwo irgendwer aufschreit, der sie kennt oder zu kennen glaubt.«

»Na ja, wenn bislang alle denken, dass Maddison es war und mir hier Gesellschaft leistet, dann sollen sie sich meinetwegen weiter mit ihren verrückten Theorien beschäftigen. Morgen reisen wir hier alle ab.«

»Reist ihr gemeinsam?«

»Nein, ich fahre weiter zu meiner Familie, und sie setzt ihren Urlaub anderswo fort.«

»Okay, okay.« Er konnte hören, wie Saul in Papieren wühlte. »Soll ich eine Pressemitteilung fertigmachen? Du befindest dich im Urlaub, genießt die Zeit mit deiner Familie in der Nähe von Glasgow und kannst zu Maddison Townsends Verbleib leider nichts Näheres sagen.«

»Das wäre toll«, entgegnete Taylor. »Ich würde mich in ein paar Tagen nochmal selbst melden, vielleicht mit einem weiteren Video. Vielleicht ist Maddison bis dahin auch wieder aufgetaucht oder hat sich zumindest bei ihrem Management gemeldet.«

»Das bleibt abzuwarten. Aber dann mach ich die Mitteilung gleich fertig, damit sie heute noch alle notwendigen Pressestellen erreicht.«

»In Ordnung. Und dann geh ins Bett, Saul. Du hast doch vermutlich seit der ersten Mail an mich kein Auge mehr zugemacht.«

»Du weißt, wie ich bin.«

»Ja, die absolute Drama-Queen.«

Saul lachte. »Okay, dann wäre das geklärt – und bitte, halt mich auf dem Laufenden, wenigstens in kleinen Häppchen. Oh, und sollte dir Maddison doch noch über den Weg laufen – man weiß ja nie, was Ex-Freundinnen so reitet –, gib mir bitte Bescheid.«

»Geht klar.«

»Gute Nacht, Taylor.«

»Bye, Saul.«

Er legte auf, löschte seine begonnene Nachricht an Saul und verließ die App, ohne Liv zu schreiben. Das war für heute genug. Um seine Kollegen und Freunde würde er sich morgen kümmern und eine Standardmail verfassen. Mit Liv würde er beim Frühstück reden.

Auch wenn er es eigentlich nicht wollte, hinterließ die Neuigkeit über Maddisons Verschwinden und ihre Reise nach Schottland ein bedrückendes Gefühl in ihm. Kein Wunder, dass die halbe Welt sich in Spekulationen erging. Wieso hatte sie ihr Haus verkauft und ihr Zeug verschenkt? Das war völlig untypisch für Maddison.

Missmutig schaltete er das Handy stumm und schob es in seine Hosentasche.

»Komm, Shanna.« Er warf ihr eins der inzwischen erkalteten Würstchen zu, schnappte sich das andere und ging mit seinem Hund zum Hotel zurück. Für heute war ihm die Lust am Feiern vergangen.

***

Es war fast Mitternacht, und sie hatte längst schlafen wollen. Stattdessen lag sie mit weit aufgerissenen Augen in ihrem Bett und starrte an die Decke, während Jay leise schnarchend neben ihr schlummerte. Sie hatte damit gerechnet, dass es ihr schwerfallen würde, nach Taylors Kuss zur Ruhe zu kommen. Allerdings hatte sie gehofft, dass die Müdigkeit sie einfach übermannen würde.

Vielleicht hatte er zu viel vom Whiskey genossen?

Sie versuchte sich zu erinnern, ob er überhaupt etwas getrunken hatte. Sie war sich nicht sicher.

Wieso hatte er sie geküsst?

Wieso nicht?, fragte eine leise Stimme in ihrem Kopf.

Liv schloss die Augen und legte einen Arm über ihr Gesicht. Verdammt, es hatte sich viel zu gut angefühlt. Wieso ausgerechnet jetzt, wo sie sich morgen voneinander verabschieden mussten? Wieso hatte er sie nicht wenigstens gestern schon geküsst?

Aber da hatten sie nicht getanzt. Die Stimmung war nicht so romantisch gewesen, und Liv hätte sich vielleicht auch nicht so an ihn geschmiegt.

Was sie am meisten erschreckte, war die Tatsache, dass dieser Kuss mit Taylor so viel mehr in ihr ausgelöst hatte als jeder Kuss mit Marcus. Bei ihrem Ex war alles irgendwie mechanisch und hölzern gewesen, wie ein Prozess, der immer gleich ablaufen musste. In Taylors Armen hatte sie sich lebendig und aufregend gefühlt. Sie war sich wieder ihrer eigenen Weiblichkeit bewusst geworden, obwohl sie genau die sonst immer vor sich selbst versteckte.

Genervt drehte sie sich auf die Seite und sah zum Fenster hinüber.

Warum war es nur so schwer, den eigenen Kopf und die verdammte Grübelei auszuschalten, um zur Ruhe zu kommen? Sie hatte morgen eine mehrstündige Autofahrt vor sich und brauchte ihren Schlaf.

Ein leises Zwitschern ertönte. Auf dem Nachttisch leuchtete ihr Handy auf. Sie wehrte sich erfolglos gegen die Aufregung, die augenblicklich Besitz von ihr ergriff.

War das eine Nachricht von Taylor?

Mit klopfendem Herzen langte sie nach dem Smartphone, klappte die Hülle auf und entsperrte den Bildschirm. Ihr Anflug von Euphorie verwandelte sich in Ernüchterung. Eine Nachricht von Christin. Liv stutzte.

Mitten in der Nacht? War etwas passiert?

Alarmiert öffnete sie den Kontakt und las die kurze Botschaft ihrer Freundin.

Christin, Freitag, 23:57: Wir müssen reden!
Liv setzte sich im Bett auf und ließ ihre Finger über das Display huschen.
Liv, Freitag, 23:58: Was ist los?
Die kleinen, blauen Häkchen leuchteten sofort auf, dann schrieb Christin zurück.
Christin, Freitag, 23:58: Das frag ich dich!! Kannst du telefonieren?
Liv, Freitag, 23:58: Ja, klar.

Keine fünf Sekunden später klingelte das Handy, und Liv nahm den Anruf entgegen. »Hey, ist was passiert?«

»Hier ist alles okay, Süße!« Es war schön, Christins Stimme zu hören. »Aber was treibst du?«

»Wovon sprichst du?«

»Du datest Taylor Morris!«

Livs Wangen wurden warm. Das war ja so gar nicht richtig, sie hatten sich nur angefreundet, … der Kuss war ja erst heute Abend gewesen, und sie hatte keineswegs ein Date mit ihm gehabt. Sie hatten sich nur rein freundschaftlich verabredet, … das war kein Date, oder?

Moment! Woher zur Hölle wusste Christin überhaupt von ihm?

Sie gab ein verwirrtes »Was?« von sich.

»Es gibt ein Video im Netz«, bemerkte Christin.

Ein Hauch von Übelkeit machte sich in Liv breit. »Was für ein Video?«

»Moment. Ich schick's dir. Schau es dir an.«

In der nächsten Sekunde erschien ein Youtube-Link in Livs Chat. Sie öffnete das Video und durchlebte für fast zwei Minuten ihre erste Begegnung mit Taylor aus seiner Perspektive. Scheiße! Sie hatte so furchtbar ausgesehen in ihrem Outfit.

Tief durchatmend und mit brennendem Gesicht hielt sie sich wieder das Telefon ans Ohr. »Ich habe ihm beim Spaziergang einen Ball an den Kopf geworfen.«

Sie hörte Christin tief einatmen. »Ja, das hat gefühlt die halbe Welt gesehen, erst auf Facebook und mittlerweile auch auf Youtube. Wieso tust du das?«

»Der war eigentlich für Jay, … aber du weißt, wie ich werfe, und Taylor stand da plötzlich wie aus dem Nichts mitten im Weg.«

»Taylor, ja?«

Liv schüttelte den Kopf. Dieser eine kleine Satz beinhaltete so viel von Christins süffisantem Grinsen, das sie immer aufsetzte, wenn sie glaubte, den totalen Durchblick zu haben. »Ja und?«

»Ihr wart einen Kaffee trinken!«

»Ich hab gedacht, ihn mit Kuchen und Kaffee vollzustopfen ist billiger, als verklagt zu werden.«

»Schlaues Mädchen! Was ist dann passiert?«

»Wir haben uns nett unterhalten. Wirklich! Ich date ihn nicht. Wir haben uns nur locker angefreundet, … ich bin keine seiner Hollywood-Bienen.«

»Du bist toll, wie du bist«, entgegnete Christin in einer Tonlage, die keinen Widerspruch duldete. »Was heißt ›locker angefreundet‹?«

»Wir haben ein paar Ausflüge zusammen unternommen.«

»Ein paar Ausflüge?« Die Stimmlage ihrer Freundin wechselte um ein paar Nuancen nach oben. »Das nennst du ›locker angefreundet‹?«

»Ja, tu ich.«

»Und wie geht's weiter?«

»Gar nicht. Ich mach mich morgen auf den Weg zur Ostküste rüber.«

»Ich dachte, du bist schon halb durch mit deiner Tour?«

»Nein, ich hab in Rhidorroch House verlängert.«

Sie konnte Christins Grinsen regelrecht hören, und es wurde breiter und breiter und breiter. »Ach …!«

»Nicht was du denkst.«

»Nee, ist klar!«

»Es soll Menschen geben, die sich einfach nur gut verstehen und nicht direkt mit jedem ins Bett hüpfen.«

»Ja, soll es – aber das ist *Taylor Morris*! Wenn du *den* nicht flachlegen willst, dann weiß ich nicht, was mit dir nicht stimmt, Süße!«

»Vielleicht ist er einfach nicht mein Typ.«

»Hat es nicht gefunkt zwischen euch?«

Liv zögerte. Sie wollte Christin nicht anlügen. Sie kannten sich schon so lang und waren wirklich allerbeste Freundinnen. Als Livs Eltern gestorben waren, hatte Christins Familie sie aufgefangen. Aber das mit Taylor war irgendwie kompliziert. Sie wusste ja selbst nicht, was das mit ihnen beiden war. Jedenfalls war sie sich seit dem Kuss nicht mehr im Klaren darüber – aber davon würde sie Christin ganz sicher nichts erzählen.

»Er ist wirklich nett«, wich sie aus, »und ja, er sieht gut aus. Aber ich bin im Moment nicht auf der Suche nach weiteren Komplikationen.« Sie räusperte sich. »Du weißt, ich hab echt andere Probleme als einen Urlaubsflirt mit irgendeinem Schauspieler.«

»Irgendwer ist gut. Der ist schon A-Liga, mit Sternchen. Gerade deshalb habe ich eigentlich gehofft, du würdest dich mal ein bisschen ablenken lassen.« Sie seufzte. »Mann, ich hab gedacht, er würde einfach jede anbaggern.« Christin stockte kurz. »Äh, entschuldige, das klingt jetzt abwertender, als es gemeint war, und noch dazu in die völlig falsche Richtung.«

»Alles gut. Ich weiß, was du sagen willst. Mir ging es ja auch so, dass ich dachte, der will alles flachlegen, was nicht bei drei auf den Bäumen ist. Aber er war wirklich ein Gentleman in den letzten Tagen – wir sind uns sympathisch, aber mehr ist da nicht.« Sie kniff die Augen zusammen und kreuzte zwei Finger.

Es war nur eine klitzekleine Notlüge, die ihr das Universum hoffentlich verzeihen würde.

»Schade«, stellte Christin ernüchtert fest. »Wirklich schade, Liv. Willst du es dir nicht nochmal überlegen?«

Sie rollte mit den Augen. »Christin!«

»Du musst zugeben, Taylor wäre ein deutlich tollerer Typ als dieser Kotzbrocken Marcus – du hättest ein bisschen Glück mehr als verdient.«

Ihre Freundin hatte wohl recht. Ja, Taylor war toller als Marcus … und konnte küssen. Aber in dem Punkt, dass sie genug andere Probleme hatte, hatte Liv nicht geflunkert. Sie konnte keine weitere Komplikation gebrauchen.

»Bist du noch da?«

»Ja, ja, bin ich.«

»Du trauerst diesem dummen Arschloch doch nicht mehr hinterher, hoffe ich?«

»Nein, höchstens dem Geld, das er mir bezahlt hat. Ich überleg immer noch, ob ich nicht den Urlaub abbrechen sollte.«

»Auf gar keinen Fall!«, erwiderte Christin mit Entschiedenheit. »Wenn ich dich hier vor der vereinbarten Zeit wieder daheim sehe, geb ich dir höchstpersönlich einen Tritt in deinen hübschen Arsch.«

Liv schüttelte mit einem heiseren Lachen den Kopf. »Du bist ganz schön gemein.«

»Das weiß ich. Drum liebst du mich so, weil du drauf stehst.« Sie lachten beide, doch Christin wurde im nächsten Moment wieder ernst. »Ganz ehrlich, Süße, zieh das durch und mach deine Tour. Du musst endlich den Kopf freibekommen. Du hast fünf Jahre durchgearbeitet, fast jeden Tag. Du hast dir keine freien Wochenenden gegönnt, keinen Urlaub, keine echte Pause, … du hast rangeklotzt, und andere haben gut an dir mitverdient, bis du auf dem Zahnfleisch gekrochen bist und nicht mehr funktioniert hast.« Sie unterbrach sich für einen Moment, und Liv wusste, dass sie sich für eine Sekunde sammeln musste, um sich nicht in Dinge hineinzusteigern, die nicht mehr zu ändern waren. »Du ziehst diesen Urlaub jetzt durch und tust, woran du Spaß hast. Und wenn du irgendwo in Schottland hängen bleibst, weil es dir dort gefällt und du dir mal eine Woche lang nur den Nebel über irgendwelchen Highlands anschauen und die Seele baumeln lassen willst, dann mach das. Koste die Ruhe mal aus, genieß die Zeit mit Jay … und hey, wenn Taylor Morris dich anflirtet, tu mir den Gefallen und lass ihn nicht abblitzen.«

Liv fuhr sich ertappt durch das Haar. »Was redest du da?«

»Hab Spaß, Schätzchen. Lass dich mal von einem echten Kerl flachlegen, statt diesem Spargeltarzan hinterherzutrauern.«

»Christin!«

»Nein, hör auf so prüde zu tun. Du bist über dreißig, genieß dein Leben und denk nicht über morgen nach. Pack die Gelegenheit beim Schopf, wenn sie sich dir bietet, und hör auf über irgendwelche Konsequenzen zu grübeln. Leb dein Leben und den Augenblick.«

»Hast du getrunken?«

»Klar, drei Flaschen Wein und ein Fass Bier, alles auf Ex. Nachdem ich das Video gesehen habe und wusste, dass etwas mehr als anderthalb Millionen weitere Menschen sich fragen, wer du bist, brauchte ich erst mal einen Drink.«

Liv schnitt eine Grimasse. Christins Humor war manchmal wirklich schräg. »Ich ziehe meine Frage zurück.«

»Gut, und weißt du was?«

»Was?«

»Die wissen alle nicht, dass du mit Taylor in einem Hotel abhängst.«

»Es ist eine Ferienanlage«, korrigierte Liv sie, »und das ist nur eine flüchtige Bekanntschaft. Morgen reise ich ab.«

»Er auch?«

»Ja, aber in eine ganz andere Richtung, also bitte keine Spekulationen.«

»Liv?«

»Ja?«

»Versprich mir was.«

Sie schüttelte den Kopf und rollte erneut mit den Augen. »Okay, was?«

»Wenn er dich wiedersehen will …«

»Was dann?«

»Sag nicht Nein. Triff ihn und tu, wonach dir der Sinn steht.«

»Christin, wir sind nur befreundet.«

»Das betonst du eindeutig zu oft. Vielleicht solltest du einfach mit ihm vögeln.« Ihre Freundin kicherte. »Okay, schon gut, du weißt, ich will dich nur aufziehen. Trotzdem meine ich es ernst. Lass dir die Chance auf ein bisschen Spaß nicht entgehen, nur weil irgendwo ein Stimmchen in deinem Kopf ist, das dir einflüstert: ›Das gehört sich nicht.‹ Denn ich sag dir, es gehört sich genau so!«

»Ich werde mich jetzt wieder hinlegen und schlafen.«

»Versprich es mir.«

»Oh Gott, Christin.« Sie legte ergeben den Kopf in den Nacken. »Ja, okay, ich verspreche es. Wenn Taylor mich wiedersehen will, dann treffen wir uns.«

»Und hab Spaß mit ihm.«

»Vielleicht ist er daran gar nicht interessiert«, gab Liv zu bedenken.

»An dir?« Christin lachte leise. »Der muss schon blind und halb tot sein, wenn er dich nicht will. Vielleicht versuchst du es erst mal mit einem Kuss zum Abschied, … danach weißt du, ob du mehr willst oder nicht.«

Ihr wurde heiß, siedend heiß.

»Ja, ja, … wie du meinst. Ich versuch jetzt zu schlafen, ich muss morgen früh raus. Ist bei euch alles okay?«

»Hier ist alles bestens. Hör auf dir Sorgen zu machen und konzentrier dich auf das Jetzt. Oh, und besorg mir ein Autogramm!«

»Ich werde es versuchen.«

»Gute Nacht, du Groupie.«

Liv schüttelte amüsiert den Kopf. »Gute Nacht, Liebes.«

Nachdem sie das Handy stumm geschaltet hatte, sank sie zurück in die Kissen, legte einen Arm auf Jay und kraulte der Hündin die Ohren. Mehr als eine Million

Menschen hatten dieses verwackelte Video gesehen? Wusste Taylor davon? Er hatte in den letzten Tagen nichts davon erwähnt. Ihre Finger fuhren durch raues Haar.

Der Kuss mit ihm sollte ihr klarmachen, wohin das zwischen Taylor und ihr führen könnte? Im Moment war sie definitiv zu verwirrt, um darauf eine klare Antwort zu finden – und wenn sie ehrlich war, wollte sie darüber auch nicht näher nachdenken.

»Verrückte Welt, oder?« Sie seufzte in die Stille hinein.

Jay drehte sich auf den Rücken und gab ein zustimmendes Grunzen von sich, ehe sie weiterschlummerte. Liv lächelte. »Ja, du hast völlig recht.«

5

Sie hätte ihre Augen und die dunklen Ringe darunter gern hinter einer Sonnenbrille versteckt, als sie zum Frühstück ging. Doch angesichts des grauen, nebligen Julimorgens hätte das mehr als seltsam gewirkt.

Ihr Fitness-Tracker, der auch ihre Ruhephasen peinlich genau überwachte, hatte ihr eine sehr kurze Nacht mit etwas mehr als drei Stunden Schlaf bescheinigt. Keine gute Voraussetzung für den Start in den kommenden Tag, besonders lange Strecken würde sie heute vermutlich nicht schaffen.

Taylor winkte ihr von ihrem angestammten Tisch aus zu, und Liv war dankbar, dass er schon für ein üppiges Frühstück vorgesorgt hatte. So musste sie sich nicht erst am Buffet anstellen.

»Guten Morgen«, begrüßte er sie fröhlich, als sie mit Jay an den gemeinsamen Platz kam.

»Guten Morgen«, erwiderte sie und deutete auf die vollen Teller und Schüsseln. »Danke fürs Auftischen!«

»Gern. Ich dachte, ich mach mich nützlich«, gab er zurück, stand auf und rückte ihr den Stuhl zurecht. Das hatte er die letzten Tage auch schon getan, dennoch war es nach dem Kuss von gestern irgendwie seltsam. Als ihre Blicke sich trafen, hatte Liv für eine Sekunde das Bedürfnis, ihn erneut zu küssen, wie ein altes Ehepaar, das sich jeden Morgen zärtlich begrüßte.

Keine gute Assoziation.

Sie floh sich in ein müdes Lächeln.

»Du siehst nicht sehr ausgeruht aus«, bemerkte er und nahm wieder auf dem Stuhl rechts von ihr Platz. Die Hunde beschnüffelten sich kurz, ehe Jay sich neben Shanna legte.

»Ich habe nicht viel geschlafen.«

Er zögerte eine Sekunde, ehe er umständlich eine Serviette auf seinem Schoß ausbreitete. »Wegen mir?«

Livs Wangen wurden warm, weil sie wusste, dass er damit auf den Kuss anspielte. »*Das* war es weniger.«

Er hob den Blick. »Ist was passiert?«

»Christin rief mich gestern Nacht noch an.« Sie langte nach einem Brötchen und schnitt es langsam auf. »Sie hat mir ein Video geschickt, das offenbar unsere erste Begegnung dokumentiert und auf deinem Facebook-Profil hochgeladen wurde.«

»Oh Gott, ja.« Er strich sich mit einer Hand über das Gesicht und schüttelte den Kopf. »Ich habe dir heute auch davon berichten wollen. Mir ist das leider erst gestern Abend aufgefallen. An dem Tag, als wir uns getroffen haben, hatte ich gerade ein Live-Video gestartet, … und ich habe nicht mehr dran gedacht, dass es direkt online ging. Es tut mir wirklich leid.« Er schien ehrlich zerknirscht. »Ich würde es offline nehmen, aber es ist schon viral gegangen.«

»Ja, Christin sagte, dass ziemlich viele Leute es geschaut haben.«

Er nickte. »Zwei Millionen waren es heute Morgen.«

»Großer Gott.« Sie schluckte. Wenn sie nur zehn Prozent seiner Reichweite hätte, wäre sie sorgenfrei. Liv floh sich in ein verlegenes Schulterzucken. »Na ja, ich bin zum Glück kaum zu sehen, und mich kennt ja niemand.«

»Ich weiß, … aber ehrlich gesagt ist das etwas, worüber ich mit dir reden wollte.«

Sie warf ihm einen fragenden Blick zu. »Was meinst du?«

»Du hast mir erzählt, dass das Schreiben für dich eigentlich nur noch eine Art Hobby ist und du nun wieder auf der Suche nach Arbeit bist.«

Liv legte den Kopf zur Seite. »Du machst mir jetzt kein Jobangebot, oder?«

Taylor lächelte schief. »Das nicht, aber ich wollte dir einen Vorschlag machen.«

»Welchen?«

Er griff nach seiner Kaffeetasse und nahm einen Schluck. »Ich habe eine Menge Nachrichten bekommen, mit Fragen, ob es mir gutgehe und wer denn die geheimnisvolle Frau sei, die mich da mitten in der Wildnis abgeschossen hat.«

»Oh Gott.« Sie verdrehte die Augen, ließ das Messer sinken und fuhr sich mit der freien Hand über das Gesicht. »Deine Fans hassen mich vermutlich dafür.«

»Das bezweifle ich. Sie haben eigentlich alle mitbekommen, dass ich okay bin. Ich wollte angesichts der Nachrichtenflut trotzdem gern ein deutliches Statement abgeben und klarmachen, dass ich mich im Urlaub befinde und deshalb nicht ständig online bin, es mir aber gutgeht.«

Liv nickte. »Klar, das sollte sie sicher beruhigen.«

»Das denke ich auch.« Er stellte seine Tasse ab, und sein Blick hielt ihren fest. »Ich habe überlegt, ob du vielleicht dabei sein willst?«

Sie musterte ihn irritiert. »Was meinst du?«

»Ich erzähl ihnen, wer du bist, dass du mich weder im Moor verscharrt noch entführt hast … und dass es ein echter Glücksfall war, dich zu treffen, weil du eine tolle Autorin bist.«

Livs Augen wurden groß. War das sein Ernst?

»Was? Das kannst du nicht machen.«

»Wieso nicht?«

»Du kennst keins meiner Bücher. Stell dir vor, ich schreib auf eine Weise, die du nicht magst – und dann empfiehlst du mich deinen Fans weiter?«

Für eine Sekunde starrte er sie ungläubig an, dann lachte er. »Ich habe noch nie einen Menschen erlebt, der so vehement versucht andere von sich NICHT zu überzeugen.«

Liv öffnete ihren Mund und klappte ihn im nächsten Moment wieder zu. Dieser Satz hätte definitiv auch von Christin sein können, die ihr ständig vorhielt, sich selbst viel schlechter darzustellen, als sie war.

»Aber es ist doch wahr«, murmelte sie kleinlaut.

»Okay, machen wir einen Deal«, lenkte Taylor ein. »Du schlägst mir eins deiner Bücher vor, ich kaufe und lese es. Wenn ich es nicht mag, behalt ich meine Meinung für mich, mach nur mein Statement fertig, sage allen, dass es mir gutgeht, und erwähne dich mit keiner Silbe mehr. Wenn mir dein Buch aber gefällt, laden wir gemeinsam ein Video hoch – du und ich –, ich stell dich vor, genau wie dein Buch und rufe meine Fans auf, dir und deinen Geschichten eine Chance zu geben.«

In ihrem Kopf schwirrte es. »Warum?«, wollte sie lakonisch wissen.

»Warum nicht?«, fragte er zurück. »Es ist ja nicht so, als würden alle deine Bücher kaufen, nur weil ich es ihnen sage. *Du* musst sie letztlich mit deiner Arbeit überzeugen. Doch nach allem, was du mir in den letzten Tagen so erzählt hast, habe ich durchaus den Eindruck, dass du das nötige Talent besitzt, dir aber bislang einfach der passende Aktionsradius fehlt. Wieso soll ich dir da nicht unter die Arme greifen? Ich mag dich, und ich will, dass du von deinem Job ordentlich leben kannst. Ohne auf Typen wie diesen Ex-Freund angewiesen zu sein.«

Liv lächelte ihn an. Er mochte sie, und er sorgte sich um sie. Wenn sie sich nicht längst in ihn verliebt hätte, wäre sie ihm spätestens jetzt verfallen. Sie erstarrte, und das Lächeln gefror ihr auf den Lippen. Diesen Gedanken hatte sie gerade nicht wirklich gehabt, oder?

»Bist du einverstanden?«, wollte er wissen.

Ihr Kopf war leer. Jedes Gegenargument, das sie eben noch gehabt hatte, war für eine Sekunde hinweggefegt. »Ich weiß nicht.«

»Du hast doch nichts zu verlieren, oder?«

Vermutlich hatte er recht, und ihr fiel zu ihrem Leidweisen nichts ein, um sich dagegen auszusprechen. Sie blinzelte. »Okay.«

»Hervorragend.« Er zückte sein Handy. »Dann brauch ich jetzt aber endlich deinen Autorennamen und eins deiner Bücher.«

Liv versuchte das Chaos in ihrem Schädel für eine Sekunde auszublenden und sich auf das Wesentliche zu konzentrieren. »Ähm … meine Bücher sind aber nicht ins Englische übersetzt. Bisher habe ich nur den deutschen Markt bedient.«

»Daran ließe sich ja beizeiten auch noch etwas ändern.« Er grinste. »Mein Deutsch ist nicht besonders gut, aber ich bin gern bereit zu lernen.«

Sie deutete auf sein Handy, und er reichte es ihr. Livs Finger zitterten über dem Display, dann tippte sie ihren Namen und einen ihrer bevorzugten Buchtitel in die Suchzeile ein. Als sie ihm das Smartphone zurückgab, warf er ihr einen kurzen Blick zu. »Luan Larsson?«

»Larsson ist mein Nachname. Luan ist zusammengesetzt aus den Vornamen meiner Eltern.«

»Wie hießen deine Eltern?«

»Lucas und Anne.«

»Eine schöne Idee.« Er nickte bedächtig und tippte auf das Display. Liv bemerkte, dass ein besonders dunkles Buchcover auf dem kleinen Monitor erschien. »Fantasy, hm?«

»Habe ich dir, glaube ich, erzählt«, bemerkte sie unruhig.

»Hast du.« Sie sah dabei zu, wie er die eBook-Version herunterlud. Nach all der Zeit fand sie es immer noch seltsam, wenn sie andere Menschen dabei beobachtete, wie sie ihr Buch kauften. »Wieso nicht dein eigener Name?«

»Weil es bereits eine Schriftstellerin gibt, die so heißt wie ich. Das wäre nur verwirrend gewesen.«

»Klingt nachvollziehbar.« Er schaltete das Handy in Standby und legte es neben sich auf den Tisch. »Ich lass dich wissen, was ich denke.«

Liv versuchte sich in einem Lächeln. »Okay. Lass dir Zeit.«

»Ein kleines Statement habe ich schon gestern Abend abgesetzt, damit die Lage sich entspannt.« Er tippte auf seinem Handy herum.

»Hoffentlich kommt es nicht zu Ausschreitungen«, bemerkte sie.

Taylor grinste. »Ich glaube, wir können den Ernstfall gerade noch abwenden.«

»Und wieder hast du die Welt gerettet«, erwiderte sie leichthin. Das Geplänkel tat ihr gut und lenkte sie ein wenig von den beunruhigenden Dingen in ihrem Kopf ab.

Er schob das Smartphone neben seinen Teller. »Du hast einen meiner Politthriller gesehen, oder?«

Liv grinste, beschmierte ihr Brötchen zu Ende und belegte es. »Wie ich schon sagte, Christin hat mich im Laufe der Zeit dazu genötigt, einige deiner Filme zu schauen. Aber es war okay, ich habe mich gut unterhalten gefühlt.«

»Das ehrt mich jetzt sehr.« Er biss in sein eigenes Brötchen und musterte sie prüfend. »War sie gar nicht sauer?«

Sie hob überrascht den Kopf. »Sauer?«

»Du hast doch gemeint, sie würde dich lynchen, wenn sie davon erfährt, dass wir uns über den Weg gelaufen sind und du sie nicht sofort darüber in Kenntnis gesetzt hast.«

»Oh, nein. Alles gut. Sie war minimal angefressen, aber hat sich schnell wieder beruhigt.« Liv zwinkerte ihm zu. »Ich habe ihr versprochen, dass ich versuche dir ein Autogramm für sie abzuringen.«

Taylor gab ein leises, raues Lachen von sich. »Ich kann nicht garantieren, dass ich noch ein paar Autogrammkarten im Gepäck habe, aber wir lassen uns was einfallen.« Sein Blick tauchte in ihren, als er sich nach vorn beugte. Sachte Nervosität machte sich in ihr breit. »Wir müssen auch noch unser gemeinsames Selfie knipsen.«

Ihr wurde warm, und die altvertraute Verlegenheit griff nach ihr. »Ja klar.«

Er musterte sie durchdringend. »Tut es dir leid?«

»Was tut mir leid?«

»Unser Kuss gestern Abend.«

Liv wurde rot, bemühte sich aber seinen graugrünen Augen nicht auszuweichen. »Nein. Ich war nur sehr überrascht.«

»Ich hab das nicht geplant ...«

»Ich weiß«, unterbrach sie ihn und legte eine Hand auf seine. »Es ist nur ...« Sie stockte und wusste nicht, wie sie weiterreden sollte.

Taylors Finger verflochten sich mit ihren, und sie spürte die Hitze seiner großen Hand, die ihre umschlang.

»Was ist es? Bin ich dir zu aufdringlich? Ich weiß, ich hab dich überrumpelt, aber ... es fühlte sich so richtig an.«

»Ich bin nicht so souverän in diesen Dingen. Marcus und ich hatten eine sehr zurückhaltende Beziehung, und davor ... Du weißt ja. Ich kenn mich nicht aus mit Flirts und all diesem Kram.«

Er nickte, umschloss ihre Finger mit beiden Händen und betrachtete ihre Knöchel. Als sein Daumen über ihren Handrücken strich, bekam sie eine Gänsehaut.

»Hast du mich deshalb stehen lassen?«

»Ich … nein … ich … oh Gott. Ich wollte dich nicht stehen lassen. Es war nur zu viel für mich.«

»Verstehe. Weißt du, mir ist schon klar, welchen Ruf ich habe und was die Medien so über mich schreiben. Ich könnte jetzt sagen, dass neunzig Prozent davon nicht wahr sind, aber es ist schwer, gegen diese Gerüchte anzukommen, denn sobald man einen Fehler macht, fühlen sich alle wieder darin bestätigt.«

»Ich wollte nicht …«

Er hob eine Hand, und sein Zeigefinger legte sich auf ihre Lippen. Diese Geste war so liebevoll und zärtlich. Ihre Blicke tauchten erneut ineinander, und der Drang, ihn wieder zu küssen, wurde für einen Moment fast übermächtig in ihr.

»Du musst dich für nichts entschuldigen«, beteuerte er leise. »Ich weiß, was die meisten von mir denken, und ich kann es niemandem verübeln. Als ich jünger war, war ich zugegebenermaßen kein Kostverächter und habe mir meinen schlechten Ruf absolut verdient. Doch ich bin jetzt Anfang vierzig, … in den letzten Jahren hat sich einiges in meinem Leben verändert.« Er holte tief Luft. »Ich will mir nicht die Hörner bei dir abstoßen, okay? Ich mag dich wirklich sehr, und es wäre schön, dich irgendwann wiederzusehen.«

Liv konnte nicht verhindern, dass seine Worte einen Sturm an euphorischen Gefühlen in ihr auslösten. Sie biss sich auf die Unterlippe, um ihn nicht noch dämlicher anzugrinsen, als sie es ohnehin schon tat.

»Darüber lässt sich reden«, erwiderte sie.

»Gut.«

Ihr Herz schlug in wildem Stakkato, als er sich vorbeugte.

Seine Lippen streiften sacht ihr Jochbein, ehe er sie zärtlich auf die Wange küsste und sich schließlich wieder auf seinen Stuhl zurückzog, um weiter zu frühstücken.

Er lächelte.

Sie versuchte den Anflug von Enttäuschung abzuschütteln, weil sie insgeheim gehofft hatte, er würde sie auf die Lippen küssen. Das war verrückt. Sie saßen mitten in einem gut gefüllten Restaurantbereich, und es gab einige Gäste, die schon neugierig zu ihnen herübersahen. Er hatte absolut richtig gehandelt.

Sie würde sich jetzt auf ihre Mahlzeit konzentrieren, danach ihren Koffer holen und sehen, dass sie endlich von hier wegkam. Es war höchste Zeit, möglichst viel Abstand zwischen Taylor Morris und sich zu bringen, um wieder klar denken zu können.

***

Die Warterei zerrte an seinen Nerven. Hätte er Livs Auto nicht die ganze Zeit im Blick gehabt, hätte er vermutet, dass sie klammheimlich davongefahren war, ohne sich zu verabschieden. Während sie sich beim restlichen Frühstück nur noch über alltägliche Dinge unterhalten hatten, war sie danach relativ schnell verschwunden, um ihren

Koffer zu packen, und für einen Moment hatte Taylor den Eindruck gehabt, sie würde ihm ausweichen.

Vielleicht interpretierte er zu viel hinein.

Vielleicht war er aber auch einfach zu offensiv vorgeprescht und hatte sie verschreckt, obwohl er sich bemüht hatte, seinem Wunsch, sie zu küssen, nicht erneut nachzugeben.

Dass er sich den Kopf darüber zerbrach, ob er irgendetwas falsch gemacht hatte, war in gewisser Weise erschreckend. Natürlich war er im Laufe der Jahre ruhiger und besonnener geworden, aber dass ihm jemand so unter die Haut ging, daran konnte er sich nicht erinnern.

Er atmete erleichtert auf, als Liv und Jay endlich mit ihren Taschen das Hotel verließen und auf den Parkplatz zusteuerten. Jay kam in lockerem Trab zu ihnen gelaufen, ließ sich von Taylor das raue Fell streicheln, und stupste Shanna mit ihrer Nase an, als wäre es das Normalste der Welt.

»Entschuldige, das Auschecken hat länger gedauert.« Er ging ihr zwei Schritte entgegen, um ihr das Gepäck abzunehmen. »Danke.« Sie warf ihm einen liebevollen Blick zu und öffnete den Kofferraum ihres Autos.

»Ist was passiert?«

»Meine Kreditkarte war gesperrt«, gab sie zurück. »Mit der zweiten hat es dann aber zum Glück geklappt.«

Er musterte sie einen Moment still, ehe er tief Luft holte. »Ohne dir zu nahe treten zu wollen, aber … hast du Zahlungsschwierigkeiten?«

Sie sah ihn mit hochgezogenen Augenbrauen an. »Du meinst, wegen meiner Jobsituation?«

Er nickte und hob gleichzeitig entschuldigend die Schultern. »Ich weiß, das geht mich eigentlich nichts an. Ich mach mir nur Sorgen.«

»Das musst du nicht. Meine Konten sind gedeckt, daran kann es also nicht liegen. Ich ruf später meine Bank an, um das zu klären, aber der Empfang hier ist einfach zu grottig.«

»Okay.«

Sie trat beiseite, damit er ihre Taschen in den Gepäckraum laden konnte. Er schob beide bis an die Rückenlehne der hinteren Sitze. »Danke«, murmelte sie.

»Gern.« Unschlüssig blieb er neben ihr stehen. »Dann kommst du klar?«

Liv hob den Kopf und lächelte ihn an. »Ja, ich glaube schon. Wir wollen ja nicht im Ritz-Carlton absteigen.«

Er fuhr sich mit den Fingern über seinen Bart und gab sich für eine Sekunde nachdenklich. »Ich glaube, in ganz Schottland gibt es kein Ritz-Carlton. Wir sind hier nicht nobel genug.«

»Dann haben wir doch eigentlich nochmal Glück gehabt«, erwiderte sie mit einem Zwinkern.

»Das ist wohl wahr.«

Sie traten vom Auto weg, und Liv schloss die hintere Tür.

Ihre Blicke trafen sich. »Zeit zum Abschiednehmen«, bemerkte sie. Ihm entging nicht, dass sie ähnlich bedrückt aussah, wie er sich fühlte.

»Wir müssen noch unser Selfie machen«, warf er ein. Alles war ihm recht, um den letzten Moment hinauszuzögern.

»Oh, stimmt, das hatten wir versprochen.«

»Komm her.«

Er zückte sein Handy und betätigte die Kamera. Als sie neben ihn trat, legte er ihr einen Arm um die Schulter. Im Display erschienen ihre Gesichter, und hinter ihnen war Rhidorroch House zu sehen.

Ihr Duft stieg ihm in die Nase. Taylor atmete tief ein und zog sie noch enger. Doch Livs Lächeln hatte selten so unecht gewirkt wie in diesem Moment.

»Willst du lieber kein Bild mit mir?«, wollte er wissen und ließ das Handy sinken, um sie anzusehen.

Sie schüttelte den Kopf. Das Lächeln erlosch. »Das ist es nicht, … ich mag nur keine Abschiede – und heute fühlt es sich besonders komisch an.«

Er hob eine Hand und strich ihr mit Fingerknöcheln und Daumen über die Wange. »Das ist nur ein Abschied auf Zeit. Wir haben uns doch versprochen, uns wiederzusehen.«

»Ja, natürlich.«

»Wir müssen das Selfie nicht machen«, bemerkte er. Ihre Augen weiteten sich für einen winzigen Moment.

»Doch«, erwiderte sie mit unerwarteter Vehemenz. »Aber lass es uns nicht für Christin oder irgendjemanden sonst machen, sondern für uns.«

»Einverstanden.«

»Dann los.«

Er legte ihr erneut den Arm um die Schulter und hob das Handy. Liv schmiegte sich an ihn, schlang ihre Arme um seine Taille und drückte sich an seine Seite. Als er dieses Mal ihre Gesichter auf dem Display betrachtete, setzte es eine unerwartete Euphorie in ihm frei. Er betätigte den Auslöser.

Als er das Smartphone sinken ließ, blieben sie stehen, wo sie waren, und betrachteten gemeinsam das Foto, das er gemacht hatte. Er war äußerst zufrieden. Es war ein schönes Bild von ihnen, das Hotel nur als schemenhafter Umriss hinter ihnen, Jay und Shanna zu ihren Füßen, während sie beide nach oben in die Kamera blickten. Liv lächelte und sah aus wie eine Frau, die sich an ihren Liebsten schmiegte.

Sein Herz raste. »Ich schick es dir nachher auf dein Handy«, versprach er leise.

»Danke. Das ist wirklich schön«, murmelte sie. »Neben dir schau sogar ich mal gut aus.«

Taylor schaltete das Smartphone aus und ließ es in seiner Hosentasche verschwinden. »Du siehst immer gut aus.«

»Darüber lässt sich streiten.«

Er legte auch seinen zweiten Arm um sie und zog sie näher. »Ich habe noch nie einen Menschen getroffen, der so selbstkritisch ist wie du.«

»Ich blicke nur den Tatsachen ins Auge, … und ich weiß, ich bin nicht besonders fotogen.«

»Du bist wunderschön.«

Sie wurde rot, öffnete ihren Mund und schloss ihn wieder, ohne etwas gesagt zu haben.

»Sprachlos, Miss Larsson?«

Sie verzog das Gesicht. »Passiert mir selten, aber ja.«

Taylor drückte sie an sich. Es war schön, ihren Körper an seinem zu spüren. Sie zu halten und dieses Gefühl auszukosten, dass diese Frau sich so vertrauensvoll an ihn lehnte. Sie sahen sich in die Augen. »Wenn du mit deiner Burgentour durch bist ...«

»Ja?«

»Kommen du und Jay mich dann besuchen?«

Ihre Miene wechselte zu überrascht. »Bei deiner Familie?«

»Ja.«

»Aber ... ist ihnen das denn überhaupt recht?«

»Meine Eltern waren immer schon sehr gastfreundlich.«

»Aber du hast gesagt, dass ihr ein Familientreffen habt. Da kann ich doch nicht einfach reinplatzen.«

»Meine Geschwister sind wirklich nett und ihre Familien auch. Mach dir darüber keinen Kopf.«

»Ich bin doch eine völlig Fremde für sie.«

»Aber nicht für mich ... und ich bin sicher, sie mögen dich genauso gern wie ich.«

Die Röte auf ihren Wangen intensivierte sich noch.

»Ich werde es versuchen«, erwiderte sie ausweichend.

»Okay.« Er schob sie auf Armeslänge von sich weg und registrierte mit Genugtuung ihren konsternierten Gesichtsausdruck. Dann zog er den wasserfesten Stift aus seiner Hosentasche, nahm ihren Arm, schob den Ärmel ihrer Jacke nach oben und schrieb die Adresse seiner Eltern auf ihren Unterarm.

»Oh mein Gott.« Liv kicherte. »Das ist ja wie früher in der Schule.«

»Ich weiß, aber ich bin halt oldschool.« Er steckte den Stift weg, schob den Ärmel wieder an seinen Platz und zog Liv erneut an sich. Seine rechte Hand legte sich auf ihre Wange. »Komm mich besuchen, Liv.«

Sie schluckte sichtlich, ehe sie schließlich nickte. »Okay.«

Taylor beugte sich zu ihr hinab und tat, was er seit dem Morgen hatte tun wollen. Seine Lippen verschmolzen mit ihren, und sein Inneres verwandelte sich in warmes Glück. Sie zu küssen war mit Abstand der beste Augenblick in seinem Leben.

Er konnte spüren, wie ihre schmalen Hände sich in die Aufschläge seiner Jacke krallten, wie sie sich auf die Zehenspitzen stellte und ihn zurückküsste. Taylor zog sie noch näher. Ihr Geschmack und ihr Geruch machten ihn verrückt. Er wollte diesen Kuss nicht enden lassen. Er wollte sich nicht verabschieden. Er wollte Liv aus dieser Regenjacke befreien und ihr zeigen, dass nicht alle Männer gefühllose Idioten waren.

Sie war es, die den Kuss schließlich beendete. Beide Hände gegen seine Brust gestemmt, löste sie ihren Mund von seinem und wich, soweit es seine Arme zuließen, zurück. Ihre Pupillen waren riesig, als sie ihn anstarrte. Ihre Lippen lockten ihn, rosig glänzend und geschwollen von seinen Küssen.

»Was ist das mit uns?«, flüsterte sie.

Er konnte nicht verhindern, dass ein dümmliches Grinsen sich in sein Gesicht stahl. »Ich habe keine Ahnung, aber es fühlt sich wirklich gut an.« Zärtlich strich er mit dem Daumen über ihre Unterlippe. Sie war so warm und weich. »Sag mir nicht, dass du mich eigentlich nicht leiden kannst.«

»Was? Nein!« Leise seufzend schloss sie die Augen, ließ den Kopf sinken und lehnte ihre Stirn an seine Brust.

Taylor küsste sie aufs Haar. »Heißt das, du magst mich?«, wollte er wissen.

Sie schlang ihm die Arme um den Leib und drückte sich eng an ihn. »Natürlich mag ich dich, sehr sogar. Trotzdem bin ich verwirrt.«

Ihr einen Finger unters Kinn legend, hob er Livs Gesicht zu sich empor. »Vielleicht lassen wir es einfach auf uns zukommen und versuchen es nicht zu analysieren.«

»Dem scheiß Kontrollfreak in mir wird das nicht gefallen«, entschuldigte sie sich mit schiefem Lächeln.

Er grinste und küsste ihre Stirn. »Das ist schon okay. Ich mag den Kontrollfreak trotzdem.«

Livs Hände legten sich um sein Gesicht, und im nächsten Moment drückte sie ihre Lippen auf seinen Mund. Taylor schloss die Augen und zog sie an sich. Er wollte so viel mehr, als sie nur zu küssen. Jede Sekunde in ihrer Nähe schürte die glühende Sehnsucht, die plötzlich in ihm loderte.

Seine Zunge glitt in ihren Mund. Sie neckten sich, umschlangen einander, und die Hitze zwischen ihnen wurde fast unerträglich.

»Hey, nehmt euch ein Zimmer!«

Sie zuckten gleichzeitig zusammen und lösten sich fast schon erschrocken voneinander, als die fremde Stimme zu ihnen herüberdrang. Taylor sah einen seiner Mitspieler vom Vorabend Richtung Gasthof gehen und ihnen mit breitem Grinsen zuwinken. Sich räuspernd hob er sacht die Hand zum Gruß und wandte sich wieder Liv zu.

Die stand ihm mit hochroten Wangen und glänzenden Augen gegenüber.

»Ich glaube, wir sollten uns jetzt wirklich verabschieden«, bemerkte sie mit verschämtem Kichern. »Bevor das hier ausartet.«

»Vermutlich hast du recht«, stellte er amüsiert fest. »Das ist ziemlich verrückt.«

»Du sagst es.«

Er griff nach ihrer linken Hand. »Du kommst mich besuchen, oder?«

Lächelnd senkte sie die Lider und nickte. »Ja, ich denke schon.«

»In Ordnung.« Zögernd ließ er ihre Finger los. Sie lösten sich nur widerstrebend voneinander. »Dann … gute Fahrt und … melde dich bitte, wenn du heute Abend an deinem Ziel angekommen bist.«

Sie machte einen Schritt rückwärts, während sie ihm in die Augen sah. In ihrem Blick lag die gleiche Sehnsucht, die auch er verspürte. »Versprochen.«

Er tat es ihr nach und bewegte sich ebenfalls langsam rückwärts zu seinem eigenen Auto. Das Gefühl, noch so viel sagen zu wollen, was er ihr noch nicht sagen konnte, erstickte ihn fast.

»Fahr vorsichtig«, bat er.

Sie nickte. »Du auch, und komm gut nach …« Liv hob ihren Arm und las die Adresse. »Old Kilpatrick?« Sie zog eine Braue in die Höhe. »Ich dachte, East Kilbride wäre der Heimatort deiner Familie.«

»Da bin ich aufgewachsen. Aber meine Eltern wohnen dort schon lange nicht mehr. Als ich mit meinem Jurastudium begonnen habe, sind sie von Glasgow nach Old Kilpatrick gezogen, das liegt ein wenig ländlicher.« Er schmunzelte. »Ich glaube, es könnte dir gefallen.«

Sie wandte sich zu ihrem Auto um, öffnete die hintere Tür und rief Jay zu sich. Die schwarze Hündin erhob sich sichtlich zögernd, blickte zwischen ihnen hin und her und kam zu Taylor, um sich offenbar zu verabschieden. Er streichelte sie, drückte ihr einen Kuss auf die haarige Stirn und flüsterte ihr ein »Auf Wiedersehen, Fusselbürste« ins Ohr.

Als er sie losließ, trabte sie zu Liv hinüber, die Jay ein Geschirr überzog und sie damit auf dem Rücksitz anschnallte. Liv blickte ein letztes Mal zu ihm zurück und holte tief Luft. Ihre Augen glänzten verdächtig. »Auf Wiedersehen, Taylor.«

Er schluckte. Das Herz wurde ihm unendlich schwer und das Atmen anstrengend. So hatte er sich nie zuvor bei einem Abschied gefühlt. Er öffnete die Fahrertür seines Wagens, und Shanna schlüpfte an ihm vorbei in den Korb auf dem Beifahrersitz. »Auf Wiedersehen, Liv.«

Sie hob die Hand, glitt hinter das Lenkrad ihres Wagens und startete den Motor. Mit einem letzten Lächeln und einem stummen Satz hinter geschlossenen Fenstern fuhr sie davon.

Taylor atmete tief ein, ehe er sich in den Leihwagen sinken ließ und für einen Augenblick schweigend hinter dem Steuer verharrte. Als er den Kopf hob, sah er Shanna neben sich hocken, die ihm einen besorgten Blick zuwarf.

»Denkst du, es war ein Fehler, sie gehen zu lassen?«

Shanna stupste ihm die Nase gegen den Hals, ehe sie

sich in ihren Transportkorb zurückzog. »Ja, mir fehlen sie auch jetzt schon, … aber wenn es so sein soll, werden wir sie wiedersehen. Lassen wir den Dingen ihren Lauf.«

Er schloss die Tür und schnallte sich an, dann bemerkte er das Foto auf dem Armaturenbrett. Er hatte vergessen ihr das Autogramm für Christin mitzugeben.

Taylor grinste.

Sie würden sich auf jeden Fall wiedersehen.

6

Der Tag war anstrengend gewesen. Sie hatten gefühlt tausend Meilen – es waren nur etwa zweihundert – gebraucht, um Schottland von West nach Ost zu durchqueren. Nach der ersten Pause hatten Jay und sie Moray Firth besucht, um sich die Delfine anzusehen. Genau wie etwa hundert andere Touristen, die mit ihnen am Strand von Chanonry Point herumgewandert waren.

Zwischendurch hatte es ein paar »Ahs« und »Ohs« gegeben, wenn irgendwo eine Rückenflosse im Wasser des Meeresarms aufgetaucht war, aber mehr als das war nicht passiert. Vermutlich waren die Delfine einfach nicht in Spiellaune gewesen, und so hatten Liv und Jay sich nach einem sehr schönen Spaziergang entlang der Bucht irgendwann wieder auf den Weg zum Auto gemacht.

In Elgin hatten sie die einstige Kathedrale besucht, von der heute nur noch eine riesige Ruine übrig war, die aber nichts von ihrer Erhabenheit und ihrem besonderen Flair verloren hatte. In Livs Kopf war ein regelrechtes Feuerwerk an Ideen ausgebrochen, und sie hatte fast eine Stunde sitzend auf einem Stein verbracht, ihre Notizen in ein Heft geschrieben und sich ihr Lunch mit Jay geteilt.

Nach einem weiteren Stopp und ein paar weniger aufregenden Erkundungen waren sie schließlich am späten Nachmittag in Aberdeenshire angekommen, was ein sehr deutlicher Kontrast zu den Highlands war, die sie am Vormittag hinter sich gelassen hatten.

Hier gab es keine Berge und Täler, hier war das Land flach und die Aussicht schier endlos. Äcker und Felder wechselten sich ab mit Wiesen und Wäldern. Man konnte meilenweit bis zum Horizont blicken und dessen doch nicht überdrüssig werden.

Als Liv auf dem Parkplatz ihres Hotels in Inverurie ausstieg, ließ sie den Blick schweifen. Sie hoffte inständig ein Zimmer mit Aussicht gen Westen zu bekommen, dort wo der Park lag und die unendliche Weite des Himmels sich darüber dehnte. Die Eindrücke und Ereignisse hatten ihr heute geholfen, den Abschied von Taylor und ihren irrationalen Kummer irgendwie zu verdrängen. Wenn die Melancholie sie am Abend einholen würde, wollte sie nicht Richtung Stadt blicken. So nett der Ort auch war, aber sie wollte heute nur noch ein paar Bäume und Wiesen betrachten.

Erleichtert, dass die Fahrerei ein Ende hatte, öffnete sie die hintere Tür, um Jay rauszulassen. Die Hündin erhob sich sichtlich müde und sprang fast schon im Zeitlupentempo aus dem Auto.

Liv hockte sich zu ihr und musterte Jay sorgsam. »War ein anstrengender Tag, mein Schatz.« Sie drückte ihre Wange gegen den Kopf des Hundes. »Wir checken jetzt ein und gönnen uns eine Pause im Zimmer, okay? Später gibt's nur noch einen letzten kleinen Spaziergang zur

Nacht, dann hast du Ruhe.« Liv erntete ein erschöpftes Wedeln.

Das dumpfe Gefühl in ihrem Bauch ignorierend streichelte sie Jay ein weiteres Mal, ehe sie zum Kofferraum ging, um ihre Reisetasche herauszuholen. Mit dem Gepäck in einer Hand und Jays Leine in der anderen liefen sie zum Hotel hinüber.

Eine Viertelstunde später betraten sie ein geräumiges Schlafzimmer mit Doppelbett und einer atemberaubenden Aussicht auf die weitläufige Parkanlage. Während Jay sich ihren Platz auf der Tagesdecke sicherte, ging Liv zum Fenster, schob es auf und ließ die laue Sommerluft zu ihnen herein. Sie hatten vermutlich den besten Blick auf den Park, mehr hätte sie sich nicht wünschen können. Liv streifte die Schuhe von den Füßen, krabbelte zu Jay aufs Bett und machte es sich neben ihr gemütlich.

Gedankenverloren kraulte sie der Hündin das dunkle Fell. »Willst du ein Nickerchen machen?« Jay blinzelte, seufzte wohlig und streckte sich. Keine fünf Minuten später ging ihr Atem gleichmäßig und tief, und sie war eingeschlafen. Liv beugte sich zu ihr, küsste Jay auf die Schläfe und drängte den Anflug von Sorge zurück, der sie in solchen Momenten oft unerwünscht überkam.

Christin hatte ihnen mit auf den Weg gegeben, diesen Urlaub zu genießen, und genau das war Livs Plan. Aber sie konnte eben nicht völlig ignorieren, dass Jay nicht mehr die Gleiche war wie vor einem Jahr. Die Zeit spielte gegen sie, und Jay war nicht mehr die junge, gesunde Hündin von einst, mit zwölf hatte sie ihre besten Jahre fast schon hinter sich, und nun hieß es wirklich, jeden Augenblick zu genießen. Wenn es auch nur den Anschein machte, dass es ihr nicht so gutging wie tags zuvor, versetzte das Liv schon in Alarmbereitschaft.

Dabei hatte Jay sich heute erstaunlich gut gehalten, und der Tag war extrem anstrengend gewesen. Da durfte sie nun durchaus müde und kaputt sein und sich ihren Schlaf holen.

Als ihr Handy ein leises Zwitschern von sich gab, zog Liv es aus ihrer Hosentasche.

Es war Taylor.

Mr. Hollywood, Samstag, 17:23: *Seid ihr schon angekommen?*

Sie schloss die Augen und versuchte die Tränen zurückzudrängen, die unerwartet in ihr emporkrochen. Er fehlte ihr. In seiner Nähe hatte sie sich irgendwie stärker gefühlt und nicht so allein und ohnmächtig wie gerade in diesem Moment.

Die lange Fahrerei hatte sie erschöpft, die latente Sorge um Jay, die immer irgendwie gegenwärtig war, tat nun ihr Übriges. Für einen Augenblick wünschte sie sich nichts mehr, als Taylor bei sich zu haben, der sie in den Arm nahm und dafür sorgte, dass alles wieder gut werden würde … oder sich für fünf Minuten wenigstens so anfühlte.

Tief durchatmend legte sie die Hände auf das Gesicht und schüttelte den Kopf. Das war natürlich Unsinn. Taylor konnte auch keine Wunder bewirken.

In den letzten Tagen hatte dieser Mensch sie hervorragend abgelenkt. Nicht nur als Mann, sondern vor allem als Freund, und auch Jay war es gutgegangen. Weil sie keine Gewalttouren wie heute hinter sich gebracht hatten, weil es immer nur kleine Ausflüge gewesen waren, mit langen Pausen dazwischen ... Morgen würden sie nicht so viel durch die Welt reisen.

Das Handy zwitscherte ein zweites Mal.

Mr. Hollywood, Samstag, 17:24: _Geht es euch gut?_

Liv schluckte, zog die Nase hoch und entsperrte das Display. Für einen Moment schwebte ihr Finger über dem Antwort-Button. Wie sollte sie ihn ansprechen? ›Hey Babe?‹

Nein, das war völlig übertrieben. Gut, sie hatten sich geküsst, und das war eindeutig anders gewesen als jeder Kuss, den sie jemals bekommen hatte. Himmel, dieser Kerl konnte küssen wie ein Gott. Er hatte allein mit seiner Zunge Gelüste in ihr ausgelöst, von deren Existenz sie nicht mal geträumt hatte.

Aber sie wusste immer noch nicht, was sie davon zu halten hatte. War das nur ein Urlaubsflirt? Würde mehr daraus werden? Sie bezweifelte, dass zwischen ihnen so etwas wie eine Beziehung entstehen konnte. Sein Lebensmittelpunkt lag in Amerika, das war viele Kilometer von ihrem eigentlichen Zuhause entfernt. Das würde auf die Dauer nicht funktionieren.

Vielleicht sollte sie sich an Christins Vorschlag halten und mitnehmen, was sie kriegen konnte, ohne sich

Gedanken über das Danach zu machen. Die Frage war nur, ob sie das konnte. Ihr Abschied von Taylor hatte ihr heute Vormittag schon klargemacht, dass sie ihn viel zu sehr mochte. Da waren nicht länger nur ein paar Schmetterlinge, es war schon ein ganzer Schwarm. Ein Umstand, der im Moment so gar nicht in ihre Lebensplanung passte.

Beim dritten Zwitschern erschien ein Kuss-Smiley auf dem Display.

Liv ließ die Hand mit dem Smartphone neben sich auf das Bett sinken und ignorierte die nächste eingehende Nachricht. Vielleicht sollte sie ihm gar nicht antworten. Vielleicht war es ein Wink des Schicksals, dass ihre Wege sich getrennt hatten, und sie sollte es dabei belassen. Wenn sie ihn wiedersah … Sie schloss die Augen und schüttelte den Kopf. Das war keine gute Idee. Sie sollte ihren Urlaub genießen, die Zeit mit Jay auskosten und sich dann auf den Heimweg machen.

Er war ihr in den wenigen Tagen und den kurzen intimen Momenten schon viel zu sehr unter die Haut gegangen. Sie brauchte Abstand. Solang sie keinen klaren Weg für sich sah, den sie in Bezug auf Taylor einschlagen wollte und damit leben konnte, brauchte sie sich gar nicht erst in irgendwelche Verrücktheiten zu verrennen.

Ihn allerdings zu ignorieren war einfach nur unhöflich, und sie hatte versprochen sich zu melden, wenn sie angekommen wären.

Das Handy entglitt ihren Fingern, und sie erhob sich vom Bett. Vorher würde sie trotzdem duschen gehen und sich den Staub und Schmutz aus den Haaren waschen. Die Antwort an ihn konnte noch ein paar Minuten warten.

***

Frustriert legte er sein Handy beiseite, lehnte sich in dem Gartenstuhl zurück und verschränkte die Arme hinter dem Nacken. Seine Nachrichten waren angekommen, aber sie hatte sie offenbar noch nicht gelesen. Vielleicht war sie noch unterwegs.

War er zu forsch? War er zu aufdringlich?

Mit einem Stöhnen drückte er sich beide Hände aufs Gesicht und schüttelte den Kopf. Was, wenn sie gar nicht das Gleiche empfand wie er? Vielleicht benahm er sich in ihren Augen wie ein siebzehnjähriger, vollpubertärer Teenager, der mit seinen Hormonen nicht klarkam. Er war zweiundvierzig, und bisher hatte er sich immer für cool genug gehalten, sich nicht wie ein Vollidiot zu benehmen, aber irgendwie stellte Liv gerade sein Leben auf den Kopf, … und dabei war bislang nichts zwischen ihnen passiert außer ein paar Küssen.

Am frühen Nachmittag war er bei seinen Eltern eingetroffen. Es war schön, wieder bei ihnen zu sein. Sie hatten eine Menge zu erzählen gehabt, aber er merkte auch, dass seine Eltern nicht mehr so jung waren, wie er sie in Erinnerung hatte. Als sie sich später zu einem Nickerchen hingelegt hatten, war er mit seinen Gedanken und Gefühlen allein geblieben, … vielleicht war das sein Problem.

Er hatte zu viel Zeit zum Grübeln, und das ließ ihn Dinge tun, wie sinnlose Nachrichten zu schreiben, weil er sich fühlte wie ein verliebter Trottel, der sich nach seiner Angebeteten verzehrte.

Das Dumme war, dass das ziemlich gut seinen Zustand

beschrieb. Eine Tatsache, mit der er mal mehr und mal weniger gut klarkam.

Er ließ die Hände sinken und starrte blicklos in die Ferne. Vereinzelte weiße Wölkchen zogen am Himmel über Old Kilpatrick dahin, die Vögel zwitscherten, es roch nach frisch gemähtem Gras, und weit unter ihm schlängelte der Fluss Clyde sich durch sein breites Bett.

Warum hatte er das nicht alles vorher kommen sehen?

Diese ruhige, kleine Frau hatte sich still und heimlich in sein Herz geschlichen und darin festgesetzt. Aber es war ihm zuerst nicht aufgefallen, weil er sie anfangs nur als Kumpel wahrgenommen hatte. Es war nicht wie diese wilde Verliebtheit, in die er bei Maddison verfallen war. Und auch nicht zu vergleichen mit diesem verrückten Hin und Her, mit dem sie ihre On-Off-Beziehung irgendwie über drei Jahre aufrechterhalten hatten.

Liv hatte sich leise und unbemerkt in sein Inneres gestohlen und ging ihm nun mehr unter die Haut, als das bei Maddison jemals der Fall gewesen war.

Das Problem war, sie wollten eigentlich beide keine neue Beziehung.

Er war zugegebenermaßen immer noch bedient davon, wie das zwischen seiner Ex und ihm abgelaufen war, und er wollte keine Wiederholung dieser zerstörerischen Kraft, die zwischen ihnen geherrscht hatte. Der Plan war eigentlich gewesen, für eine Weile einfach nur Single zu sein und sich nicht wieder Hals über Kopf an jemanden zu binden.

Aber eine Frau wie Liv würde sich nicht auf eine belanglose Affäre einlassen, … und wenn er ehrlich war, wollte er das auch gar nicht. Nicht mit Liv. Mit jemandem, mit dem man sich so gut verstand, vögelte man nicht einfach nur herum und zog danach seiner Wege.

Scheiße! Vermutlich hätte er sie nicht küssen sollen. Er hätte am Abend vor ihrer Abreise dem Drang einfach nicht nachgeben dürfen … oder sich wenigstens heute Vormittag zusammenreißen müssen. Aber es ging nicht, es ging einfach nicht, er kannte sie kaum drei Tage und war verliebt bis über beide Ohren. Er wollte nichts mehr, als sie wiederzusehen.

»Hey Brüderchen.«

Erschrocken zuckte er zusammen, als die warme Frauenstimme direkt neben seinem Ohr erklang. Sein Kopf ruckte herum, und er sah seine Schwester neben sich stehen.

»Gail?!« Konsterniert starrte er sie einen Moment lang an. »Was tust du schon hier?«

Sie zog die dunklen Augenbrauen hoch und schnitt eine Grimasse.

»Das ist ja eine entzückende Begrüßung.«

Er schüttelte den Kopf. »Entschuldige.« Rasch erhob er sich von seinem Stuhl und wandte sich ihr zu. »Ich war in Gedanken und hatte noch gar nicht mit dir gerechnet.«

Sie umarmten einander.

»Wolltest du nicht erst morgen kommen?«

Sie lächelte ihn an. »Ich konnte mich einen Tag früher loseisen und wollte die Zeit nutzen, mal ein paar Stündchen ohne Familie zu sein.«

Er musterte sie besorgt. »Sag mir bitte nicht, dass bei euch der Haussegen schief hängt?«

»Ach wo.« Sie winkte ab. »Es sind nur ein rückgratloser Mann und zwei pubertierende Töchter in ihrer unerträglich zickigen Teenagerphase, die mich gerade an den Rand des Wahnsinns treiben.«

Taylor schmunzelte. »Ich dachte, das wäre nur vorübergehend.«

»Das hatte ich auch gehofft«, erwiderte Gail und rollte mit den Augen. »Nun bleibt mir nur noch darauf zu warten, dass sie endlich ausziehen und ich Ruhe habe.«

»Sie sind fünfzehn und siebzehn«, gab er zu bedenken.

»Ja und?« Gail zuckte mit den Schultern. »Sie sollen sich einen Job suchen und sehen, was das Leben kostet, wenn man auf eigenen Füßen stehen will. Wenn sie John nicht ständig auf ihre Seite ziehen würden, hätte ich sie schon längst vor die Tür gesetzt.«

Taylor lachte leise. Natürlich übertrieb seine Schwester maßlos, aber er konnte vermutlich nur ahnen, wie heftig es mit Kaleigh und Leanne sein musste, nachdem Gails ältester Sohn Jason die Pubertät relativ ruhig überstanden hatte. »Die letzten Monate müssen hart gewesen sein.«

»Ganz ehrlich, an manchen Tagen fühlt man sich wie in einem Kriegsgebiet. Ein falscher Schritt und du trittst auf einen Fernzünder, der eins der Mädchen hysterisch explodieren lässt. Keine Ahnung, was die Schöpfung sich bei der Erfindung der Pubertät gedacht hat, aber ich habe das Gefühl, diese Phase wird von Generation zu Generation schlimmer.« Sie schüttelte den Kopf. »Wir waren so nicht, … hoffe ich jedenfalls, sonst muss ich mich bei Mum wirklich entschuldigen.«

Sie holte tief Luft und musterte ihn von oben bis unten.

»Was ist mit dir? Kenn ich die Dame, über die du gegrübelt hast?«

Er verspannte sich. »Nein, … ich mein, wer sagt, dass ich über eine Frau grüble?«

Seine Schwester lachte leise und ließ ihn los. »Mach mir nichts vor, Taylor. Ich habe dich vorhin zweimal angesprochen, sogar ziemlich laut, aber du hast mich überhaupt nicht wahrgenommen. Wenn du gedanklich dermaßen weit weg bist wie eben, dann ist meiner Erfahrung nach der Grund dafür eine Frau.«

Er fuhr sich mit einer Hand durchs Haar und rollte mit den Augen. Seine Mutter hatte ihn heute auch schon mehrfach so seltsam angeschaut.

Gail ging an ihm vorbei und machte es sich auf dem Stuhl neben seinem bequem. Sie bedeutete ihm wieder Platz zu nehmen, während ihr Blick ihn aufmerksam studierte. Taylor seufzte. Er liebte seine Familie, aber manchmal waren diese intensive Verbindung zwischen ihnen und die damit einhergehende Tatsache, dass man nichts vor ihnen geheim halten konnte, ziemlich lästig.

»Komm schon.« Ihm zuzwinkernd legte sie den Kopf schief. »Mir ist schon klar, dass du eigentlich nicht drüber reden willst, … aber irgendwann musst du mit der Sprache herausrücken. Du weißt, dass ich hartnäckig bin.«

»Das habe ich nicht vergessen«, erwiderte er übertrieben genervt und ließ sich auf seinen Stuhl fallen. »Willst du mir nicht lieber erst mal erzählen, wie es dir sonst ergangen ist? Wir haben uns ewig nicht gesehen.«

»Hm, um genau zu sein, fast so lang wie diese unselige Beziehung mit Maddison andauerte«, gab Gail zurück.

Sie lehnte sich in ihrem Stuhl nach hinten. »Sag mir bitte nicht, dass *sie* der Grund für dein Gegrübel ist.«

Er verzog das Gesicht. »Nicht wirklich.«

»Gott sei Dank.« Sie hob entschuldigend eine Hand. »Verzeih, wenn ich so ehrlich bin, aber du weißt, ich war nie ein Fan von ihr.«

»Das habe ich auch nicht vergessen«, entgegnete er. Wenn man es genau nahm, waren die beiden Frauen vor drei Jahren bei einer Filmpremiere ziemlich aneinandergerasselt, als er frisch mit Maddison liiert gewesen war. Er konnte es Gail nicht verübeln, dass sie immer noch einen Groll auf seine Ex-Freundin hegte.

Als er nicht weitersprach, beugte seine Schwester sich noch weiter vor und erdolchte ihn fast mit ihrem Blick. »Nun erzähl schon. Wer ist die Neue?«

Er drückte sich gegen die Rückenlehne und schloss die Augen.

»Sie ist nicht meine Neue«, murmelte er unwillig. »Ich meine, ich kenne sie erst seit ein paar Tagen.«

»Ach, also doch Luan Larsson?«

Verblüfft riss er die Augen auf und starrte Gail an.

»Was zum …«

Sie amüsierte sich sichtlich. »Das Video von deiner Ankunft in Schottland hat mittlerweile fast sowas wie Kultstatus. Du ahnst gar nicht, was die ganzen Grafiker und Videokünstler damit schon angestellt haben – und was dir statt des Balls mittlerweile in diversen Ausschnitten alles an den Kopf knallt.« Sie grinste breit. »Irgendwelche Spezialisten haben offenbar ein Programm darüberlaufen lassen, mit dem Gesichter identifiziert werden können, und heute ging die Nachricht herum, dass es sich bei der Person zu achtundneunzig Prozent um diese Schriftstellerin handeln soll.« Sie zwinkerte ihm zu. »Deine Reaktion auf diesen Namen scheint das zu bestätigen.«

Scheiße! Das gefiel ihm gar nicht. Er musste das irgendwie in Ordnung bringen.

»Sie heißt Liv. Luan ist ihr Künstlername.«

»Oh, Gott sei Dank!« Gail warf theatralisch die Arme gen Himmel. »Endlich mal eine normale Frau.«

»Hey.« Taylor runzelte die Stirn. »Was soll das denn heißen?«

»Genau was ich sage.« Sie legte ihm eine Hand auf die Schulter und schenkte ihm einen entschuldigenden Blick. »Du weißt, ich liebe dich, und ich habe deine Frauenauswahl, egal auf wen sie fiel, immer akzeptiert. Aber ehrlich gesagt habe ich die Schnauze voll von all diesen Schickimicki-Tussis aus Hollywood, die du in den letzten Jahren abgeschleppt hast.«

»Schickimicki-Tussis?«

»Ja, Botox, Silikon, künstliche Wimpern und gebleichte Zähne … ich meine, klar waren die hübsch anzusehen, aber du musst dich doch jeden Morgen erschrocken haben.«

Er schüttelte belustigt den Kopf. »Wieso?«

»Drei Tonnen Kleister im Gesicht verschmelzen nachts normalerweise bei Kontakt mit Kopfkissen und Wärme zu einer undefinierbaren Masse.«

»Gut, dass du keine Vorurteile hast«, bemerkte er lachend.

»Oh doch, die hab ich schon. Ich glaub nämlich nicht, dass auch nur die Hälfte deiner Eroberungen einen höheren IQ als ein nasses Brötchen hatte, aber zum Glück hast du die meisten ja relativ schnell wieder abserviert. Ich gebe allerdings zu, bei Maddison hatte ich ernsthaft die Befürchtung, an der würdest du kleben bleiben.«

»Da bin ich ja froh, dass ich dir die meisten meiner Freundinnen *nicht* vorgestellt habe.«

Gail grinste ihn breit an. »Ich auch!«

Sie lachten.

»Okay, jetzt aber im Ernst.« Sie musterte ihn aufmerksam. »Was ist das mit Luan … Liv und dir?«

Er holte tief Luft, stieß sie wieder aus und zuckte mit den Schultern. »Wir haben uns angefreundet. Ich meine, wir waren ja nur ein paar Tage am Loch Achall und haben uns einfach gut verstanden. Sie ist witzig, intelligent, warmherzig. Sie hat einen tollen Humor, und unsere Hunde mochten sich wirklich gern.«

»Ja, ich habe gelesen, dass sie ziemlich tierlieb sein soll. Außerdem ist sie hübsch.«

»Das hast du auf dem Video erkannt?«, fragte er skeptisch.

Gail kicherte. »Nein, aber ich habe es gesehen, als ich sie bei Facebook gestalkt habe, um mehr über die Frau herauszubekommen, die meinem Bruder einen Ball an den Kopf geworfen hat.« Sie neigte den Kopf zur Seite, der Blick war ernst, mit dem sie ihn musterte. »Du magst sie, oder?«

Er hob die Schultern. »Ja, warum auch nicht?«

»Habt ihr euch geküsst?«

Taylor zog eine Augenbraue hoch. »Findest du nicht auch, dass dich das nichts angeht?«

»Nein.« Ihre Miene blieb ausdruckslos. »Da du meiner Frage aber ausweichst, schließe ich daraus, *dass* ihr euch geküsst habt.«

Er lehnte sich in seinen Stuhl zurück und fuhr sich mit einer Hand übers Gesicht. »Und wenn?«

»Hat es dir gefallen?«

»Gail!« Langsam ging sie wirklich zu weit, wie er fand. Sie waren schließlich keine Teenager mehr, die jedes Geheimnis teilten.

»Sag schon.« Ihr Zeigefinger bohrte sich unangenehm in seinen Oberarm.

»Ja«, antwortete er einsilbig.

»Wirst du sie wiedersehen?«

Taylor schloss die Augen. Er hätte sie gern ignoriert und einfach geschwiegen, aber in einem musste er Gail recht geben: Sie war hartnäckig. Und sie würde nicht ruhen, bevor sie nicht das letzte Geheimnis aus ihm herausgequetscht hatte.

»Ich weiß es nicht. Ich weiß nicht mal, was das mit uns beiden ist.« Er schluckte. »Ich bin doch gerade erst durch mit meiner Beziehung zu Maddison und …«

»Und was?«

»Liv ist nicht der Typ Frau, mit dem man nur seinen Spaß hat und den man dann vergisst.«

»Hm.«

Als sie nichts weiter sagte und auch in den nächsten Sekunden stumm blieb, öffnete Taylor die Augen und warf seiner Schwester einen fragenden Blick zu. Sie hatte sich auf ihren eigenen Stuhl zurückgezogen und sah zum Fluss hinab.

»Keine schlauen Sprüche oder Ratschläge?«, wollte er wissen.

Ihr Kopf bewegte sich im Zeitlupentempo von rechts nach links und wieder nach rechts. »Ich glaube, da musst du selbst aktiv werden«, bemerkte sie leise. »Du solltest dich vielleicht noch einmal mit ihr treffen, um Klarheit darüber zu bekommen, was du willst.«

Er nickte und ließ seinen Blick über das Land schweifen. »Ich habe sie eingeladen.«

Er konnte fühlen, wie Gail sich ihm zuwandte und ihn ansah. »Hierher?«

»Ja.«

Als sie wieder nichts sagte, drehte er den Kopf in ihre Richtung. Sie grinste von einem Ohr zum anderen.

Er hob beide Hände. »Was?«

Sie presste die Lippen aufeinander. Ihr Gesichtsausdruck wirkte ausgesprochen zufrieden. »Nichts, Brüderchen, gar nichts!«

»Bist du dagegen?«

Sie erhob sich vom Stuhl, trat neben ihn und beugte sich zu Taylor herunter. »Überhaupt nicht.« Sie küsste ihn auf die Stirn. »Wenn du mich entschuldigst, ich geh meinen Koffer auspacken und mich frischmachen. Ich will diesen Tag ohne die Terror-Teens nochmal so richtig genießen. Wir sehen uns später.«

»Okay.«

Ihr plötzlicher Abgang war seltsam, und er wusste nicht, was er davon zu halten hatte. Vielleicht war *das* ja sein essenzielles Problem. Er *verstand* die Frauen einfach nicht.

***

Es war schön, sich sauber und frisch zu fühlen. In Unterwäsche kehrte sie ins Schlafzimmer zurück, machte es sich neben Jay auf dem Bett bequem und schaltete den Fernseher ein.

Sie brauchte irgendwas, womit sie sich berieseln lassen konnte. Als sie eine offensichtliche Soap fand, drehte sie die Lautstärke nach unten, bis nur noch ein Murmeln übrig war, und strich Jay über den Rücken. Die Hündin schob sich eine Pfote über das Gesicht, ehe sie wieder in ihren Tiefschlaf verfiel. Liv lächelte. Das war ein gutes Zeichen.

Sie nahm ihr Smartphone in die Hand und öffnete das Mailprogramm.

Überrascht hoben sich ihre Augenbrauen, als sie bemerkte, dass Taylor die letzten beiden Nachrichten gelöscht hatte. Offenbar war ihm der Kuss-Smiley wohl doch zu offensiv gewesen. Sie hätte zwar gern gewusst, wie seine letzte Nachricht gelautet hatte, wollte ihn aber nicht wegen einer möglichen Nichtigkeit nerven.

Ihre Finger glitten über das Display:

Liv, Samstag, 18:05: Haben Aberdeenshire und unser Hotel erreicht, sind ziemlich müde und werden heute früh ins Bett fallen. Wie geht es dir? Bist du gut angekommen? Bei deiner Familie alles okay?

Sie schickte die Nachricht ab und streckte sich neben Jay aus. Durch das Fenster wehte ein warmer Wind zu ihnen herein, gerade angenehm genug, dass sie in Hemdchen und Slip nicht fror.

Den Kopf auf dem angewinkelten Arm abgelegt, streichelte sie mit der anderen Hand durch Jays raues Fell. Es war ein friedlicher Moment. Genau so, wie Liv ihn sich erhofft hatte. Nach einem ereignisreichen Tag hatten sie sich ihren Feierabend mehr als verdient. Allmählich ergriff die Müdigkeit von ihr Besitz, und ihre Augen wurden schwer. Vielleicht sollte sie auch ein Nickerchen machen.

Ihr Handy zwitscherte. Sie öffnete den Chat mit Taylor.

Mr. Hollywood, Samstag, 18:05: *Die Aussicht ist traumhaft.*

Ein Bild lud sich hoch. Darauf war der atemberaubende Blick über eine grüne, blühende Landschaft und einen breiten Fluss zu sehen. Old Kilpatrick lag tatsächlich sehr schön. Kein Wunder, dass seine Eltern sich das als Ruhesitz ausgesucht hatten.

Mr. Hollywood, Samstag, 18:06: *Die Fahrt war entspannt, und ich bin gut durchgekommen. Meine Schwester ist auch schon da. Sie hat mir erzählt, dass irgendjemand deine Identität im Internet herausposaunt hat. Das tut mir wirklich leid.*

Stirnrunzelnd las Liv die Nachricht und seufzte resigniert.

»Mist.«

Vermutlich war damit zu rechnen gewesen. Vielleicht hatte irgendein Bekannter das Video gesehen und sie erkannt. Christin war es sicher nicht gewesen.

Liv schloss die Augen. Sie war zu müde, um sich deshalb zu ärgern oder es mit mehr als einem Schulterzucken zur Kenntnis zu nehmen. Sie wollte auch gar nicht wissen, was im Internet los war. Zu viele Kleinigkeiten wurden zu sehr aufgebauscht, und die wirklich wichtigen Dinge wurden ignoriert, immer und überall.

Da sie sich selbst versprochen hatte, alle Social-Media-Kanäle während ihres Urlaubs zu meiden, würde sie sich auch weiterhin daran halten. Mit diesem unerwarteten Teil würde sie sich noch früh genug befassen müssen.

Dann ist das nun wohl nicht mehr zu ändern, tippte sie in ihr Handy.

Mr. Hollywood, Samstag, 18:07: Ich habe ein Video gemacht, in dem ich die Situation erklärt und Entwarnung gegeben habe. Das lade ich noch hoch.
Erschöpft schloss sie die Augen und schüttelte den Kopf. War das wirklich nötig?
Liv, Samstag, 18:07: Das musst du nicht tun, Taylor.
Mr. Hollywood, Samstag, 18:07: Es ist mir aber ein Bedürfnis. Ach, und ich habe dich bei Facebook geaddet.
Liv, Samstag, 18:08: Du hast was?
Mr. Hollywood, Samstag, 18:08: Dir eine Freundschaftsanfrage geschickt.
Sie stellte nicht zum ersten Mal fest, dass er sich mit diesem Zeug sichtlich besser auskannte.

Liv, Samstag, 18:08: Okay.

Mr. Hollywood, Samstag, 18:08: *Du musst sie nur annehmen ...*

Liv, Samstag, 18:08: Mach ich, wenn mein Urlaub vorbei ist. Ich bin nämlich nicht ständig online!

Mr. Hollywood, Samstag, 18:08: *Autsch! Aber du hast ja recht, ich wollte ja auch kürzertreten. Nach dem Video bin ich wieder offline. Versprochen.*

Liv, Samstag, 18:09: Du musst das selbst entscheiden. Du bist schließlich erwachsen.

Mr. Hollywood, Samstag, 18:09: *Nicht immer ...*

Liv, Samstag, 18:09: Ich weiß!

Sie schmunzelte. Da war er wieder, der Kerl, der immer zu kleinen Witzeleien aufgelegt war. Liv unterdrückte einen sehnsüchtigen Seufzer.

Er fehlte ihr wirklich. Sie legte den Kopf wieder auf dem Arm ab und blinzelte. Sie vermisste den Freund, den sie in ihm gefunden hatte. Sich nach dieser gemeinsamen Zeit nicht mehr mit ihm unterhalten und über die Eindrücke des Tages reden zu können war irgendwie ... öde. Jay konnte ihr zwar zuhören, aber das war nicht das Gleiche.

Mr. Hollywood, Samstag, 18:10: *Besuchst du mich?*

Wenn sie ehrlich war, hätte sie auf diese Frage lieber gar nicht geantwortet, aber das wäre nicht fair gewesen. Seit sie sich voneinander verabschiedet hatten, waren ihre Selbstzweifel wieder zurückgekehrt. Dementsprechend unsicher war sie, was diesen Punkt zwischen ihnen betraf, und im Augenblick zu erschöpft, um eine Entscheidung zu treffen.

Liv, Samstag, 18:10: Ich kann es noch nicht versprechen, aber ich versuch es.
Mr. Hollywood, Samstag, 18:10: Ich habe noch das Autogramm für Christin.

Sie verzog die Lippen zu einem Lächeln. Das war natürlich das absolute Totschlagargument, … als ob er das nicht per Post verschicken konnte.

Liv, Samstag, 18:10: Ich lass mir was einfallen, schrieb sie zurück. *Für heute sag ich gute Nacht.*
Mr. Hollywood, Samstag, 18:11: Okay. Dann gute Nacht und süße Träume.

Sie schaltete das Handy stumm, legte es auf dem Nachtschrank ab und zog die Tagesdecke über Jay und sich. Das waren genug Informationen für heute, morgen war noch genug Zeit, sich Gedanken über den Rest zu machen.

Als sie die Augen schloss, war sie wenige Sekunden später eingeschlafen.

7

$\mathcal{E}$s war weder das morgendliche Vogelgezwitscher noch der Geruch von frisch gemähtem Gras, was ihn am nächsten Tag sanft aus dem Schlaf weckte.

Stattdessen starrte er für eine Sekunde orientierungslos an die Decke des Schlafzimmers und wusste nicht, wieso er plötzlich wach war. Er tastete nach seiner Armbanduhr, die auf dem Nachtschrank lag, und stellte zu seinem Verdruss fest, dass es gerade mal halb sechs war.

Im nächsten Moment krähte direkt vor seinem halb geöffneten Fenster ein Hahn seinen morgendlichen Gruß in die Welt hinaus. Taylor fluchte leise vor sich hin, worauf Shanna am Fußende zusammenzuckte und den Kopf hob.

»Kannst du ihn töten?«, wollte Taylor genervt wissen.

Die Hündin gähnte herzhaft, kam über das Bett gerobbt und drückte ihm schwanzwedelnd die Schnauze in die Armbeuge. Offensichtlich war sie nicht bereit dazu, seinen Wunsch zu erfüllen, sondern wollte sich die Decke über den Kopf ziehen und weiterschlafen.

»Du bist absolut ungeeignet als Jagdhund«, beschwerte er sich halbherzig und streichelte ihr über den Kopf.

Shanna drehte sich einmal um die eigene Achse und machte es sich mit einem Grunzen neben ihm bequem.

Außer komischen Geräuschen und Verrenkungen war sichtlich nichts mit diesem Hund anzufangen. Er strich ihr über den Kopf und warf die Uhr neben sich aufs Bett.

Wenn dieser scheiß Hahn noch mal vor seinem Fenster herumkrähte, würde er ihm den Kopf nach hinten drehen. Er hatte nie verstanden, warum seine Eltern dieses dämliche Vieh überhaupt angeschafft hatten, wenn … Das nächste Krähen fand weiter entfernt statt, gleich darauf folgte das wütende Brüllen seiner Schwester, die offenbar im Nebenzimmer aus dem Schlaf katapultiert wurde.

Taylor grinste schadenfroh. Irgendwie war es akzeptabler, wenn man nicht der einzige Leidtragende war. Er drehte sich auf die Seite, drückte Shanna an seine Brust und schloss die Augen. Fürs Erste schien der Hahn sich damit zufriedenzugeben, alle anderen zu wecken, da konnte er auch noch ein Nickerchen einlegen.

Als sich kurz darauf seine Schlafzimmertür leise aufschob und jemand den Kopf hereinsteckte, drückte Taylor das Gesicht in sein Kissen. Einfach nicht bewegen.

»Bist du wach?« Das war Gails Stimme. Er würde sich totstellen. »Taylor?«

Für einen winzigen Moment war er versucht sich auch weiterhin nicht zu rühren und so zu tun, als würde er schlafen. Allerdings war äußerst zweifelhaft, dass sie ihm das abnehmen würde.

»Nicht mehr«, murmelte er halb erstickt in den Stoff.

Gail gluckste, kam ins Zimmer und umrundete sein Bett. Er spürte, wie hinter ihm die Matratze nachgab, als sie sich zu ihm legte. Stirnrunzelnd wandte er sich halb zu ihr um. »Was wird das?«

»Erinnerst du dich, als wir früher im Morgengrauen zusammengelegen haben?«, fragte sie. »Da haben wir immer ewig lang geredet.« Sie knuffte ihm freundschaftlich den Ellenbogen gegen den unteren Rücken. »Wir haben lange nicht mehr geredet.«

»Doch«, widersprach er, »gestern Nachmittag und abends beim Essen.«

»Ja, aber da ging es um Liv und später um deinen Job.« Sie musterte ihn im Halbdunkel. »Ich würde aber gern wissen, wie es meinem kleinen Bruder geht.«

»Ich hab doch gesagt, mir geht's gut«, erwiderte er und wandte ihr wieder den Rücken zu. »Vielleicht solltest du noch ein Nickerchen machen.«

»Ich bin wach.«

»Toll, ich wollte aber noch schlafen.«

»Oh, okay.«

Für einen Moment starrte er vor sich hin. »Willst du nicht wieder in dein Bett gehen?«

»Kannst du nicht schlafen, wenn ich neben dir liege?«

»Ehrlich gesagt, nein.« Er schüttelte den Kopf. »Das fühlt sich seltsam an.«

»Weil ich deine Schwester bin?«

»Ja, und weil du nervst. Kannst du die Übermutti nicht da rauslassen, wo es nötig ist?«

Sie schwieg. Ein untrügliches Zeichen dafür, dass er übers Ziel hinausgeschossen war. Er wusste, dass er nicht ganz unrecht hatte mit seinem Vorwurf, aber er wollte sich nicht mit Gail streiten.

Resigniert drehte er sich auf den Rücken und sah sie an. Sie lag nur da und blickte an die Decke.

»Schmollst du jetzt?«

Ihre Lippen pressten sich aufeinander. Natürlich schmollte sie. »Schon okay.«

Sie wollte sich wegdrehen und aus dem Bett steigen, doch Taylor hielt sie fest.

»Warte. Es tut mir leid«, murmelte er zerknirscht. »Ich bin dieses Geglucke einfach nicht mehr gewohnt.«

»*Ich* muss mich entschuldigen«, gab sie leise zurück. »Ich weiß, ich habe es übertrieben, und mir tut es leid. Es ist nur, … ich fühl mich irgendwie überflüssig. Erst recht, seit die Mädchen in die Pubertät gekommen sind. Ich hab das Gefühl, jeder hasst mich, lässt seine Launen an mir aus, und ich bin überall nur lästig.«

»Du weißt doch, dass das nur eine Phase ist.«

»Ja, vermutlich hast du recht.«

»Steht John dir nicht zur Seite bei dem Theater mit den Kids?«

Sie seufzte. »Der hat nur seine Arbeit im Kopf und ist die halbe Zeit nicht daheim.« Gail zog die Schultern hoch. »Und wenn er da ist, wickeln die Mädchen ihn ein, und er lässt ihnen alles durchgehen. Dann heißt es nur, ich solle mich nicht so anstellen und aufhören so streng zu sein.«

Taylor stemmte sich auf einen Arm hoch und musterte seine Schwester in der beginnenden Morgendämmerung. Ihre Miene war unergründlich. »Das klingt nicht nach der Einigkeit, die ihr sonst immer an den Tag gelegt habt.«

Sie verzog die Lippen zu einem bitteren Lächeln. »Die Zeiten ändern sich.«

Gestern hatte sie auf seine Frage, ob der Haussegen bei ihnen schief hängen würde, eher amüsiert reagiert. Nun hinterließ dieser Satz ein alarmierendes Gefühl bei ihm. »Was ist los bei euch?«

Sie holte tief Luft und schluckte. »Ich glaube, er … hat eine andere.«

Taylor setzte sich auf. »Bitte?«

Gail presste die Lippen aufeinander, tat es ihm nach und ließ die Beine über die Bettkante hängen. Über die Schulter warf sie ihm einen traurigen Blick zu. »Ist das nicht normal in dem Alter? Mit Mitte vierzig bekommt Mann seine Midlifecrisis und sucht sich was Jüngeres, Ansehnlicheres. Was, wo die Oberarme nicht herumwackeln und die Schenkel nicht voller Cellulite sind, wo der Bauch nicht hängt und vernarbt ist, weil keine drei Schwangerschaften Haut und Gewebe überstrapaziert haben.«

»Gail, das ist doch kein Grund.«

Sie lachte leise auf. »Ach ja? Was ist mit dir? Maddison war wie alt? Achtundzwanzig? Und trotzdem hat es nicht funktioniert.« Sie schüttelte den Kopf. »In all den Jahren hast du dich nie wirklich binden wollen.«

»Das ist richtig, aber nicht, weil ich es nicht wollte.«

»Hast du es bei einer von ihnen je erwogen?«

»Ich habe Maddison einen Heiratsantrag gemacht, letztes Jahr.«

Gails Augen wurden groß. »Ernsthaft?«

»Ja, aber sie hat abgelehnt. Es war unsere On-Off-Beziehung. Sie hat gesagt, erst wenn wir es auf Dauer schaffen, eine Beziehung zu führen, wären wir auch bereit für mehr.«

Seine Schwester verzog das Gesicht. »Tut mir leid, dass es nicht geklappt hat.«

»Shit happens.«

»Was ist mit Liv?«

Irritiert runzelte er die Stirn. »Liv?« Er hob eine Hand. »Entschuldige mal, aber wir kennen uns ja kaum. Ich mein, klar mag ich sie, aber gedanklich bin ich noch nicht mal bei einem ernsthaften Date angekommen.«

»Aber du hast sie hierher eingeladen.«

»Was hat das denn damit zu tun?«

Gail verzog die Lippen zu einem schmalen Lächeln. »Kannst du dich erinnern, wann du das letzte Mal eine deiner Flammen unseren Eltern vorgestellt hast?«

»Ich … keine Ahnung … nein. Was tut das zur Sache?«

»Ich habe Mum gefragt, und es ist mehr als zwanzig Jahre her«, bemerkte sie. »Wenn du jemanden hierher einlädst, muss derjenige schon besonders sein. Denk mal drüber nach.«

Er blinzelte ein paarmal, ehe er sich umdrehte, die Beine aus dem Bett schwang und aufstand. »Das ist doch Quatsch.« Gail sagte nichts, sondern sah ihn nur an. »Du redest dir da was ein.«

»Vielleicht«, gab sie leise zurück und erhob sich ebenfalls. »Vielleicht wünsche ich mir nur, dass wenigstens mein kleiner Bruder glücklich wird, wenn der Rest von uns es schon nicht sein kann.«

Er furchte zum zweiten Mal an diesem Morgen die Stirn. »Was soll das heißen? Nur weil es zwischen John und dir im Moment nicht so gut läuft wie sonst, ist doch noch nicht alles verloren. Und soweit ich weiß, geht es Will und Amy doch auch gut, oder nicht?«

Sie trat zu ihm, legte ihm beide Hände auf die Schultern

und maß ihn mit tadelndem Blick. »Du hast lange nicht mit Will telefoniert, sonst wüsstest du, dass er und Amy sich vor zwei Monaten getrennt haben.«

»Was?« Er spürte, wie ihm die Gesichtszüge entglitten. »Warum?«

»Das solltest du ihn selbst fragen, wenn er kommt.« Sie holte tief Luft und zwang ein unechtes Lächeln auf ihre Lippen. »Entschuldige, dass ich dich gestört habe. Aber es war schön, mal wieder mit dir zu reden, selbst wenn du vermeidest über dich zu sprechen.«

Sie küsste ihn auf die Wange und verließ das Zimmer, ehe er sie aufhalten konnte. Taylor blieb wie vom Donner gerührt neben dem Bett stehen. Die Beziehung seiner Schwester stand auf Messers Schneide, die seines Bruders befand sich offenbar bereits in der Trennungsphase, und er selbst war in den letzten Monaten zu sehr mit sich und seinen eigenen Angelegenheiten beschäftigt gewesen, um irgendetwas davon mitzubekommen. Er fuhr sich mit beiden Händen durchs Haar und schüttelte den Kopf.

Damit hatte er nicht gerechnet. Es war offenbar Zeit für ein paar ausführliche und intensive Gespräche mit seiner Familie und ein paar Entschuldigungen seinerseits.

***

Sie hatten lange geschlafen, ausgiebig gefrühstückt und sich dann gemächlich auf den Weg gemacht, um ihre Tour fortzusetzen.

Heute stand nur ein einziges Ziel auf ihrem Plan: Dunnottar Castle. Eine riesige Festungsanlage aus dem 13.

Jahrhundert, deren Ruinen sich auf einer Landzunge an der Nordostküste über das Meer erhoben.

Darauf hatte Liv sich schon seit ihrer Ankunft in Schottland gefreut, und ein kleiner Traum würde sich damit für sie erfüllen. Jay zuliebe würden sie sich Zeit lassen mit dem Aufstieg zur Burg, denn so einen Gewaltmarsch wie tags zuvor sollte sie nicht wieder erleben. Es würde ein langsamer Spaziergang mit vielen kleinen Pausen werden, und wenn sie zurückkämen, würden sie noch die Bucht besuchen, um die sich endlos viele Schmugglergeschichten rankten. Heute durfte Jay das Tempo bestimmen.

Nicht zum ersten Mal zog Liv ihr Handy aus der Tasche, um einen unruhigen Blick darauf zu werfen. Es war eine knappe Stunde her, dass sie Inverurie hinter sich gelassen hatten. Die Fahrt nach Stonehaven war eher gemütlich gewesen, und nach fünf Minuten Warten hatten sie sogar einen Parkplatz in der Nähe des örtlichen Cafés ergattern können.

Der perfekte Startpunkt an einem diesigen Vormittag. Wäre da nicht dieser stille Alarm in ihren Eingeweiden gewesen, weil Taylor sich noch nicht gemeldet hatte. Ob er sauer war wegen gestern Abend? Vielleicht hatte er sich eine klare Antwort erhofft und war nun enttäuscht. Erwartete er, dass sie sich meldete?

Sie schüttelte den Kopf und stopfte das Smartphone fast schon wütend wieder in ihre Handtasche.

Ihr wurde immer deutlicher bewusst, dass ihre ungesunde Beziehung mit Marcus viel kaputtgemacht hatte. Auf der einen Seite sein ständiger Kontrollzwang, der letztlich auf sie abgefärbt hatte, und auf der anderen diese Unruhe und Unsicherheit, weil sie nie gewusst hatte, wie seine Gefühle ihr gegenüber wirklich gewesen waren.

Vielleicht war der bequemere Weg, einfach allein zu bleiben und sich von Männern im Allgemeinen fernzuhalten. Sie war siebenunddreißig und fühlte sich wie siebzehn. Das war doch kein Zustand.

Nur befreundet zu sein war deutlich unkomplizierter gewesen. Wieso hatte er sie geküsst? Und warum zum Teufel hatte sie ihn zurückküssen müssen?

Liv zog eine Grimasse, schloss die Handtasche und stieg aus dem Auto. Es war sinnlos, darüber zu grübeln, weil es nur eine Antwort gab: Es hatte ihr gefallen. Sie waren zwei erwachsene Menschen, die sich zueinander hingezogen fühlten. Vielleicht war das einfach der Fallstrick der Evolution, dass man als humanoides Individuum ohne arteneigenes Rudel automatisch nach einem paarungswilligen Kopulationspartner suchte, wenn die Chemie stimmte und das Objekt der Begierde offenbar gesund war. So unromantisch das auch klang, Chemie war irgendwie logischer als dieser gefühlsduselige Firlefanz, der ihr sonst so durch das Hirn spukte.

Mit schiefem Lächeln schüttelte sie den Kopf und öffnete die hintere Autotür, um Jay herauszulassen. Die Hündin sprang mit Elan vom Rücksitz und blieb neben Liv stehen. Kein Vergleich mehr zu dem Bild von gestern Nachmittag. Liv streichelte Jay den Hals entlang und legte ihr die Leine an. Dass es ihr heute sichtlich besser ging, beruhigte Liv ungemein. Wenigstens musste sie sich darum nicht unnötig sorgen.

Nachdem sie sich sortiert und den Rucksack geschultert hatte, wanderten sie los. Fort von dem belebten Parkplatz und dem Café, entlang eines zwischen Wiesen und Feldern gelegenen Wanderpfades, der zum Glück um diese Uhrzeit mit wenigen Besuchern bestückt war.

Zehn Minuten später erreichten sie die Kuppe, hinter der sich ihnen der Anblick der Nordostküste Schottlands offenbarte. Während die Gegend vor ihnen sich sacht zum Meer hinabsenkte, stand hoch oben auf der felsigen, graswachsenen Landzunge diese unfassbar riesige Ruine.

Die Kathedrale in Elgin war auf ihre eigene Weise beeindruckend und erhaben gewesen. Eilean Donan Castle im Westen war einfach besonders, weil sie der Schauplatz zahlloser Spielfilme und der Ort der Verlobung ihrer Eltern gewesen war. Aber die Burgruine von Dunnottar Castle war anders, … zum ersten Mal fühlte Liv sich, als hätte eine riesige Hand sie gegriffen und in eine andere Zeit und eine andere Welt versetzt. Während das Land vor ihr sich dem Meer zuneigte und der Pfad sich über schlangenförmige Treppenanlagen zum Strand hinabwand, ragten auf der anderen Seite, hoch oben auf von Wind und Meer abgerundeten Felsen und nach Erklimmen zahlloser Treppenstufen, die gut erhaltenen Reste der Festungsanlage in den Himmel hinauf.

Es war unmöglich, sich dem Charme und der Geschichte dieses Ortes zu entziehen. Hier, wo das Meer sich dem Land entgegenwarf, wo keltische Burgfräulein sehnsüchtig hinter schmalen Schießscharten gestanden und auf die Rückkehr ihrer seefahrenden Gatten gewartet hatten. Es war ein Leichtes, sich vorzustellen, dass dort immer noch des Nachts die ruhelosen Geister derer zwischen den Gemäuern umherwanderten, die ihr Leben zu früh und zu grausam verloren hatten.

Jay und Liv wanderten weiter und wählten einen Trampelpfad zu ihrer Rechten, der sie zu einer Art Aussichtsplattform brachte, von wo sie einen wirklich atemberaubenden Blick auf Dunnottar Castle genießen konnten. An der felsigen Steilküste brachen sich die Wogen der Nordsee und schwappten in sanften Wellen in die zwei Meeresbuchten hinein, die sich beidseits der Festungsanlage an die Küste Schottlands schmiegten. Sachte Nebelfetzen waberten über die See und gaben dem Anblick der Burg an diesem grauen und leicht verregneten Tag etwas Mystisches.

Liv lächelte. Das war der sichere Beginn für eine neue Fantasy-Geschichte. Der perfekte Ort für eine riesige Burganlage, die sich über einer felsigen Steilküste in einer fernen Zeit erhob. Sie suchte sich einen Platz etwas abseits, wo sie niemandem im Weg herumstanden, nahm ihren Rucksack ab und breitete eine Decke aus, auf der Jay es sich sofort bequem machte. Dann ließ Liv sich neben ihr nieder, griff sich ihr Notizbuch und begann die neue Idee, die sich in ihr festsetzte, aufzuschreiben.

Als sie zwanzig Minuten später den Stift beiseitelegte, war Jay neben ihr eingeschlafen. Liv ließ ihren Blick über die Landschaft streifen, nahm ihr Handy aus der Tasche und wählte die Kamera, um ein paar Fotos zu machen. Im Grunde hatte sich der Ausflug jetzt schon gelohnt.

Ihr Smartphone zwitscherte, und auf dem Display erschien Taylors Name.

Sie ließ die Arme sinken, öffnete das Mailprogramm und seine Nachricht.

Mr. Hollywood, Sonntag, 11:22: *Kannst du telefonieren?*
Stirnrunzelnd tippte sie
Liv, Sonntag, 11:22: *Was ist los?*
Mr. Hollywood, Sonntag, 11:22: *Ich brauche deinen Rat.*

Liv sah sich um. Die Anzahl der Touristen hier war zwar noch in einem absolut überschaubaren Rahmen, aber sie wollte trotzdem ihre Ruhe, um mit Taylor reden zu können. Rasch weckte sie Jay, verstaute ihr Zeug im Rucksack und schulterte das Gepäck wieder. Dann wanderte sie mit Jay weiter an der Steilküste entlang, weg von den anderen Touristen, die mit fotografieren und lachen beschäftigt waren, dorthin wo sie nur noch ein paar grasende Schafe und große Strohballen um sich herum hatten.

Sie wählte Taylors Nummer und hielt das Smartphone an ihr Ohr.

»Hallo Liv.«

Es war schön, seine Stimme zu hören, und im gleichen Moment traf sie die Sehnsucht nach ihm mit voller Wucht. Ihre Augen füllten sich plötzlich mit Tränen und verschleierten ihren Blick. Sich räuspernd schluckte sie den unerwarteten Kloß in ihrem Hals herunter und blinzelte die Tränen weg. »Hallo Taylor.«

»Geht es euch gut?«, wollte er wissen.

»Ja, so weit. Und bei dir?«

»Ich bin okay …«

»Aber irgendwas ist passiert«, stellte sie fest.

Sie hörte ihn die Luft ausstoßen. »Mein Bruder hat sich von seiner Frau getrennt, bei meiner Schwester hängt der Haussegen schief.«

»Oh, das tut mir leid.« Liv fuhr sich mit einer Hand durchs Haar. »Kann ich irgendwas für dich tun?«

»Ich … keine Ahnung, … ich wollte nur mit jemandem reden, der nicht zu diesem verrückten Haufen gehört.«

Lächelnd drückte sie das Handy fester ans Ohr. »Du fehlst mir.« Der Satz war heraus, ehe sie es verhindern konnte.

»Du mir auch«, gab er zurück. Sie atmeten gleichzeitig aus und lachten im selben Moment. »Ich wünschte, du wärest hier.«

Zum zweiten Mal stiegen ihr die Tränen in die Augen. »Ich bin noch in Stonehaven. Das ist ein ganzes Stück entfernt von euch.«

»Schon okay. Es ist nur, … das zwischen uns ist verwirrend, und jetzt, wo ich deine Stimme höre, will ich dich nur noch wiedersehen und in den Arm nehmen.«

»Ja«, hauchte sie. »Das wäre schön.« Sie biss sich auf die Unterlippe und versuchte das Gefühlschaos in ihrem Inneren irgendwie unter Kontrolle zu bekommen. Gedankenverloren wickelte sie sich eine von Jays Fellsträhnen um den Finger. Sie brauchten ein anderes Thema, sonst würde sie gleich anfangen zu heulen. »Weißt du, warum dein Bruder sich getrennt hat?«

»Nein. Gail hat mir von der Trennung erzählt, aber gemeint, ich solle ihn selbst fragen. Er kommt vermutlich heute Abend hier an.«

»Was ist mit deiner Schwester?«

»Na ja, ihre beiden Mädchen sind jetzt mitten in der Pubertät und offenbar ziemlich unerträglich. John, ihr Mann, scheint sich von allem irgendwie zu distanzieren … Überstunden, Mehrarbeit, wenn Probleme sind, stellt er sich auf die Seite der Kinder, statt Gail zu unterstützen.«

»Na ja, eine Ehe ist leider keine Garantie für eine funktionierende Beziehung«, bemerkte Liv leise. »Hat er eine Affäre?«

»Das war auch Gails Befürchtung – bedenklich, dass du auch auf die Idee kommst.« Taylor seufzte. »Mit Sicherheit wissen wir es nicht. Aber ich kann, … ich *will* es mir eigentlich nicht vorstellen. John war immer völlig vernarrt in Gail. Ich dachte, bevor die beiden sich trennen, hebt die katholische Kirche das Zölibat auf.«

Sie nickte verständnisvoll. »Kommt die Familie deiner Schwester auch noch?«

»Ja, sie sollten in ein oder zwei Stunden hier sein.«

»Okay.« Liv holte tief Luft. »Darf ich … einen Vorschlag machen?«

»Natürlich. Ich bin für jeden Ratschlag dankbar, explizit weil ich mich im Augenblick völlig überfordert fühle. Ich bin in sowas nicht besonders gut.«

»Lass ihnen heute Zeit zum Ankommen und dann schnapp dir morgen früh die Mädchen und mach mit ihnen einen Ausflug. Irgendwohin, wo sie zur Ruhe kommen können, weg von den Eltern. Deine Schwester soll sich mit ihrem Mann aussprechen – unter vier Augen, in Ruhe –, und jeder soll jeden zu Wort kommen lassen. Und du nimmst dir bei einem Eis die Mädchen vor, … manchmal kann ein rationales Gespräch mit dem Onkel, der einen ernst nimmt und nicht wie ein Kleinkind behandelt, wirklich wohltuend sein. Keine Eltern, die direkt rummotzen, wenn man sich über ihre Marotten beschwert, und jemand, der einfach mal zuhört.«

Für eine Sekunde blieb es still am anderen Ende der Leitung, dann war es Taylor, der sich räusperte. »Dafür, dass du keine Kinder hast, klingt das pädagogisch recht ausgereift und logisch.«

Sie lächelte. »Ich habe Freunde. Darunter gab es welche, die sich in einer ähnlichen Situation befunden haben – über die Jahre haben sie sich immer weiter voneinander entfernt. Die Kinder waren ihr Lebensmittelpunkt, doch je älter die wurden, desto mehr versuchten sie sich selbst zu finden, und ihre Eltern nervten dabei nur noch. Der Konflikt, der daraus entstand, übertrug sich auf das Leben des Ehepaars. Letztlich hat sich diese Anspannung zwischen ihnen als Eltern wie ein Reflektor auf die Kinder übertragen. Der reinste Teufelskreis und kein Ausweg.«

»Klingt gruselig.«

»War es auch. Sie hatten sogar schon einen Termin beim Scheidungsanwalt. Bis Christin sich eingeschaltet hat.«

»Ist sie Paartherapeutin?«

»Nein.« Liv grinste. »Yogalehrerin.«

»Was?«

»Sie ist wirklich klug und lebenserfahren. Jemand, der immer einen weisen Rat hat – auch wenn sie dabei durchaus nervtötend und unbequem werden kann. Aber sie spricht die Dinge gern an, und ich kenne niemanden, der so brutal ehrlich ist wie Christin.«

Liv ließ den Rucksack von ihrer Schulter gleiten und machte es sich neben Jay auf dem Boden bequem.

»Sie hat ihnen geraten ein offenes Gespräch miteinander zu führen. Jeder sollte sich von der Seele reden, was ihn störte, ohne vom anderen unterbrochen zu werden, selbst wenn es im ersten Moment verletzend klang, was der Partner sagte. Sie sollten lernen einander wieder zuzuhören und sich Aufmerksamkeit zu schenken. Sie sollten sich bewusst darüber werden, was sich an ihrer Beziehung zueinander und der Liebe, die sie mal füreinander empfunden hatten, geändert hatte. Währenddessen ist Christin mit den Kindern losgezogen. Für die war es eine Erlösung, mit jemand Außenstehendem reden zu können, nicht aufpassen zu müssen, was man sagt, nicht Angst haben zu müssen, jemanden zu beleidigen. Später gab es ein langes Gespräch zwischen allen, und die Dinge haben sich mit ein paar neuen Regeln wieder eingespielt. Sie haben alle gelernt: Man muss nicht ein gemeinsames Leben wegwerfen, nur weil nicht mehr alles so einwandfrei klappt, man kann sich neu sortieren – man muss es nur wollen und etwas dafür tun.«

»Das klingt gut«, stellte er fest. »Denkst du, wir zwei könnten auch einen Termin bei Christin bekommen.«

Liv lachte. »Wir können sie gern fragen. Sie wird sich freuen, dich persönlich kennenlernen zu dürfen.«

»Okay, das gehen wir an, wenn ich das Problem hier gelöst habe«, versprach er gut gelaunt. »Danke!«

»Gern geschehen.«

»Konntest du die Sache mit deiner Kreditkarte klären?«

»Oh, ja, es gab eine Abbuchung von wenigen Cent auf

meinem Konto, die nicht einzuordnen war. Vermutlich hat irgendjemand versucht auf die Weise Zugang zu bekommen, um später mehr Geld abzubuchen. Die Bank hat aber direkt reagiert, die alte Karte gesperrt und sendet mir eine neue an meine Wohnadresse.«

»Gut, dass sie so aufmerksam sind.«

»Das ist wohl wahr.«

»Was macht die Fusselbürste?«

Liv lächelte, weil er den Kosenamen, mit dem sie Jay so oft betitelte, nun auch benutzte.

»Gestern war sie ziemlich groggy.«

»Was habt ihr getrieben?«

»Wir haben ein paar Touren gemacht. Delfinküste, die Kathedrale von Elgin, das war schon eine Menge Lauferei, trotz der Pausen zwischendurch, und Jay ist eben nicht mehr die Jüngste.« Sie strich der Hündin über den Kopf. »Aber heute geht es ihr wieder gut.«

»Seid ihr schon in Dunnottar Castle?«

»Auf dem Weg dahin. Der Aufstieg liegt noch vor uns.«

»Lasst euch Zeit. Es ist ziemlich steil.«

»Machen wir. Wie geht's dir?«

Sie hörte ihn leise seufzen. »Ich vermisse euch – und die Zeit am Loch Achall. Familie ist irgendwie anstrengend, und ich kann mich nur mit lesen ablenken.«

»Wir vermissen euch auch. Tja, und nach all den Jahren, die du nicht da warst, musst du dich an die Familie vermutlich erst wieder gewöhnen.«

»Ich hatte ehrlich überlegt, ein Zimmer außerhalb zu nehmen, aber ich fürchte, meine Mum hätte dann kein Wort mehr mit mir geredet.«

Liv lächelte. »Koste die Zeit aus. Ihr geht noch früh genug wieder getrennte Wege. Geht es deinen Eltern gut?«

»Ja, schon. Als sie sich gestern Nachmittag für ein Nickerchen hingelegt haben, war das trotzdem seltsam, … das hat es früher nicht gegeben.«

»Sie werden älter.«

»Ich weiß, aber irgendwie waren sie bei meinem letzten Besuch noch zwanzig Jahre jünger – zumindest gefühlt.«

Sie verstand, was er meinte. Er hatte seine Eltern noch, aber plötzlich führte ihm das Leben vor Augen, wie endlich es war. Wie gern hätte sie ihn jetzt in den Arm genommen.

»Wir werden das wahrscheinlich alle erleben. Nicht mehr den Elan von früher zu haben und mindestens einmal am Tag ein Nickerchen einlegen zu müssen.«

»Natürlich. Es ist nur so … keine Ahnung.«

»Es bedrückt dich.«

»Ja.«

»Deshalb nutze die Zeit«, bat sie. »Auch wenn es Momente gibt, in denen du deine Familie als Gesamtpaket anstrengend findest, nimm sie in die Arme, sag ihnen, dass du sie liebst. Es kann sich so rasch alles ändern.«

»Du hast ja recht.«

Für einen Moment schwiegen sie beide.

»Wie sind deine Pläne für die nächsten Tage?«, wollte er nach einer Weile wissen.

»Heute nur Dunnottar Castle, danach suchen wir uns irgendwo ein Zimmer und gönnen uns Ruhe, morgen weiter nach Südwesten.«

»Du kommst in unsere Richtung«, stellte er fest.

»Das könnte aber noch ein bisschen dauern.«

»Das ist okay, morgen bin ich ja mit der Betreuung meiner Nichten beschäftigt.« Er zögerte einen Moment. »Aber vielleicht magst du am Dienstag vorbeischauen.«

»Ich weiß noch nicht, ob ich dann in der Nähe bin«, erwiderte sie ausweichend.

Erneutes Schweigen, schließlich holte Taylor tief Luft. »Wenn dir das zu viel ist, dann sag es bitte. Ich will dich nicht bedrängen.«

Liv schloss die Augen. Vielleicht war es Zeit für ein paar klärende Worte. »So ist das nicht gemeint. Ich bin durcheinander und ein bisschen besorgt, weil ich das zwischen uns nicht einsortieren kann. Ist das nur ein Flirt oder doch mehr?«

»Die Frage ist: Was würdest du dir wünschen?«

»Wenn ich das wüsste, wäre ich schon weiter«, gab sie zurück. »Wir haben gerade beide eine Beziehung beendet. Ich glaube, keiner von uns ist schon so richtig bereit für etwas Neues, Ernstes, … oder?«

»In gewisser Weise ist das beängstigend, ja«, stimmte er zögerlich zu. »Aber für mich ist das zwischen uns nicht nur ein Flirt – ich hab dich wirklich gern.«

»Geht mir genauso.«

»Dann willst du irgendwas dazwischen?«

»Ja, aber was ist das?«

»Hm, kannst du deinen Telefonjoker anrufen?«

Sie stutzte. »Was?«

»Na ja, Christin … Vielleicht hat sie einen Rat.«

»Taylor!« Lachend schüttelte Liv den Kopf. »Oh Gott, wenn ich ihr das erzähle, weiß ich auch so, was kommt.«

»Wieso? Was wird sie sagen?«

»Sie wird mir vorschlagen einfach nicht drüber nachzudenken und meinen Spaß zu haben. Den Rat hat sie mir nämlich schon gegeben, als ich neulich Nacht mit ihr telefoniert hatte und sie meinte, falls du mich wiedersehen willst, solle ich nicht Nein sagen – schließlich bist du Taylor Morris, so eine Chance bekomm ich nie wieder.«

»Hast du ihr von unserem Kuss erzählt?«

»Wo denkst du hin?« Liv schüttelte den Kopf. »Sie wäre ausgeflippt. Auf keinen Fall.«

»Na ja, dann hat sie leicht reden – dafür, dass ich bin, wer ich bin, muss ich mich ganz schön schwer ins Zeug legen für ein Wiedersehen.«

Liv biss sich auf die Unterlippe. »Es tut mir leid. Ich bin einfach nicht so geübt und hab ehrlich gesagt Angst.«

»Angst wovor?«

»Mich auf ein unkalkulierbares Risiko einzulassen und am Ende mit gebrochenem Herzen zurückzubleiben.«

Sekundenlang hörte sie nur seinen Atem.

»Ich versteh dich«, erwiderte er schließlich und klang irgendwie bedrückt. »Nur, wir gehen doch beide dieses Risiko ein. Ja, ich teile viele deiner Bedenken, wie die große Entfernung zwischen uns …«

»Du sagst es.«

»Aber das allein kann doch kein Grund sein, oder? Ich mein, ich weiß, was ich für dich empfinde, und das ist nicht nur ein flüchtiges Interesse. Klar, wir haben beide eine Beziehung hinter uns, die nicht so toll gelaufen ist, aber das sollte uns doch nicht die Zukunft verbauen, … oder stehe ich mit dieser Meinung allein?«

Liv holte tief Luft, um auszusprechen, was ihr am schwersten auf der Seele lag. »Ich weiß nicht, ob ich schon wieder bereit für mehr bin.«

Sekundenlang hörte sie nichts als seinen ruhigen Atem. »Also war es das?«, wollte er wissen.

Sie schloss die Augen, und eine Träne lief ihr über die Wange. Sie wischte sie unwirsch fort. Der Gedanke, ihn nicht mehr wiederzusehen, war erschreckend schmerzhaft, … aber vielleicht war das die einzig richtige Lösung.

»Ich … ich weiß nicht, … vielleicht wäre es besser«, flüsterte sie mit heiserer Stimme.

Er blieb stumm. Sie konnte hören, wie er ein paarmal Luft holte, um einen Satz zu beginnen, aber immer wieder abbrach. Sie fürchtete schon, er würde einfach auflegen.

»Darf ich dir einen Vorschlag machen?«

Er benutzte genau die gleichen Worte wie sie vor ein paar Minuten. Allerdings klang er viel ernster und nüchterner als sie.

Liv fuhr sich mit einer Hand über das Gesicht und schluckte die Tränen herunter. Sie brachte nur ein tonloses »Ja« zustande.

»Schließen wir einen Pakt.« Sie runzelte irritiert die Stirn. Doch ehe sie fragen konnte, was er meinte, sprach er weiter. »Wenn du dich bis Dienstag nicht durchgerungen hast, eine Entscheidung für dich zu treffen, mit der du leben kannst, dann nehmen wir das als Zeichen des Schicksals … und werden den Kontakt abbrechen.«

»Was?«

»Du hast schon richtig verstanden, Liv. Kommst du Dienstag nicht hierher, wissen wir beide, dass es keinen

Sinn macht. Wir löschen die Nummer des jeweils anderen und nehmen nie wieder Kontakt auf. Das wäre für uns beide nur fair, und wir können uns wieder auf andere Dinge fokussieren, statt uns zu fragen, was wäre wenn? Findest du nicht?«

Sie presste die Lippen aufeinander. »Sicher. Wenn du das willst.«

»Was ich will«, begann er, »was ich mir wünsche, ist dich wiederzusehen. Ich will dich in die Arme nehmen, dich küssen, dich nicht mehr loslassen. Ich weiß so wenig wie du, was das mit uns ist und wo es hinführt, aber ich höre deine Stimme und wäre bereit mich auf dieses Abenteuer einzulassen, selbst wenn es mich zwingt, Felsbrocken aus dem Weg räumen zu müssen. Ich wäre bereit dieses Risiko einzugehen. Aber ich kann das nicht allein bestimmen, ich kann dich nicht zwingen herzukommen und dich auf etwas einzulassen, das du vielleicht gar nicht willst. Ich weiß nur, dass ich dich mag, wirklich mag, und mich zu dir hingezogen fühle wie nie zuvor zu einem Menschen, trotz der wenigen Tage, die wir uns erst kennen. Ich würde es drauf ankommen lassen, mein Herz zu verlieren, aber nur wenn du es auch würdest.«

Sie presste eine Hand auf ihren Mund, um nicht laut aufzuheulen.

»Es ist deine Entscheidung, Liv – oder die des Universums, ich weiß es nicht. Ich wünschte, du wärest hier, aber freiwillig, nicht weil du dich genötigt fühlst. Wenn du dich gegen ein Wiedersehen entscheidest, ist das okay, und ich akzeptiere es, aber dann werden wir die Verbindung zwischen uns kappen müssen. Ich will nicht immer nur darüber grübeln und darauf hoffen, ob du es dir irgendwann anders überlegst. Verstehst du das?«

»Ja«, schluchzte sie leise.

»Nicht weinen, Liv.« Für einen winzigen Moment klang er verzweifelt. »Das ist gar nicht nötig. Es ist noch Zeit, und du kannst sie nutzen, um in dich zu gehen. Zeit, um dir die Frage zu stellen, was du dir wünschst. Mit oder ohne Vernunft, hör auf dein Herz. Wenn es Nein sagt, dann ist es uns eben nicht bestimmt, zusammen zu sein.«

Sie holte tief Luft, bemüht sich wieder zu beruhigen und den Weinkrampf, der sie packte und schüttelte, irgendwie einzudämmen. Wertvolle Augenblicke verstrichen, in denen sie um Fassung kämpfte, um nicht haltlos in Tränen auszubrechen.

»Bist du noch da?«, wollte er irgendwann wissen.

»Ja.« Sie holte zitternd Luft. »Ich bin einverstanden.«

Er schluckte hörbar. »Okay. Dann war es das fürs Erste, … ich schick dir noch die versprochenen Fotos, und tu mir bitte den Gefallen und lass mir vorsorglich die Adresse deiner Freundin zukommen, damit ich weiß, wohin ich ihr das Autogramm schicken soll. Mit Gail spreche ich gleich auch noch und erzähl ihr von dem Plan.«

»Okay. Halt mich auf dem Laufenden, bitte.«

»Solang es geht«, erwiderte er leise. »Auf Wiedersehen, Liv.«

»Auf Wiedersehen, Taylor.«

Es knackte leise, und die Verbindung brach ab. Es klang endgültig.

Liv ließ das Handy in ihren Schoß fallen, umarmte Jay und weinte hemmungslos.

8

Schwer atmend starrte er das Smartphone in seiner Hand an und ließ es schließlich auf das Bett fallen. Er war so erledigt, als hätte ihm jemand einen glühend heißen Stab durch seine Eingeweide gejagt.

War er zu hart gewesen?

Sie aufschluchzen zu hören hatte ihn in seiner Entscheidung fast ins Wanken gebracht. Taylor schloss die Augen und presste beide Handballen gegen die Schläfen. Sein Schädel dröhnte, sein Mund war trocken wie die Sahara, und sein Verstand sagte ihm, dass diese Entscheidung absolut vernünftig war.

Warum zur Hölle fühlte es sich dann so falsch an?

Seit Gail ihn am Morgen aufgesucht hatte, hatte er sich viel Zeit gelassen, um sich darüber klar zu werden, was er wollte. Natürlich gab es die Zweifel und zahlreichen Argumente, die gegen eine Beziehung sprachen. Doch egal, welchen Weg, welche Ausreden er gesucht hatte, er war immer wieder zum gleichen Ergebnis gekommen – er hatte sich in Liv verliebt.

Jedes Wort, das er ihr gegenüber geäußert hatte, um sich zu erklären, war absolut ehrlich gewesen. Er war bereit das Risiko einzugehen, selbst über die Entfernung hinweg. Die Kommunikationswege waren heute ganz anders als vor zwanzig Jahren, und sie hätten eine Chance, es zu schaffen. Aber er konnte nichts erzwingen.

Natürlich war ihm verständlich, dass sie zögerte, ihm war es ja nicht anders gegangen. Dennoch wollte er Gewissheit, und die bekam er nur, wenn Liv sich für oder gegen ihn entschied. Die Zeit bis Dienstag würde sich endlos ziehen. Wie er sich fühlen würde, wenn sie nicht kam, darüber wollte er lieber nicht nachdenken.

Er warf einen letzten Blick auf das Handy, das neben ihm lag. Ihr Buch leuchtete auf dem Display, 78% hatte er bereits gelesen, und es war gut, wirklich gut. Allerdings hatte er gehofft ihr persönlich sagen zu können, wie begeistert er von ihrer Arbeit war.

Kopfschüttelnd stieß er den Atem aus und verließ sein Schlafzimmer. Er brauchte frische Luft und musste auf andere Gedanken kommen. Da half im Augenblick nur ein Spaziergang. Shanna folgte ihm auf dem Fuße, und er fing auf dem Weg durch den Korridor ihren scheinbar besorgten Blick auf.

Sich zu ihr herunterbeugend, öffnete er die Haustür. »Alles wird gut, Darling.«

»Es ist schön, dass du das sagst.«

Sein Kopf ruckte nach oben, und für einen Moment war er sicher, eine Erscheinung zu haben.

»Maddison?«

»Hi Taylor.« Sie lächelte ihm unsicher zu, und eine Faust schien nach seinen Eingeweiden zu greifen, um sie zwischen stählernen Fingern zu zermalmen. Sie war immer noch wunderschön und faszinierend, trotz hässlicher

Mütze und blasser Haut. Doch er hatte nichts von dem vergessen, was zwischen ihnen vorgefallen war und mit welcher Kälte sie ihn damals angesehen hatte.

Mit zusammengezogenen Brauen musterte er sie von oben bis unten, während Shanna unbedarft und fröhlich, wie sie war, zu Maddison lief, um sie zu begrüßen, weil ihr dieser Mensch durchaus noch vertraut war. Mit Argusaugen sah er dabei zu, wie Maddison sich zu ihr hockte und den Hund streichelte, ehe sie seinen finsteren Blick erwiderte.

»Was willst du hier?« Er bemühte sich nicht einmal um Höflichkeit.

Sie setzte ein zerknirschtes Gesicht auf. Fast hätte er gestöhnt. Das war genau der Ausdruck, mit dem sie früher immer erfolgreich versucht hatte, sich mit ihm zu versöhnen, wenn es zwischen ihnen wieder mal gekracht hatte. Das konnte unmöglich ihr Ernst sein – nach sieben Monaten!

»Ich wollte dich besuchen«, erwiderte sie sanft. »Auch wenn mir klar ist, dass ich nicht willkommen bin.«

»Das ist die Untertreibung des Jahres.«

»Wir haben schon andere Krisen überwunden«, wandte sie ein.

»Krisen?«, wiederholte er mit erhobener Stimme. Irgendwo hinter ihm klapperte eine Tür im Haus. »Du scherzt, Maddison. Wir haben uns im Dezember getrennt, und daran gibt es nichts mehr zu rütteln. Egal was du dir gedacht hast, als du dich entschlossen hast herzukommen, es war sinnlos.«

Sie erhob sich und nickte. »Ich weiß, ich weiß – und ich

verstehe, dass du wütend bist. Du hast jedes Recht dazu. Dass ich hier bin, ist auch kein Versuch, dich zurückzugewinnen, aber wir haben uns mal geliebt, und ich wollte mich wenigstens entschuldigen. Ich habe alles versaut, und dir diese Dinge zu sagen, war …« Sie schloss die Augen und schüttelte den Kopf. Als sie ihn wieder ansah, lag in ihrem Blick ein tiefer Ausdruck von Bedauern. »Es tut mir leid, Taylor, es tut mir wirklich leid. Es war dumm und gefühllos, was ich damals von mir gegeben habe. Wir haben schwere Zeiten durchgemacht und dieses Gefühl, wenn einem das eigene Leben durch die Finger rinnt …« Sie holte tief Luft und rang sichtlich um Fassung. Ihre Augen glänzten verdächtig, als sie sich zu einem bitteren Lächeln zwang. »Dir dann auch noch so etwas an den Kopf zu werfen war … einfach ekelhaft. Es tut mir leid, dass ich dir das alles angetan habe.«

Er runzelte irritiert die Stirn. Sie hatten früher schon ihre Differenzen gehabt, Maddison hatte jedoch fast nie eingestanden, wenn sie mit ihren Behauptungen und Ansichten falsch gelegen hatte. Rückblickend war immer er derjenige gewesen, der klein beigab und Kompromisse vorgeschlagen hatte.

War das eine ehrliche Entschuldigung?

War er bereit sie anzunehmen?

Er musste sich eingestehen, dass er damit noch keineswegs abgeschlossen hatte, sonst hätte ihr Auftauchen ihn nicht so verärgert.

»Bist du deshalb spurlos aus L.A. verschwunden?«, wollte er wissen.

»Was meinst du?«

»Saul hat mich angerufen und mir erzählt, dass du sozusagen landesweit gesucht wirst. Angeblich weiß nicht mal dein Management, wohin du verschwunden bist.«

Sie sah zu Boden, knetete ihre Handtasche zwischen den Fingern und schüttelte abermals den Kopf. »Meine Managerin ist informiert, aber hat Anweisungen, den Mund zu halten.«

»Wieso? Ist das wieder eine deiner Inszenierungen?«

»Nein. Das hier ist mein privates Ding … Ich bin vor drei Tagen nach Schottland gekommen. Als ich hörte, dass du deine Eltern besuchst, dachte ich, ich warte ein paar Tage und komme vorbei, um mich zu erklären, und mich zu entschuldigen.«

»Gut, das hast du jetzt getan.«

Maddison schluchzte leise auf. »Nein, eigentlich nicht, … denn es gibt etwas, was ich dir damals nicht erzählt habe, als wir uns trennten.«

Er machte einen Schritt auf sie zu. Ihr seltsames, untypisches Verhalten verwirrte ihn und versetzte ihn gleichzeitig in Alarmbereitschaft. »Wovon sprichst du?«

Als sie das Kinn hob, liefen ihr die Tränen über das Gesicht. Ihr Anblick gab ihm einen Stich. Sie hatte das letzte Mal so geweint, als sie vor einer gefühlten Ewigkeit diese Fehlgeburt erlitten hatte.

Plötzlich war ihm speiübel. Sein Blick huschte hektisch über ihre schmale Gestalt.

»Warum bist du hier?«, wollte er mit heiserer Stimme wissen.

»Erinnerst du dich noch an die Zeit vor zwei Jahren? Wir haben uns so sehr auf das Kind gefreut, und dann haben wir es im dritten Monat verloren – kurz bevor wir es allen sagen wollten.«

Seine Nasenflügel blähten sich auf. In seinem Kopf begann es zu hämmern. Sie hatten darüber nie ein Wort gegenüber der Öffentlichkeit verloren. Es war ihr privates Schicksal gewesen, und für eine Weile hatte er sogar geglaubt, der gemeinsame Verlust hätte sie beide einander nähergebracht. Im Nachhinein war er nicht sicher gewesen, ob genau das der Anfang vom Ende gewesen war. »Wie könnte ich das vergessen?«, fragte er leise zurück.

Sie nickte.

»Im letzten Dezember bin ich zum Arzt gegangen, weil meine Regelblutungen einfach nicht mehr aufgehört haben. Ich hatte es auf den ganzen Stress geschoben, … das Feuer, das Haus, all die schlimmen Dinge, die in den vergangenen Wochen passiert waren. Wir haben zwei Jahre lang erfolglos probiert ein Kind zu bekommen, und das war wie ein Schlag ins Gesicht, weil das bedeutete, dass irgendwas mit mir nicht stimmte. Ich hätte niemals damit gerechnet, erneut schwanger zu sein.« Sie presste eine Hand auf die Lippen, um nicht in haltloses Schluchzen auszubrechen.

Taylor fühlte sich zerrissen. Er wollte sie in die Arme nehmen, um sie zu trösten, aber er konnte sich nicht rühren. Er war starr vor Entsetzen. Sie erwartete sein Baby? Das war unmöglich. Ihre Figur war rank und schlank wie eh und je.

»Bei der Untersuchung kam heraus, dass ich eine Eileiterschwangerschaft hatte – und dass die Blutungen vermutlich damit einhergingen. Ich war so wütend und enttäuscht, weil wir es uns so sehr gewünscht hatten und uns diese zweite Chance auch genommen wurde. Ich wollte nach Hause und mit dir darüber reden, auch weil ich operiert werden musste und der Eileiter entfernt werden sollte. Ich war so durcheinander – aber du hattest so viel anderes im Kopf. Das Haus, Nikkis verbrannte Urne, der ganze Stress mit den Versicherungen, der Druck von außen. Ich war … so aufgewühlt und aufgebracht und habe dir Dinge gesagt, die einfach nur böse und gemein waren. Ich habe dich nie verletzen wollen, Taylor, ich habe mich nur so allein gefühlt und dachte, die ganze Welt ist gegen mich.«

Er atmete rasselnd aus und spürte, dass seine Augen brannten. »Wieso hast du das nie gesagt?«

»Weil wir beide wütend waren. Weil wir beide Dickköpfe sind und immer mit dem Schädel zuerst durch jede Wand wollen. Manchmal glaube ich, das war einfach der Tropfen, der das Fass zum Überlaufen brachte und aufzeigte, dass das mit uns nicht funktionieren kann.«

Taylor überwand die letzte Entfernung zwischen ihnen mit wenigen Schritten und zog Maddison in seine Arme. Sie schluchzte auf, und er nahm das vertraute Gefühl ihrer Hände auf seinem Rücken wahr. »Du hättest mir das trotzdem sagen können. All der Zorn und Ärger zwischen uns wäre doch nicht nötig gewesen.«

»Ich weiß, zwei Tage später war ich mir darüber auch im Klaren, aber ich wusste, dass es diesmal kein Zurück mehr gab. Nachdem ich dir das mit Shanna an den Kopf geworfen hatte, wusste ich, das würdest du mir nie verzeihen.«

»Das war unter aller Sau«, bestätigte er.

Sie nickte an seiner Brust. »Ja, das war es, und nichts kann es ungeschehen machen, was ich gesagt habe. Vielleicht habe ich verdient, was ich bekommen habe.«

»Sag sowas nicht. Du wirst irgendwann Kinder haben und eine tolle Mum sein.«

Sie rückte ein Stück von ihm ab und sah ihm in die Augen. Auf ihren Lippen lag ein bitteres Lächeln. »Wir bekommen irgendwann alle die Rechnung für unser Handeln, … und ich war in meinem Leben ziemlich egoistisch und habe nichts ausgelassen.« Maddison atmete zitternd ein. »Als sie mich im Januar operiert haben, haben sie einen Tumor entdeckt, der von außen an der Gebärmutter wuchs und unter anderem den Eileiter abgequetscht hatte. Sie haben gleich alles entfernt.«

»Was heißt das?«

»Es war ein Endometriumkarzinom. Krebs, der von der Gebärmutterschleimhaut ausgeht und normalerweise eher bei älteren Frauen auftritt.«

»Großer Gott!« Er fuhr sich mit beiden Händen durch das Haar. »Aber … du bist doch immer regelmäßig zur Vorsorge gegangen.«

»Ja, aber die Früherkennung zielt auf Gebärmutterhalskrebs. Ertasten kann man den Krebs in der Gebärmutter erst, wenn er schon fortgeschritten ist.«

»Okay, also bist du operiert worden, und sie haben den Tumor entfernt?«

»Richtig. Dazu beide Eileiter und die Gebärmutter.«

Er spürte, wie er alle Farbe verlor. Sie war noch keine dreißig, und er wusste, wie sehr sie sich immer Kinder gewünscht hatte. »Oh mein Gott, Maddison. Es tut mir so leid.«

Sie winkte ab und machte einen Schritt zurück, als er sie ein zweites Mal in die Arme nehmen wollte. »Nein, ist okay. Der Gedanke, keine eigenen Kinder zu bekommen, war erst mal erschreckend, aber … ich dachte, ich könnte später einfach eins adoptieren.«

»Das ist eine schöne Idee.«

Sie verzog das Gesicht. »Ja, das war sie. Das Dumme ist, dass dieser Tumor wohl ungewöhnlich aggressiv war und gestreut hat. Obwohl ich eine Therapie mit Bestrahlung und allem gemacht habe, wurden bei der letzten Untersuchung Metastasen in Lunge und Leber nachgewiesen.«

Er konnte sie nur wortlos anstarren. Zum ersten Mal in seinem Leben wusste er absolut nicht, was er sagen sollte. »Maddi …«

Sie lächelte ihm zu. »Ich habe nicht mehr viel Zeit, und ich wollte mich nicht in L.A. in irgendeine Klinik legen, in der Hitze fast vergehen und mich mit Schmerzmitteln vollpumpen lassen, während ich über mir die Löcher in der Deckenverkleidung zähle.« Sie griff nach seiner Hand. Er ließ zu, dass sie ihre Finger mit seinen verflocht. »Weißt du, du hast mir jahrelang vorgeschwärmt, wie großartig deine Heimat ist, aber wir haben es nie geschafft, zusammen herzukommen. Ich weiß noch, wie du mal gesagt hast, dass du als Allerletztes den Himmel über Schottland betrachten möchtest, wenn du irgendwann endgültig deine Augen schließt. Der Gedanke hat mich in den vergangenen Monaten nicht losgelassen, also habe ich mich entschlossen herzukommen und mir diesen Himmel anzusehen. Und was soll ich sagen? Du hast recht.«

»Es tut mir so leid«, flüsterte er.

Sie zog einen Mundwinkel nach oben und nickte. »In den letzten Wochen habe ich mehr denn je gemerkt, dass es niemanden gibt, der mir wichtig ist. All meine Freundschaften sind oberflächlicher Natur – der Einzige, der mir wirklich nahe war, bist du. Also habe ich alles verkauft, die Brücken hinter mir zu großen Teilen abgebrochen und mir einen Hospizplatz in der Nähe von Glasgow gesucht. Es ist eine tolle Einrichtung, mit wirklich netten, herzlichen Menschen und einer Atmosphäre, in der man sich wohlfühlt. Ich darf meine Wünsche einbringen, und sie werden mich den Himmel sehen lassen, wenn der letzte Tag kommt.«

»Großer Gott, Maddi.« Er schüttelte den Kopf. Er war zutiefst erschüttert. Jeder Streit, jeder Wutausbruch zwischen ihnen war für den Moment vergessen. Das hatte sie nicht verdient.

Sie blickte an ihm vorbei und nickte jemandem zu. Als Taylor sich halb umwandte, bemerkte er seine Schwester an der Haustür. Sie sah genauso erschrocken und entsetzt aus, wie er sich fühlte.

»Hallo Gail«, begrüßte Maddison sie.

»Hallo.« Seine Schwester holte tief Luft. »Entschuldigt, dass ich euch unfreiwillig belauscht habe. Es tut mir so leid, Maddison.«

»Schon okay.« Die Frau vor ihm nickte sacht. »Das Leben spielt nicht immer fair, nicht wahr?«

»Willst du nicht hereinkommen?«

Er war verwundert über Gails Frage, doch angesichts der Tatsache, dass sie vermutlich alles mit angehört hatte, war es nur anständig, Maddison nicht noch länger hier draußen stehen zu lassen. Seine Ex-Freundin warf ihm einen fragenden Blick zu.

»Macht es dir etwas aus?«

»Natürlich nicht«, gab er zurück. »Lass uns reingehen und einen Tee trinken.«

***

Sie hatte eine ganze Weile gebraucht, um sich wieder zu fangen. Nachdem sie die Tränen getrocknet und Taylors Argumente auf sich hatte wirken lassen, war sie ins Grübeln gekommen. Es war hart, aber er hatte recht – wenn sie nicht bereit war für ein Wiedersehen, war sie auch nicht bereit für das Risiko, ihm ihr Herz zu öffnen. War die schlechte Erfahrung mit Marcus es wirklich wert, sich womöglich den Mann ihres Lebens entgehen zu lassen?

Wenn sie mehr Zeit gehabt hätten und nicht so viele Kilometer sie im normalen Alltag trennen würden, wäre es ihr möglicherweise leichter gefallen, sich in dieses Abenteuer zu stürzen. Aber Taylor hatte betont, dass sie nicht nur ein Urlaubsflirt für ihn war. Er wollte mehr als das, und er war bereit auch Schwierigkeiten dafür in Kauf zu nehmen.

Warum zur Hölle zögerte sie dann immer noch? Hatte sie Angst? Wenn ja, wovor?

Sie war Ende dreißig. Einige ihrer Träume für die Zukunft waren schon vor Jahren zerstört worden, und sie hatte sich damit abgefunden. Alles, was Taylor ihr bot, war eine Chance auf einen Neuanfang – sie konnten genauso gut scheitern, wie sie gewinnen konnten.

Was hatte sie also zu verlieren? Ihr Herz, ja. Doch wenn sie ehrlich war, war Liebeskummer zwar schlimm, aber zu verkraften.

Dienstag also – das waren zwei Tage, in denen sie genug Zeit hatte, das Für und Wider in Bezug auf ihre wie auch immer geartete Beziehung mit Taylor abzuwägen. Doch sie musste eine Entscheidung treffen.

Jay drängte sich mit leisem Winseln an Liv und leckte ihr quer übers Gesicht. »Okay, okay. Ich bin durch mit meiner Heulerei«, versprach sie leise und wischte sich mit dem Ärmel über die Wangen.

Sie sah zu Dunnottar Castle hinüber, das ewig weit weg schien. Im Moment war ihr trotz aller Sehnsucht nicht danach, sich mitten in diesen Trubel zu begeben und mit zahllosen anderen Touristen die Ruinen anzusehen. Im Augenblick wollte sie nichts weiter als ein einsames Zimmer in einer einsamen Pension, wo sie an die Decke starren und ihren Gedanken nachhängen konnte. Sie wollte jetzt keine Menschen um sich herum, die lachten und scherzten.

Liv kraulte Jay hinter den Ohren und legte ihr einen Arm um den Leib, als der Hund sich an sie lehnte. »Gehen wir unser Zimmer beziehen, okay?«

Sie stand auf, schulterte ihren Rucksack und nebeneinander machten sie sich langsam auf den Rückweg zum Parkplatz. Als sie den offiziellen Wanderweg erreichten, schob Liv sich die Sonnenbrille auf die Nase und ignorierte das Geglotze der anderen Besucher, die sich angesichts von Regen und zuziehendem Wolkenhimmel über ihren Anblick wunderten. So albern es auch aussehen mochte, für sie war es im Moment eine Art Panzer, den sie vor sich hertrug und der ihr innere Sicherheit schenkte.

Rasch brachten sie den Pfad zum Parkplatz hinter sich. Am Auto angekommen, ließ Liv erst den Hund einsteigen, ehe sie ihren Rucksack in den Kofferraum packte und sich dann hinter das Steuer gleiten ließ.

Zehn Minuten später befanden sie sich auf der Fernstraße, die sie zur Autobahn bringen sollte. Sie würden fast eine Stunde brauchen bis zu der Pension, wo Liv heute Morgen online eine Übernachtung gebucht hatte. Sie hatten genug Zeit, um zurückzukehren und Dunnottar Castle ein anderes Mal einen Besuch abzustatten – dann vielleicht mit weniger Touristen und an einem Tag, wenn die Burg nicht so gut besucht war. Vielleicht war das sogar die bessere Alternative als dieses Wochenende, und sie konnte es mehr genießen.

Unterwegs würden sie noch einen Supermarkt aufsuchen und ein paar Kleinigkeiten besorgen, mit denen sie die nächsten Tage überstehen konnten. Sie würde heute alles nutzen, um die quälende Sehnsucht nach Taylor und die sich einnistende Bitterkeit in ihr irgendwie zu betäuben.

Es war früher Nachmittag, als sie Lunan Bay an der Nordküste erreichten. Sie hatten zwei Stopps unterwegs eingelegt, sich gemeinsam die Beine vertreten, und Jay hatte fleißig ihre Botschaften überall verteilt, wo sie spazieren gegangen waren.

Nach einem Abstecher zu einem der üblichen Discounter und mit dem Einkauf im Rucksack erreichten sie schließlich Lunan Bay Stays. Liv ließ Jay aus dem Auto, belud sich mit ihrem Gepäck, und sie gingen zur Anmeldung hinüber.

Nach einer freundlichen Begrüßung und den üblichen Formalien überreichte die Rezeptionistin ihr den Schlüssel zu ihrem Gästezimmer. »Machen Sie Urlaub in Schottland?«, erkundigte sie sich gut gelaunt.

»Ein bisschen Urlaub, ein bisschen Arbeit«, gab Liv zurück. »Ich bin auf Geschichtstour, alte Burgruinen und Schlösser besuchen.«

»Oh, wie schön.« Die ältere Frau lächelte erfreut. »Wir haben hier auch eine Burgruine in der Nähe. Sie nennt sich Red Castle of Lunan und wurde von William the Lion errichtet.«

»König William der Erste?«

»Genau der.« Ihr Gegenüber lächelte geradezu beglückt, offenbar war nicht jedem Touristen der Name geläufig. »Er versuchte damit Ende des 12. Jahrhunderts die Angriffe der Wikinger auf Lunan Bay abzuwehren, was nur mäßig gelang, denn die Burganlage ist nicht sehr groß. Heute stehen leider nur noch die Ruine des Wohnturms und ein paar Überreste der alten Außenmauer, aber dennoch ist es ein sehr schöner Platz zum Verweilen – obwohl es dort angeblich spuken soll.«

Liv unterdrückte ein amüsiertes Lachen. In Schottland spukte es gefühlt an jedem zweiten Ort. Sie würde gar nicht nachkommen mit den Notizen zu all diesen paranormalen Geschehnissen. Dennoch wollte sie mehr wissen. Alles, was sie von ihrem Gedankenkarussell bezüglich Taylor ablenkte, war ihr willkommen.

»Gibt es dazu eine Geschichte?«

»Oh ja, die Burg hat sogar eine sehr bewegte Geschichte, obschon sie so unscheinbar wirkt.«

Sie beugte sich vor und stützte sich mit den Ellbogen auf der kleinen Theke ab.

»William the Lion nutzte die Burg für seine Jagdausflüge, doch später gab er das Lehen dafür an Walter de Berkeley, den Great Chamberlain of Scotland. Die Burg wanderte durch mehrere Generationen, wurde teilweise sogar neu aufgebaut, bis es keine weiteren Erben gab und die Burg verwaiste. Robert the Bruce – Sie wissen schon, der mit William Wallace gegen die Engländer kämpfte –, er hat die Burg um 1328 an den Earl of Ross gegeben, und in den nachfolgenden Generationen verblieb sie im Familienbesitz. Lady Elizabeth Beaton, eine Urururenkelin des Earl of Ross und zudem die Mätresse von King James dem Fünften, lebte im 16. Jahrhundert mit ihren drei Kindern dort. Nach dem Tod ihres Mannes, John Stewart, dem 4. Lord of Innermeath, heiratete sie einen gewissen James Gray. Dieser jedoch verliebte sich in ihre Tochter Jean Stewart, Elizabeths gemeinsames, uneheliches Kind mit King James und damit Halbschwester von Maria Stuart. Als sie James' Obsession bemerkte, warf Lady Elizabeth ihn hinaus. James Gray war jedoch so entflammt für Lady Jean, dass er bald darauf gemeinsam mit seinem Bruder Andrew die Burg für die nächsten zwei Jahre belagerte.« Sie hob abwehrend beide Hände. »Jean war zu diesem Zeitpunkt längst wieder in Edinburgh, wo sie wegen des Komplotts um Maria Stuart und dem Mord an deren Sekretär David Rizzio inhaftiert worden war. Weil die Bewohner von Red Castle of Lunan sich weigerten, freiwillig zu gehen, räucherten James Gray und seine Männer die Burg schließlich aus. Niemand weiß, was mit Lady Elizabeth geschehen ist, denn sie hat die Burg nie verlassen. Doch es gibt Gerüchte, dass sie sich weigerte ihr Zuhause aufzugeben und im Rauch erstickte. Angeblich hat James ihren toten Körper geschändet und ihre Überreste in eine der Wände mauern lassen. Ihr Geist soll dort in klaren Vollmondnächten immer noch ruhelos umherirren und nach ihrer Tochter suchen, die später in Edinburgh gestorben ist, ohne wiederum zu wissen, welches Schicksal ihre Mutter ereilt hatte. Seit dieser Zeit verfiel die Burg und war nie wieder Residenz für einen Adligen. Der letzte Bewohner soll ein gewisser James Rait, Minister von Inverkeilor, gewesen sein – er ist dem Wahnsinn anheimgefallen und in einer Irrenanstalt gelandet, weil er glaubte des nachts ständig von Geistern heimgesucht zu werden.«

Die ältere Frau verstummte, und ihr Gesicht war die pure Zufriedenheit. Liv hatte ihr bis zum Ende zugehört, sowohl mit wachsender Faszination als auch mit beginnendem Grusel.

»Wow«, entfuhr es ihr. »Das ist wirklich mal eine bewegte Geschichte. Wie weit ist Red Castle entfernt?«

»Och, das ist ein Fußmarsch von weniger als zwanzig Minuten«, erwiderte die Ältere.

»Toll. Das könnte ich ja sogar heute noch schaffen.«

»Ganz bestimmt sogar, aber verlassen Sie den Ort, ehe die Dämmerung hereinbricht. Sicher ist sicher.«

Liv zwang sich zu einem schiefen Lächeln. Die letzte Bemerkung ihrer Gastgeberin war gruseliger als die ganze Geschichte davor. »Okay. Danke nochmal.«

»Sehr gern. Ich freue mich, wenn ich helfen kann.«

Liv nickte der Dame ein letztes Mal zu und bezog kurz darauf mit Jay das Gästezimmer. Als sie ans Fenster trat, stellte sie fest, dass sie auf ihrer Reise wirklich Glück hatten. Diesmal konnten sie zwar keine Aussicht auf weite Wiesen und Felder genießen, aber dafür einen schier endlosen Sandstrand und das unruhige Meer.

Sie würde Jay einen Moment Ruhe gönnen, ehe sie noch einmal loszogen. Ein Spaziergang war heute Nachmittag durchaus noch drin, und Red Castle klang jetzt nicht nach einem riesigen Monument.

Liv zuckte zusammen, als ihr Handy plötzlich klingelte. Mit klopfendem Herzen und der Hoffnung, es könnte Taylor sein, zog sie es aus ihrer Tasche. Christin. Sie ließ den Rucksack auf den Boden fallen, schwang sich aufs Bett und machte es sich neben Jay bequem.

»Hallo Nervensäge«, begrüßte sie ihre Freundin.

»Ouh, du bist ja gut drauf«, bemerkte Christin mit einem Lachen. »Ciao Bella. Wo bist du?«

»Lunan Bay.«

»Wo ist das denn?«

»Ostküste von Schottland. Ich bin gerade in ein B&B gezogen.«

»Allein?« Bei Christins anzüglichem Tonfall rollte Liv mit den Augen.

»Nein«, entgegnete sie und zog die Pause extra lang, »mit Jay.«

»Ach Mann!« Ihre Freundin schnaufte ihr ins Ohr. »Dann habt ihr euch also voneinander verabschiedet.«

»Ja, haben wir.« Der Gedanke tat immer noch weh, genau wie Taylors letzte Worte.

»Und?«

»Was?«

»Siehst du ihn wieder?«

Liv zögerte. Sie fühlte sich plötzlich ziemlich allein und überfordert. »Ich weiß es nicht«, entgegnete sie mit einem Seufzer.

Christin blieb einen Moment still am anderen Ende. »Was ist los bei dir?«

»Nichts weiter.«

»Hör auf, Sista. Ich kenn dich lang genug, um zu merken, wenn du angeschlagen bist. Also, raus mit der Sprache.«

Liv ließ sich nach hinten aufs Bett fallen und starrte an die Decke.

»Wir haben uns geküsst.«

»Oh mein Gott.« Christin gab ein aufgeregtes Quietschen von sich. »Wie war es? War es gut?«

»Ja.«

»Speis mich nicht mit einem popeligen Ja ab, ich will alle dreckigen Details.«

»Es war schön, wirklich schön. Ich … es hat sich nie so angefühlt, wenn Marcus mich geküsst hat.«

»Das werte ich als gutes Zeichen – und weiter?«

»Nichts weiter, wir haben uns nur geküsst.«

»Kein Geknutsche, kein Gefummel?«

»Nein.«

»Oh Mann, ihr seid so langweilig.« Sie konnte sich regelrecht vorstellen, wie Christin gerade mit den Augen rollte. »Okay, aber er will dich wiedersehen?«

»Ja, er hat mich eingeladen.«

»Nach Amerika?«

»Nein, zu seinen Eltern. Er besucht sie hier in Schottland, und er wollte, dass ich ihn dort besuche.«

»BITTE?«

Liv runzelte irritiert die Stirn. Wieso brüllte Christin so?

Ehe sie etwas sagen konnte, platzte es aus ihrer Freundin heraus: »Zu seinen Eltern? Liiiiv!«

»Was denn?«

»Boah, Marcus hat echt dazu beigetragen, dass du Mrs McRaffNix wirst. Taylor hat dich zu seinen Eltern eingeladen! Wer macht denn sowas, wenn er nix von einem will?«

»Ja, aber … wir kennen uns doch kaum. Nach so kurzer Zeit weiß ich doch nicht, was das werden soll zwischen uns, und ich weiß nicht, ob ich schon wieder für mehr bereit bin – so wie er.«

Erneut schwieg Christin auf der anderen Seite des Telefons.

»Hallo?« Liv betrachtete das Display, um sich zu vergewissern, dass die Verbindung noch stand. »Christin?«

Sie hörte ihre Freundin zweimal tief ein- und ausatmen.

»Du schnallst es echt nicht, oder?«

Liv schluckte und setzte sich auf. »Was meinst du?«

»Jetzt mal ganz ruhig, von vorn und der Reihe nach: Ihr

habt euch kennengelernt, schätzen gelernt, euch angefreundet, … ihr habt viel Zeit miteinander verbracht und
euch sogar geküsst, ihr habt die Zeit und auch den Kuss
offenbar beide genossen, oder?«

Liv räusperte sich. »Ja.«

»Aber dann habt ihr euch getrennt und seid jeder seiner
Wege gegangen, nicht ohne dass er dich vorher noch zu
sich nach Hause, in sein Elternhaus wohlgemerkt, eingeladen hat. Wohlwissend, dass du dort auf seine Familie
treffen wirst.«

»Das stimmt.«

»Dieser Typ ist ein A-Klasse-Hollywood-Schauspieler.
Er sieht gut aus, ich werfe jetzt einfach mal in den Raum,
dass er dir nicht nur optisch, sondern vor allem charakter-
lich gefällt, denn ich kenne dich schon ein Weilchen, um
zu wissen, dass du bestimmte Dinge an Männern schätzt
und darauf auch abfährst.«

»Ja.«

»Okay, da ist also dieser Mann, attraktiv, in den Vierzi-
gern, mit festem Einkommen, Single und an dir super interessiert, weil offensichtlich echt entflammt. Trotzdem
sitzt du jetzt in deinem B&B-Fremdenzimmer, statt seiner
Einladung nachzukommen und dir von ihm heute Nacht
das Hirn rausvögeln zu lassen.«

»Christin!«

»Hör auf die Prüde raushängen zu lassen, Liv. Wir sind
nicht mehr im achtzehnten Jahrhundert, und du bist auch
kein unschuldiges Burgfräulein aus einem deiner verdammten Mittelalterromane. Scheiße, Mann! Ehrlich, ich
würde diesem Wichser Marcus so gern mit einer Bullen-

zange seine schlaffen Eier abkneifen! Das war echt der letzte Typ, dem du nach jahrelangem Singledasein hättest über den Weg laufen dürfen. Weißt du, was dein Problem ist?«

»Was?«

»Du hast Schiss! Du hast eine verfickte Angst davor, wieder so einem Blender aufzusitzen wie Marcus, wieder enttäuscht und am Ende in den Arsch getreten zu werden. Alles nur, weil diese eine miese Ratte die erste richtige Beziehung in deinem Leben so gehörig versaut hat und du jetzt den Mut nicht mehr aufbringen willst, es drauf ankommen zu lassen, mal glücklich zu werden.«

»Aber …«

»Nix da, hör auf den Kopf in den Sand zu stecken, Liv. Ja, das Leben ist gerade nicht so rosig. Ich weiß, es läuft beschissen, du hast deinen Job verloren, aber … sind wir doch mal ehrlich, das war nur des Geldes wegen, nicht weil du ihn gern gemacht hast – und dann jeden Tag diese Hackfresse zu sehen.« Sie stöhnte laut auf. »Ehrlich, ich hoffe, die nächste Tussi, die er verarscht, ist abgebrüht genug und kackt ihm zum Abschied auf seinen Schreibtisch.«

Liv schüttelte den Kopf und lachte. »Christin, du bist unmöglich.«

»Ist doch wahr!«

»Vielleicht solltest du das übernehmen. Keine ist so taff.«

»Wenn ich diesen Typ nicht so widerlich finden würde, würde ich das vielleicht sogar machen. Aber ich bekomm schon Ekelpocken, wenn ich den nur ansehen muss.«

»Tja, heute kann ich das verstehen«, murmelte Liv.

»Mach dir keine Vorwürfe, Liebe macht blind, Süße. Zum Glück hat dein Zustand wieder zu *normal* gewechselt – und seien wir mal ehrlich, den Abgang, ihm am Valentinstag die gesamte Bude auszuräumen, den hätte auch nicht jede gebracht. Da hast du echt Rückgrat bewiesen.«

»Ich weiß nicht.«

»Aber ich … und jeder deiner Freunde, die dabei mitgeholfen haben«, erwiderte Christin gut gelaunt. »Eins musst du dir in aller Deutlichkeit sagen: Marcus ist ein widerlicher, kleiner Pisser, und er ist es nicht wert, dass du ihm auch nur noch eine Träne nachweinst oder in irgendwelchen Erinnerungen darüber hängen bleibst, was mit ihm alles weniger schön war und dass das ja eigentlich nur deine Schuld sein kann. Ich weiß, wie du vor diesem verdammten Unfall warst – du hast das Leben genossen, du hast geflirtet, du warst ein ganz normales Mädchen. Und ja, ich kann absolut verstehen, dass dieser Horror damals alles verändert hat, dass er *dich* verändert hat. Ich ahne, was du denkst, wenn du in den Spiegel schaust. Aber weißt du, was ich sehe?«

Liv kämpfte mit den Tränen, die in ihr emporkrochen.

»Ich sehe *dich*! Du bist immer noch meine beste Freundin, meine Schwester im Herzen, meine Seelenverwandte. Ich lieb dich, wie du bist. Deine Narben sind mir scheißegal, für mich bist und bleibst du wunderschön, für mich bist und bleibst du eine starke Frau, die ihren Weg geht. Du hast ein Riesentalent, und ich will, dass du es wieder nutzt, und ich mache dir einen Vorschlag: Bis es wieder bei dir läuft, übernehme ich alle Kosten für unsere

Wohnung.« Als Liv etwas sagen wollte, wurde sie direkt unterbrochen. »Nein, nein, nein, keine Widerrede. Meinetwegen kannst du es mir zurückzahlen, wenn deine Einnahmen wieder fließen und es dir finanziell besser geht. Aber jetzt stellst du diese Sorgen erst mal nach hinten, okay?«

»Das kannst du nicht machen«, flüsterte Liv erstickt.

»Ich kann, und ich will. Ich hab genug angespart in den letzten Jahren, und mir tut das im Moment nicht weh – außerdem bist du ein Teil meiner Familie. Wenn ich Mama und Papa fragen würde, würden die mir zustimmen und genauso handeln.«

»Ach Christin.«

»Und jetzt sag ich dir noch was, Schätzchen. Du bist Ende dreißig, du bist Single und hast nichts zu verlieren, außer vielleicht dein Herz. Alles, was du bisher über Taylor erzählt hast, zeigt mir als Außenstehender eigentlich nur, dass der Typ schwer verliebt in dich ist.«

»Was? Nein.«

»Wieso nicht? Mal ernsthaft, wenn ihm nichts an dir läge oder er dich nur vögeln wollte, würde er dich dann in sein Elternhaus einladen?«

Liv biss sich auf die Unterlippe. »Vermutlich nicht. Zumal seine Familie auch noch dort ist.«

»Siehst du. Siehst du! Gott, worauf wartest du noch?«

»Ist ja gut, ich lass es mir durch den Kopf gehen.«

»Meinetwegen, aber dann fährst du zu ihm. Ich glaube, er hat nicht mal seine letzte Flamme seinen Eltern vorgestellt – und mit der war er drei Jahre lang liiert. Also, was ist dein Plan für die nächsten Tage?«

»Na ja, ich wollte morgen nach Dunnottar Castle, und … ich weiß nicht, … Taylor hat gemeint, wenn ich mich bis Dienstag nicht entscheiden kann, ihn zu besuchen, sollten wir uns das wohl besser aus dem Kopf schlagen.«

»Tja, vermutlich will er auch nicht ständig drauf warten und hoffen, ob du es dir irgendwann überlegst.«

»So ungefähr hat er das auch formuliert.«

»Logisch, wenn du dein Herz an jemanden verloren hast, willst du irgendwann Gewissheit haben.«

Liv fuhr sich mit einer Hand über das Gesicht. Ihre Wangen brannten. »Es fällt mir schwer, das zu glauben.«

»Ich weiß, Süße.« Christin seufzte. »Aber ich schwör dir bei Gott, wenn du dir Taylor Morris entgehen lässt, trete ich dir persönlich in den Arsch, dass du ohne Flugzeug bis Bangladesch düst! Sieh zu, dass du deine Burgruine morgen abklapperst, und am Dienstag checkst du aus der Pension aus, steigst mit Jay ins Auto und schiebst eure Hintern zu Taylor.«

»Du bist ganz schön herrisch«, stellte Liv mit einem Lächeln fest.

»Ja, aber bisher hat sich immer gezeigt, dass meine antidemokratischen Ansagen nicht völlig verkehrt sind«, erwiderte Christin zufrieden. »Ich habe dir damals gesagt, dass Marcus nichts taugt, und das hat dir nicht geschmeckt. Leider musstest du die Erfahrung machen, dass ich recht hatte. Ist blöd gelaufen, kann aber passieren. Keiner von uns ist perfekt – nur, aus Fehlern kann man lernen. Du hast Taylor geküsst, und es war anders, *du* hast dich anders gefühlt, und es hat dir gefallen. Darüber solltest du nachdenken und dir dieses Gefühl ins Gedächtnis rufen, was du bei dem Kuss empfunden hast. Werte es als Zeichen für eine neue Chance – und ich bin mir ziemlich sicher, dass das mit Taylor und dir ganz anders laufen kann. Also gib deiner Angst einen Tritt und fahr zu ihm.«

»Okay, okay, ich mach es«, versprach Liv.

»Wenn du heimkommst und hast es nicht getan, aber jammerst mir dann die Ohren voll, binde ich dich drei Wochen im Keller an, inklusive Knebel.«

»Gott, Christin! Du solltest unbedingt ein Anti-Aggressions-Training absolvieren.«

»Hab ich alles schon hinter mir, hat nicht geholfen. Der Therapeut war nach meinem Besuch so wütend, dass er den Job wechseln musste.«

Liv lachte. »Du bist so bekloppt.«

»Und du liebst mich dafür – und weil ich dich liebe, will ich, dass du glücklich wirst. Also mach mir keine Schande und trau dich.«

»In Ordnung.«

»Schreib alles auf, ich will über jedes dreckige Detail in Kenntnis gesetzt werden.«

»Den Teufel werd ich tun«, gab Liv zurück.

Christin kicherte. »Gut, dann aktiviere ich von hier die versteckte Kamera in deinem Handy.«

»Du bist eindeutig verrückt, und auch dafür lieb ich dich. Danke.«

»Gern geschehen. Sag mir bitte Bescheid, wenn du direkt nach Amerika auswanderst, ich muss dir deinen Zoo hinterhersenden.«

»So weit werde ich dann doch nicht gehen.«

»Wie sagte schon James Bond: Sag niemals nie.«

9

*E*s waren zwei anstrengende Tage gewesen. Tage, die ihm vor allem psychisch viel abverlangt hatten. Zu erleben, wie Maddison sich gewandelt und in den letzten Monaten verändert hatte, berührte ihn.

Sie hatten viele lange Gespräche geführt, nachdrücklicher über Themen diskutiert, die früher ein Tabu gewesen waren – Krankheiten, Ängste, den Tod. Er hatte begonnen sich selbst zu hinterfragen und sich Gedanken darüber zu machen, was werden sollte, wenn er nicht mehr hier war.

Seine ganze Familie war davon eingeschlossen worden. Jemanden in ihrer Mitte zu haben, der so unheilbar krank war wie Maddison, ließ sie alle ihr Leben neu bewerten.

Sein Bruder Will war, wie erwartet, am späten Sonntagnachmittag allein gekommen. Sie hatten sich abends mit einem Whiskey auf der Veranda getroffen und geredet. Ein langes, intensives Gespräch unter Brüdern.

Will hatte Scheiße gebaut und sich offenbar auf eine einmalige Nacht mit einer ehemaligen Geschäftspartnerin eingelassen. Er war betrunken gewesen und hatte einen Joint geraucht. Er hatte sich kaum noch daran erinnern können. Doch die Tatsache, dass er am nächsten Morgen nackt neben dieser Frau aufgewacht war, sprach für sich.

Amy hatte ihm nach seiner Beichte die Koffer vor die Tür gestellt. Sie war wütend und zutiefst verletzt.

Taylor war nicht sicher, ob er sich früher auf Wills Seite geschlagen hätte, ganz nach dem Motto: ›Sowas kann passieren.‹ Er war selbst nie ein Kostverächter gewesen, aber in einer ernsthaften Beziehung zu sein – und die Ehe war nun einmal etwas, das man nicht leichtfertig eingehen sollte –, änderte alles. Amys Reaktion war absolut nachvollziehbar, und so hart es Will auch traf, er musste damit rechnen, dass sie ihm keine zweite Chance einräumen würde, sosehr er auch darauf hoffen mochte.

In dem Punkt hatte Taylor nur zuhören können, aber in Ordnung bringen musste Will das schon allein. Auf die Frage seines Bruders, ob das zwischen Taylor und Maddison sich wieder einrenken würde, hatte er selbst nur mit dem Kopf geschüttelt.

Ihr Wiederauftauchen in seinem Leben änderte nichts an der Tatsache, dass die Sache mit ihnen vorbei war, aber es hatte seinen Zorn auf sie getilgt. Sie waren Freunde, Verbündete, und vielleicht würde er ihr letzter Wegbegleiter. Maddison hatte keine Familie mehr und im Grunde auch keine Freunde. Zum ersten Mal war ihm wirklich bewusst geworden, dass ihr ganzes Leben sich seit ihrem ersten Treffen um ihn gedreht hatte.

Der Schwangerschaftsabbruch hatte ihr den letzten Boden unter den Füßen weggezogen, dabei auch noch diesen Tumor zu entdecken, hätte ein Neuanfang sein können, … aber es hatte anders kommen sollen.

Seine Eltern waren überaus nett zu Maddison gewesen und hatten ihr eines der Gästezimmer gegeben, damit sie für ein paar Tage bei ihnen bleiben konnte, ehe sie in das Hospiz zog. Auch Gail hatte sich angesichts der Umstände mit etwaiger Kritik zurückgehalten.

Er war gestern nur ungern mit den Mädchen zu einem Ausflug aufgebrochen und hatte Maddison allein bei seiner Familie gelassen. Allerdings waren Kaleigh, Leanne und er nicht wirklich weit gekommen. Denn tatsächlich hatten seine Nichten das Gespräch von sich aus gesucht. Schon im Auto hatten sie angefangen über ihre Probleme daheim und mit ihren Eltern zu reden. Sie hatten erzählt, wie sehr es sie nervte, nicht ernst genommen zu werden, und dass Gail sie zu sehr bemutterte. Das Gefühl, mehr wie kleine Kinder als wie junge Erwachsene behandelt zu werden, wog bei beiden schwer.

Hinzu kam, dass beiden nicht entgangen war, dass es in der Ehe ihrer Eltern kriselte und es immer öfter Streit wegen Nichtigkeiten zu geben schien. Zusätzlich zu ihrem eigenen jugendlichen Frust gesellte sich plötzlich die Angst, dass die Familie auseinanderbrach. Sie wollten gar nicht, dass ihr Dad sich ständig auf ihre Seite schlug, aber sie waren machtlos, wenn sich die Diskussionen zwischen ihren Eltern immer wieder aufs Neue hochschaukelten.

Taylor hatte ihnen von seinem Plan und der erzwungenen Aussprache zwischen Gail und John erzählt. Kaleigh und Leanne waren nicht gerade begeistert gewesen von seinen Worten, und ihre Gesichter hatten eher noch besorgter gewirkt. Ihnen war aber durchaus bewusst, dass es, so wie es war, nicht weitergehen konnte. Also hatten sie sich von ihrem Onkel zu einem Eis und einem Ausflug nach Glasgow überreden lassen. Statt Sightseeing zu machen, hatten sie allerdings nur im Park gesessen, geredet und die Gedanken schweifen lassen.

So viel wie in den letzten Tagen hatte Taylor sich vermutlich noch nie mit seiner Familie beschäftigt. Es war ein gutes Gefühl gewesen, und ihm war durchaus bewusst, wem er das zu verdanken hatte.

Seine Gedanken hatten sich immer wieder zu Liv verirrt, auch als er am Morgen die Augen aufgeschlagen hatte. Es war Dienstag – heute würde sich entscheiden, ob und wie das mit ihnen weiterging. Wenn sie nicht herkam, musste er die bittere Pille wohl oder übel schlucken.

Das leise Klopfen an seiner Schlafzimmertür unterbrach seine Gedanken. Taylor runzelte die Stirn. Gail war das sicher nicht, die hätte gleich den Kopf zu ihm hereingesteckt. Er krempelte die Ärmel seines Hemdes nach oben und rief: »Herein.« Zu seiner Überraschung war es Maddison, die die Tür öffnete. Um den Kopf trug sie ein dunkles Tuch, das ihre Blässe noch unterstrich.

»Guten Morgen«, begrüßte er sie mit einem Anflug von Sorge. »Bist du okay?«

»Guten Morgen.« Ihre Stimme klang heiser, und ihr Lächeln wirkte sichtlich erzwungen, während sie Shannas Avancen mit einem müden Kopfschütteln zu ignorieren versuchte. »Jetzt nicht, Schätzchen.« Sie sah Taylor an. »Ich weiß, es ist früh, und du hast sicher andere Pläne, aber … ich wollte dich fragen, ob du mich vielleicht nach Glasgow bringen könntest.«

Sein Mund wurde trocken. »Ins Hospiz?«

Sie nickte müde. »Ja, ich fühle mich wirklich nicht gut, und ich glaube, ich sollte mein Zimmer beziehen.«

»Soll ich dich nicht lieber zu einem Arzt in der Nähe bringen?«

Maddison schüttelte den Kopf. »Der kann mir nicht helfen.« Plötzlich traten ihr die Tränen in die Augen. »Ich spüre, dass es Zeit wird für mich.«

Er trat zu ihr und zog sie an seine Brust. Für einen Moment blieben sie so stehen und hielten sich umarmt.

»Versprichst du mir was?« Ihre Stimme war kaum zu hören.

»Was immer du willst.«

Sie rückte ein wenig von ihm ab und sah ihn an. »Wenn du eine Frau findest, die dir nicht nur den Kopf verdreht, sondern mit der du auch stundenlang reden kannst, dann halt sie fest und lass sie nicht mehr los. Das Leben kann so schnell vorbei sein, und man sollte es auskosten.«

Liv.

Er atmete zitternd aus. Bisher hatte er Maddison gegenüber nichts von Liv gesagt, und er war auch jetzt nicht sicher, ob das ratsam wäre. Allerdings kannte Maddison ihn wohl doch ein bisschen besser, als er dachte. Sie musterte ihn prüfend.

»Du hast jemanden, oder? Ist es diese Frau aus dem Video?«

Großer Gott! Wusste denn wirklich jeder auf diesem Planeten von diesem scheiß Ding?

»Ich kenne sie noch nicht lang«, erwiderte er ausweichend.

Maddison legte ihm eine Hand auf die Brust. »Wenn sie diejenige ist, die dich um den Schlaf bringt, dann wirf das nicht weg. Das mit uns beiden war von Anfang an zum

Scheitern verurteilt, vielleicht weil wir zu große Egos hatten, die sich zu ähnlich waren.« Sie lächelte ihm schwach zu. Ihr Atem ging schwer, und er merkte, dass das Sprechen ihr zunehmend schwerer fiel. »Ich schätze dich als Freund, und ich möchte, dass du glücklich wirst. Lass dir eine neue Chance nicht entgehen, nur weil wir es nicht hinbekommen haben.«

»Erst mal fahre ich dich jetzt nach Glasgow«, gab er bedacht zurück. »Alles andere kann warten.«

»Versprich es mir«, beharrte sie.

»Lieber Himmel! Ja, meinetwegen. Können wir jetzt fahren?«

Maddison nickte zufrieden, ließ die Arme sinken und wirkte sichtlich erschöpft. Hatte sie gestern schon diese dunklen Ringe unter den Augen gehabt? War das alles hier zu anstrengend gewesen?

Verdammt! Er hätte sie nicht überreden sollen, ein paar Tage hierzubleiben. Vielleicht war das seine Schuld.

»Bist du sicher, dass du nicht doch lieber zu einem Arzt willst?«, erkundigte er sich erneut.

»Bin ich«, gab sie leise zurück.

»Okay. Hast du schon gepackt?«, wollte er wissen.

»Ich habe ja nur meine Reisetasche«, erwiderte sie und deutete hinter sich. Die Tasche lag auf einem Stuhl im Korridor. »Das war nicht viel.«

Taylor betrachtete die Frau vor sich sekundenlang. Früher war Maddison stets perfekt gestylt aus dem Haus gegangen, obwohl sie es gar nicht nötig hatte, sich mit irgendwelchem Zeug zuzukleistern. Doch die Therapie hatte alles verändert. Während sie ihm am Tag ihrer

Ankunft hier noch mit Make-up entgegengetreten war, hatte sie es am Montag schon nicht mehr aufgelegt. Sie heute so *nackt* zu sehen, war seltsam. Ihre Augenbrauen waren nur noch zu erahnen, die Wimpern deutlich ausgedünnt, und nach der letzten Chemo hatte sie wohl einen großen Teil ihrer schönen, braunen Haare verloren, weshalb sie nun ständig Mützen und Tücher trug. Er hatte ihren stillen Wunsch, sich nicht anders zeigen zu müssen, wortlos akzeptiert.

Ihre Natürlichkeit und die ungesunde Blässe machten ihm heute besonders bewusst, wie schlimm es um sie stand. Es galt, keine Zeit mehr zu verlieren. Seine Finger drückten kurz ihre Oberarme, und er zwang ein unechtes Lächeln auf seine Lippen. Dann griff er nach seiner Jacke und folgte ihr in den Flur hinaus.

Shanna lief vorneweg und wedelte aufgeregt mit dem Schwanz, als seine Schwester am Ende des Flurs gut gelaunt aus der Küche trat. »Wie schön, ihr seid schon wach. Guten Morgen. Wollt ihr Frühstück?«

»Keine Zeit«, erwiderte Taylor kurz angebunden. Er bedeutete ihr mit einem Blick auf Maddison, worum es ging. Gails Lächeln erlosch von einem Moment auf den anderen. »Wir müssen nach Glasgow.«

»Jetzt?«

»Jetzt. Kannst du dich bitte um Shanna kümmern?«

»Natürlich.« Gails Blick heftete sich auf die Frau an seiner Seite, und plötzlich sah sie ziemlich schuldbewusst aus. »Maddison, … wir beide hatten keinen guten Start, und ich gebe zu, ich habe mich auch nicht sonderlich bemüht etwas daran zu ändern.« Sie räusperte sich, biss sich auf die Unterlippe und sah für eine Sekunde zu Boden, ehe sie den Kopf wieder hob. »Es tut mir leid, dass es so endet. Ich wünschte, wir könnten nochmal von vorn anfangen.«

Maddisons Lippen verzogen sich zu einem müden Lächeln. »Mir tut es auch leid, Gail. Aber ich bin sicher, in einem anderen Leben bekommen wir unsere Chance.«

»Du hast meinen größten Respekt!« Gail machte einen Schritt nach vorn und schloss die überraschte Maddison unerwartet in die Arme. »Auf Wiedersehen.«

»Leb wohl, Gail.«

Während Maddison vor ihm das Haus verließ, fing Taylor einen letzten Blick von seiner Schwester auf. Ihre Augen schwammen in Tränen. Er wollte nicht darüber nachdenken, was Gail gerade durch den Kopf ging. Für den Moment musste er bei klarem Verstand bleiben und funktionieren, um alles Weitere würde er sich später kümmern.

***

War sie hier richtig?

Ihr Navi bestätigte, dass die Adresse korrekt war, trotzdem hatte sie Zweifel. Hatte sie Taylors Notiz auf ihrem Arm richtig abgeschrieben? Eine Pension? Das konnte unmöglich das Haus von Taylors Eltern sein, oder?

Liv stieg aus dem Auto und sah sich um. Das Haus war wunderschön. Alter, englischer Landhausstil, liebevoll restauriert und von einem gepflegten Rosengarten eingefasst. Zu ihrer Linken lag der Fluss Clyde, ein ganzes

Stück den Berg hinunter. Das Panorama hätte durchaus zu dem Bild passen können, das Taylor ihr zuletzt geschickt hatte. Dennoch war sie unsicher.

Der Parkplatz war voller Autos und die Pension offenbar gut besucht. Sie war unschlüssig, ob sie es wagen und dort drin vorstellig werden sollte. Jay ließ ein Winseln von der Rückbank vernehmen.

Die letzten zwei Stunden waren sie durchgefahren und hatten keine weitere Pause eingelegt. Nun wurde Jay unruhig und wollte das Auto verlassen. Liv öffnete die hintere Tür, löste den Gurt, und die Hündin sprang heraus.

In der nächsten Sekunde raste Jay wie der Blitz davon, Richtung Pensionsbetrieb. Erschrocken rannte Liv hinterher und rief ihren Namen. Eine Frau trat aus dem Haus. Groß, brünett und ungefähr Mitte vierzig. Sie drehte sich einmal um die eigene Achse, als Jay an ihr vorbei und ins Haus rannte.

Mehrstimmiges Gekläff erklang von drinnen. Livs Gesicht wurde heiß. Was war in diesen Hund gefahren? Jay benahm sich doch sonst nicht so verrückt.

Peinlich berührt trabte sie weiter und wurde erst wenige Meter vor der Fremden langsamer. »Entschuldigen Sie bitte, Madam. Ich versteh nicht, was los ist mit ihr. JAY!«

Die Frau sah sie an. Überraschung und ein Hauch von Wiedererkennen zeichneten sich in ihrem Gesicht ab, während sie Liv musterte. »Jay?«

Liv deutete auf die Tür hinter der Frau. »Mein Hund. Könnte ich vielleicht kurz hinein?«

»Sicher.« Die Fremde trat mit einer einladenden Geste beiseite und schenkte Liv ein amüsiertes Lächeln.

Ihr seltsames Verhalten ignorierend eilte Liv ins Haus. Das Gekläff hielt an, klang aber in keiner Weise aggressiv, eher erfreut. Liv betrat einen Korridor, von dem zu ihrer Linken eine Tür abging, die in eine geräumige Küche führte.

Als sie hindurchtrat, stand Jay mitten im Raum und wurde von Shanna angebellt, deren Schwanz sich drehte wie ein Propeller und die sich offenbar ein Loch in den Bauch zu freuen schien.

»Shanna!?«

Die Hündin bemerkte sie, winselte und kam nun zu Liv gerannt, die vor ihr in die Hocke ging, um sie zu begrüßen. Während sie Shanna streichelte, arbeitete es fieberhaft in ihr. Wenn sein Hund hier war, konnte auch Taylor nicht weit sein.

Als Liv allerdings den Kopf hob, um sich umzusehen, bemerkte sie nur einen älteren Mann, der wenige Meter entfernt an einem Tisch saß, seine Zeitung zusammenfaltete und sich gemächlich erhob.

»Guten Tag«, grüßte er sie freundlich.

Liv wurde knallrot. »Guten Tag. Entschuldigen Sie, dass ich hier so hereinplatze, … ich bin nur hinter meinem Hund her.«

»Das sehe ich«, gab er mit stoischer Gelassenheit zurück und musterte sie interessiert über den Rand der Brille, die auf seiner Nasenspitze hing. »Und den zweiten haben Sie auch direkt gefunden.«

Sie floh sich in ein eiliges Lächeln. »Ich war eigentlich auf der Suche nach ihrem Besitzer. Ist er zufällig hier?«

»Nein.« Als er nicht weitersprach und sie nur mit

belustigter Miene betrachtete, erinnerte sie das in gewisser Weise an Taylor. War das sein Dad?

Hinter sich bemerkte sie ein Geräusch und sah, nach einem Blick über die Schulter, die Dame vom Eingang hereinkommen.

»Dann musst du also Liv sein«, stellte die Fremde fest.

Liv glotzte ihr Gegenüber aus großen Augen an. »Äh, ja. Wieso –«

»Ich bin Gail«, wurde sie unterbrochen. Die schöne Brünette grinste ihr zu und reichte ihr die rechte Hand zur Begrüßung. Automatisch ergriff sie Gails Finger. »Ich bin Taylors große Schwester.«

»Ach so.« Liv fühlte sich vom Boden hochgezogen. »Ja, ich hab von dir gehört.«

Gail hob eine Augenbraue an und wirkte für einen Moment gar nicht begeistert. »Oh wei, was hat er erzählt?«

»Dass du Geister jagst.«

Taylors Schwester stutzte, spitzte für eine Sekunde überrascht die Lippen und brach dann in Gelächter aus. Es dauerte einen Moment, bis sie sich wieder einigermaßen beruhigt hatte und Liv ihre Hand zurückbekam.

»Entschuldige, aber genau das kommt dabei raus, wenn der eigene Bruder die Ohren auf Durchzug schaltet, während man versucht ihm etwas zu erklären.« Sie grinste Liv an. »Wie auch immer. Schön, dass du hier bist. Ich freu mich, dich endlich kennenzulernen.«

»Er hat von mir erzählt?«

»Zu meinem Bedauern viel zu wenig«, erwiderte Gail gut gelaunt und wandte sich dem älteren Mann zu, der dem Treiben schweigend zusah. »Dad, darf ich dir

Taylors Freundin vorstellen? Das ist Liv, Liv Larsson – sie ist Schriftstellerin.«

Liv blickte aus großen Augen zwischen Gail und ihrem Vater hin und her und war für einen Moment überrumpelt. Taylors Freundin? Was hatte er seiner Schwester gesagt? Ihre Wangen brannten, als sie dem älteren Mann ebenfalls die Hand zur Begrüßung reichte. Marcus' Eltern hatte sie in all der Zeit nie getroffen. Sie war unsicher, was von ihr erwartet wurde.

»Liv, das ist unser Dad, Arthur Morris. Falls du gewisse Ähnlichkeiten mit Taylor feststellst, was den Humor und die dummen Sprüche angeht – die hat unser Kleiner definitiv von ihm.«

»Angesichts der Tatsache, dass meine Frau hier die Hosen anhat und über alles bestimmt, bin ich froh, dass ich mich wenigstens in Teilen reproduzieren durfte«, bemerkte Arthur mit schelmischem Zwinkern. Livs Finger wurden kräftig gedrückt. »Hallo junge Frau, wenn ich das so sagen darf: Wir haben lange drauf gewartet, dass Taylor endlich wieder ein Mädchen mit heimbringt.«

Sie verzog die Lippen zu einem Lächeln, unfähig irgendwas zu antworten, weil sie nicht wusste, wie sie mit der Situation umgehen sollte.

»Du machst es nicht besser, Dad«, stellte Gail fest. Sie reichte Liv ihren eigenen Autoschlüssel.

Überrascht sah sie Taylors Schwester an. »Was …«

»Ich war so frech, dein Auto abzuschließen, nachdem du es so übermütig und frei zugänglich für jeden hast offenstehen lassen, um hinter Jay herzujagen.«

»Oh mein Gott.« Liv schlug eine Hand vor die Stirn.

Normalerweise war sie nicht so kopflos. Das war ja ein toller Anfang. »Tut mir leid, heute ist nicht mein Tag.«

»Schon okay. Zum Glück sind wir hier ein wenig abseits der üblichen Touristenpfade, und im Augenblick gibt es auch keine anderen Gäste.«

Liv hob das Kinn. »Dann ist das hier also tatsächlich eine Pension oder ein Hotel?«

»Das beste B&B in der Umgebung«, behauptete Arthur mit einem Grinsen. »Das war immer der Traum meiner Frau: Wenn ich mal in Pension gehe, macht sie ein Gästehaus auf und hält mich als ihren Haussklaven. So habe ich mir meinen Lebensabend vorgestellt.«

»Dad!« Gail schüttelte belustigt den Kopf und warf Liv einen entschuldigenden Blick zu. »Beachte ihn einfach nicht, Dad hat einen sehr schrägen Humor, aber das meiste davon ist an den Haaren herbeigezogen. Wenn Mum das hört, kriegt sie vermutlich einen Schreikrampf.«

»Das müssen ja in erster Linie meine Ohren aushalten«, erwiderte er trocken.

Gail rollte mit den Augen. »Weißt du, meine Eltern vermieten normalerweise die Gästezimmer im Haus an Touristen und Rucksackreisende. Dad hat allerdings recht, es *ist* sehr beliebt, und die Leute kommen gern immer wieder her. Die Lage ist ruhig, und in der Umgebung gibt es eine Menge zu entdecken. Man muss nur mit den seltsamen Besitzern klarkommen.«

»Keine Ahnung, wen du meinst.« Arthur schob sich die Brille von der Nasenspitze nach oben und zwinkerte Liv zu. »Wenn ihr mich sucht, ich bin im Garten. Da habe ich wenigstens meine Ruhe.«

Er ging an ihnen vorbei und verschwand in den Korridor.

»Ist er sauer?«, wollte Liv leise wissen.

Gail lachte. »Nein, keine Sorge. Ich glaube, es gibt wenig, was Dad wirklich erschüttern könnte.« Sie musterte Liv kurz von oben bis unten. »Dann hast du dich also doch entschieden, endlich herzukommen.«

Die Hände in den Hosentaschen vergraben, wippte Liv einmal auf den Zehenspitzen vor und zurück und nickte schließlich unbehaglich. Was hatte Taylor seiner Schwester alles erzählt? »Ja, aber dein Dad meinte, er sei nicht da. Ich wollte nicht ungelegen kommen, vielleicht hätte ich vorher doch anrufen sollen.«

»Oh nein, das ist schon okay.« Gail wurde unvermittelt ernst. »Taylor ist heute Morgen nach Glasgow aufgebrochen.«

»Nach Glasgow?« Liv schluckte. Hatte er sie schon abgeschrieben?

»Ja.« Gail zögerte und sog die Unterlippe zwischen die Zähne. »Du kennst Maddison?«

Livs Kehle zog sich plötzlich zu. »Vom Hörensagen. Das ist seine Ex-Freundin, oder?«

»Ja. Sie tauchte Sonntag hier auf.«

»Oh.« In Livs Ohren entstand ein unerwartetes Rauschen. Maddison war zurück? Hatten sie sich ausgesprochen? Hatte er sich deshalb nicht mehr gemeldet? Sie hatte ihm Christins Adresse geschickt, aber er hatte die Mail bis heute nicht mal gelesen. Vielleicht hatte er sie schon blockiert, und sie war so dumm gewesen, sich doch noch Hoffnungen zu machen.

War es ein Fehler gewesen, herzukommen?

»Magst du einen Tee?« Gail wandte sich im Plauderton der Küche zu und schaltete den Wasserkocher ein. »Ich finde, dabei lässt es sich immer besser reden, und es ist eine längere Geschichte. Ich würde es zwar gern Taylor überlassen, sie dir zu erzählen, aber ich habe das Gefühl, es wäre ganz gut, wenn ich als Außenstehende berichte. Außerdem muss ich mich noch bei dir bedanken.«

Liv blinzelte irritiert. »Bedanken? Bei mir? Wofür?«

»Na ja, dank dir haben mein Mann und ich mal wieder ein Gespräch unter Erwachsenen geführt. Das hat uns beiden nicht in allen Punkten geschmeckt, aber es hat uns tatsächlich geholfen.«

Liv musterte Gail, die in einem der Schränke nach Tassen wühlte. Sie fühlte sich auf unangenehme Weise ertappt. »Ich freu mich, dass ihr euch ausgesprochen habt, auch wenn mich das eigentlich alles nichts angeht. Tut mir wirklich leid.«

»Alles gut«, erwiderte Gail und warf ihr einen Blick über die Schulter zu. »Ich war zwar erst mal irritiert, als Taylor mir Montag den Vorschlag machte, aber es war tatsächlich eine gute Idee. John und ich haben vieles klären können, … und das war bitter nötig.«

»Ich hoffe, es läuft von nun an besser.«

»Wir arbeiten auf jeden Fall dran«, gab Gail zurück. »Magst du grünen Tee?«

»Sehr gern.«

»Wenn du nichts dagegen hast.« Gail schwenkte zwei Teebeutel. »Ich bin heute zu faul, den Tee von Hand aufzubrühen.«

»Überhaupt kein Problem.«

»Setz dich doch.« Gail deutete auf den Tisch, an dem vor wenigen Minuten noch Arthur gesessen hatte.

Liv kam ihrer Bitte wortlos nach, während Gail vor sich hinwerkelte. Shanna und Jay legten sich zu ihren Füßen auf den Boden und sahen deutlich zufriedener aus, als Liv sich fühlte. Sie unterdrückte einen Seufzer. In ihrem Kopf war Chaos, und ihr Magen zog sich zusammen, als hätte jemand einen Knoten hineingebunden.

Maddison war zurück und Taylor in Glasgow … Was war hier los? Hatte sie sich in etwas verrannt, und Taylor war nun vorsorglich geflüchtet? Sie fuhr sich mit beiden Händen über das Gesicht. Am liebsten hätte sie Jay genommen und wäre von hier abgehauen. Sie hatte sich selten so fehl am Platz gefühlt wie jetzt.

»Meine Mum hat frischen Apfelkuchen gebacken. Möchtest du ein Stück?«

Liv ließ die Arme sinken. Ein Tee war in Ordnung, aber wenn sie jetzt Kuchen essen musste, würde sie Gail gleich vor die Füße kotzen. »Im Moment nicht, vielen Dank.«

»Na gut, aber du hast nichts dagegen, wenn ich dir einen vorkaue?«

»Überhaupt nicht.«

»Großartig«, stieß Gail aus. »Ich warte schon den ganzen Tag darauf, mich endlich darüber hermachen zu dürfen.«

Sie schleppte eine ganze Tortenhaube zum Tisch herüber, hob den Deckel ab und lief zurück zur Küchenanrichte, um ihren Teller und die Teetassen zu holen.

Zugegeben, der Kuchen sah nicht nur köstlich aus, er

roch auch so. Aber Liv wollte es nicht darauf ankommen lassen. Ihr war ganz elend zumute, und sie wünschte sich zunehmend, sie wäre nicht hergekommen.

Gail war nett, ihr Vater war nett, und ziemlich sicher traf das auch auf den Rest der Familie zu. Liv wollte sie aber alle gar nicht mögen und in ihr Herz schließen, um gleich darauf wieder gehen zu müssen, weil Taylor sich gegen sie entschieden hatte.

Gott, was für eine scheiß Situation. Es gab Momente während dieser Reise, da verfluchte sie jede ihrer Entscheidungen.

Gail stellte die beiden Tassen mit dem Tee ab, ehe sie selbst Platz nahm und sich Kuchen auf ihren Teller lud. »Wenn du es dir anders überlegst, nur zu.«

Liv hob abwehrend eine Hand und zwang sich zu einem unverbindlichen Lächeln.

»Danke.« Sie drehte die Tasse zwischen ihren Fingern.

»Du bist nervös, oder?« Gail warf ihr einen prüfenden Blick zu.

Liv ließ die Hände in den Schoß sinken. Die Schultern nach oben ziehend, bemühte sie sich um eine neutrale Miene. »Nun ja, ich fühl mich ein wenig fehl am Platz«, gab sie zu. »So wie ein Eindringling, weißt du.«

»Du bist hier aber durchaus willkommen«, betonte Taylors Schwester augenzwinkernd. Sie schob sich ein Stück Kuchen in den Mund, kaute ausgiebig und nahm einen Schluck Tee. Dann ließ sie die Gabel auf den Teller sinken. »Hat Taylor dich in den letzten Tagen angerufen?«

Liv rutschte auf dem Stuhl herum. »Wir haben Sonntag telefoniert. Seither habe ich nichts von ihm gehört.«

Gails Lippen verzogen sich zu einem zerknirschten Lächeln. »Na ja, in gewisser Weise ist das auch meine Schuld. Er hat in den letzten Tagen so viel um die Ohren gehabt. Er hat sich um die Mädchen gekümmert, damit mein Mann und ich quatschen konnten, und dann war da die Sache mit Maddison … Sei ihm nicht böse, dass er sich nicht gemeldet hat – er hat vermutlich den Kopf voll und sich bestimmt nichts dabei gedacht.«

Seine Schwester erinnerte Liv auf seltsame Weise an Christin, und irgendwie empfand sie bei ihr eine ähnliche Vertrautheit wie mit Taylor. Sie biss sich auf die Lippe.

»Es ist ja okay. Wir hatten nur ausgemacht, dass ich mich bis heute entscheiden soll, ob ich herkommen will oder nicht«, wandte Liv fast schon entschuldigend ein.

Gail stutzte. »Wie jetzt?«

Liv wand sich innerlich. Ihre Finger krallten sich ineinander. »Ich war mir nicht sicher, ob ich herkommen sollte, weil … das mit Taylor und mir ist ja nicht, … wir sind ja nicht … ich mein …« Sie brach hilflos ab.

»Du meinst, ihr seid noch kein offizielles Paar«, half Gail aus.

»Genau.« Liv fühlte sich wie ein Idiot. Verdammt! Sie verdiente mit dem Finden der richtigen Worte ihren Lebensunterhalt, und nun tat sie sich derart schwer damit? Kein Wunder, dass sie mittlerweile so erfolglos war.

»Aber ihr mögt euch, oder?«

»Ja.«

»Und du bist hier, also hast du dich offenbar *für* euch beide entschieden – versteh ich das richtig?«

Liv nickte. »Ja.«

»Wo ist dann das Problem?«

Sekundenlang starrte Liv sie konsterniert an. Sie kniff die Augen zusammen und versuchte sich zu sammeln, ehe sie Gails fragenden Blick erwiderte. »Nun ja, er ist nicht hier, … ich mein, er ist in Glasgow – und ich nehme an, das hängt mit Maddison zusammen.«

»Ach so.« Gails Lippen verzogen sich zu einem schiefen Lächeln. »Ja, das ist richtig. Ich kann dir das allerdings erklären – auch wenn's vielleicht ein bisschen blöd ist, dass ich jetzt diejenige bin.«

»Okay.«

Gail rollte mit den Augen. »Es ist nicht so einfach, weißt du.«

Liv nickte stumm.

»Also, wie ich schon sagte, stand am Sonntag Maddison plötzlich vor der Tür. Sie …« Gail zog ihre Tasse zu sich heran und starrte einen Moment hinein. Ihre gute Laune war plötzlich wie weggewischt. »Sie hatte ein längeres Gespräch mit Taylor und hat ihm dabei erzählt, dass sie Ende letzten Jahres ein Kind von ihm erwartet hat.«

Liv stieß den Atem aus, den sie angehalten hatte. Ihr war schwindelig. »Sie ist schwanger?«

»Sie *war* es«, erwiderte Gail leise. »Es gab Komplikationen, und sie musste die Schwangerschaft abbrechen. Dabei hat man einen Tumor in ihrem Unterleib gefunden – sie haben sie komplett ausgeräumt. Ein Schlag ins Gesicht für eine junge Frau.«

Liv nickte und senkte den Kopf. Sie verstand das nur zu gut, ihr war es ja vor all den Jahren ähnlich gegangen. Obschon sie Maddison nicht persönlich kannte und angesichts dessen, was sie Taylor an den Kopf geworfen hatte, eigentlich auch nicht leiden konnte, war sie dennoch betroffen von ihrem Schicksal.

»Jedenfalls hatte Maddison gehofft, damit wäre die Angelegenheit überstanden. Da sie mit Taylor zerstritten war, hat sie ihn auch nicht darüber aufgeklärt, bis vorgestern.« Liv hob das Kinn und fing Gails traurigen Blick auf. »Vor ein paar Wochen haben sie herausgefunden, dass Maddison voller Metastasen ist.«

»Oh mein Gott.« Liv riss die Augen auf. »Sie ist doch erst Ende zwanzig, oder nicht?«

»Ja, irgendwas um den Dreh. Jedenfalls haben sie ihr klargemacht, dass sie sich für den Rest ihres Lebens noch eine gute Zeit machen soll und das ziemlich schnell, weil sie nicht mehr viel davon hat.«

»Scheiße!« Sie hob eine Hand an die Lippen und sah im gleichen Moment erschrocken zu Taylors Schwester hinüber. »Entschuldigung.«

»Nein, schon gut. Ich glaube, das haben wir alle gedacht bei diesen Nachrichten.« Gail schüttelte den Kopf. »Ich mein, wer rechnet denn mit sowas? Als ich Sonntag früh gesehen habe, dass sie hier uneingeladen aufgetaucht ist, war ich erst mal echt sauer. Ich muss dazu sagen, dass ich Maddison nie besonders gemocht habe. Seit Taylor damals mit ihr zusammengekommen ist, hat er sich für eine Weile zu einem echt arroganten Arsch entwickelt – und er konnte vorher schon ein ziemlicher Vollidiot sein. Aber zumindest war er da noch nicht so ignorant, und man hat mit ihm reden können.«

Davon hatte Christin ihr irgendwann auch erzählt, dass

Taylor sich laut seinen Fans verändert hätte und nicht mehr so nahbar sei wie früher. Offenbar hatte sich das erst vor einem guten Jahr wieder gebessert.

»Ich war zugegebenermaßen froh, dass diese Beziehung in die Brüche gegangen ist«, bemerkte Gail und schnitt eine Grimasse. »Aber trotzdem habe ich Maddison natürlich nicht so ein Schicksal gewünscht. Das ist schon echt hart.«

»Das ist wahr. Ist sie hier in Behandlung?«

»Sie hat sich einen Hospizplatz gesucht.«

Liv klappte der Mund auf. »Sie ist zum Sterben hergekommen?«

»Ja.« Gail blinzelte ein paarmal. »Schon krass. Weißt du, sie hat keine Familie und keine echten Freunde – traurig sowas. Die letzten Jahre war Taylor ihr einziger Bezugspunkt, und der hat ihr immer vorgeschwärmt, wenn er irgendwann mal sterben würde, dann nur unter schottischem Himmel. Also hat sie sich ins Flugzeug gesetzt, alles hinter sich gelassen, um sich davon zu überzeugen.«

»War sie vorher denn noch nicht hier?«

»Nein. Taylor hat seit zwanzig Jahren niemanden mehr hergebracht. Du bist die erste – inoffizielle – Freundin, die wir als Familie kennenlernen dürfen.«

Liv spürte, wie sie schon wieder rot wurde. »Aber … Maddison …«

»Sie ist nicht mehr seine Freundin! Das ist was anderes. Er war sogar ziemlich pampig zu ihr und hat sie gleich wieder wegschicken wollen, bevor sie ihm erzählt hat, was eigentlich los ist.«

Irgendwie war der Gedanke beruhigend.

»Wir haben dann als Familie beschlossen, sie ein paar Tage bei uns zu behalten. Ich mein, hier ist Ruhe, gute Luft, … und es war okay. Sie hat zwar viel Zeit in ihrem Zimmer verbracht, aber wenn sie nicht zu erschöpft war, dann haben wir auch ein paar schöne Stunden zusammen verlebt. Wenn sie die arrogante Hollywood-Schickse nicht raushängen lässt, kann sie echt nett sein.« Gail verdrehte die Augen. »Tut mir leid, sollte man nicht sagen. Ich weiß, sie ist todkrank, und ich finde das furchtbar, aber als wir uns zum ersten Mal getroffen haben, war es auch direkt vorbei.«

»Was ist passiert?«

»Wir haben uns auf einer Filmpremiere meines Bruders kennengelernt. Da waren sie gerade frisch liiert, und ich gebe zu, die Freundinnen, die er in den vergangenen zehn Jahren davor so hatte, waren in erster Linie hübsch, aber ziemlich hohl im Oberstübchen. Also hatte ich ziemliche Vorurteile ihr gegenüber.« Sie presste die Lippen aufeinander. »Wir sind uns am Ende des roten Teppichs das erste Mal begegnet. Taylor hat mich begrüßt, und ehe er uns einander vorgestellt hatte, fing ich den Blick auf, mit dem sie mich musterte. Weißt du, es gibt Leute, die sehen dich von oben bis unten auf eine Art und Weise an, bei der du direkt eine Antipathie entwickelst, weil du dich degradiert und herabgewürdigt fühlst. Manchen Menschen steht in dem Moment regelrecht ins Gesicht geschrieben, wie abfällig sie auf dich hinabsehen.«

Liv nickte sacht. »Ich weiß, was du meinst.«

»Na ja, sie hat's nicht besser gewusst. Tochter reicher Eltern, die Eltern schon relativ alt und völlig grenzenlos gegenüber dem einzigen Wunschkind. Sie hat geglaubt, sie könnte sich einfach alles herausnehmen und jeder würde es ihr trotzdem verzeihen, weil sie so hübsch und charmant ist. Hat ja ihr ganzes Leben so funktioniert, nur bei mir nicht in dem Moment – da hatte sie es dann verkackt.« Gail nahm die Gabel wieder auf, teilte sich ein Stück Kuchen ab und stopfte es sich in den Mund. »Danach war Maddison Townsend für mich ein rotes Tuch. Wir haben kein Dutzend Worte an dem Abend miteinander gewechselt. Taylor hat schnell gemerkt, dass die Chemie zwischen uns überhaupt nicht funktionierte und die Stimmung zunehmend angespannt war. Ich schätze, er hat sie auch deshalb nie hergebracht, weil er wusste, dass die Luft zu dünn werden würde, wenn wir uns beide in einem Raum aufhalten. Irgendwann hätte es geknallt – und ich werde wirklich fies, wenn ich ausraste.«

»Ich habe eine Freundin, die dir sehr ähnlich ist«, bemerkte Liv lächelnd. »Ihr würdet euch toll verstehen.«

»Bring sie das nächste Mal mit.«

»Das ist nicht so einfach.«

»Alles zu seiner Zeit. Weißt du, es ist mir schon ein bisschen schwergefallen, meinen Groll auf Maddison herunterzuschlucken. Wenn du jemanden so lang nicht magst und der dann so krank wird, wie man es nicht mal seinem ärgsten Feind wünscht, … da fühlt man sich wie der hinterletzte Arsch.«

»Verständlich.«

»Heute Morgen ging es ihr ziemlich schlecht. Sie bekam schwer Luft und hat Taylor gebeten, sie nach Glasgow zu fahren.«

»Da ist das Hospiz?«

»Ja, ein bisschen außerhalb wohl. Maddison hat gemeint, sie würden dort auch ihren Wunsch berücksichtigen, dass sie den Himmel sehen wolle, wenn es so weit wäre.«

»Der Gedanke ist so furchtbar«, stellte Liv fest. »Man hätte eigentlich noch sein ganzes Leben vor sich, und … dann macht einem der scheiß Krebs einen Strich durch die Rechnung. Das ist nicht fair.«

»Ist es wirklich nicht«, stimmte Gail bedrückt zu. »Ich kann verstehen, dass Maddison hergekommen ist. Der einzige Mensch, der ihr irgendwas bedeutet hat und dem sie in den letzten Jahren wichtig war, ist Taylor. Vielleicht soll es einfach so sein, dass es auf die Weise ein Ende findet. Immerhin haben die beiden sich so aussprechen können und gehen letztlich im Frieden auseinander.«

»Das ist sicher für beide die bessere Lösung«, gab Liv zu.

»Und du musst keine Angst haben.«

Liv hob überrascht den Kopf. »Angst wovor?«

Gail beugte sich in ihre Richtung, streckte ihre Hand über den Tisch und legte sie auf Livs Finger. »Er hat mit Maddison abgeschlossen. Auch wenn er sich vielleicht nicht gemeldet hat in den letzten Tagen, aber seine Gedanken sind ganz oft um dich gekreist. Ich kenn meinen Bruder, … und er mag dich wirklich sehr, auf eine besondere Weise.«

Liv konnte nicht verhindern, dass ihr die Tränen in die Augen stiegen. »Ich ihn auch.«

»Ich weiß, sonst wärst du nicht hier.«

10

Der Tag war anstrengend gewesen und hatte ihn nicht nur emotional, sondern auch körperlich an seine Grenzen gebracht. Nach dem Schreck am Morgen hatte er Maddison so rasch, wie es möglich war, nach Glasgow gebracht. Sie hatte sich tapfer gehalten, auch wenn ihr das Atmen weiterhin schwergefallen war und die Angst nach ihr griff.

Das Personal im ›Garden of Heaven‹ hatte sie bereits erwartet, als er Maddison in die Pflegeeinrichtung begleitet hatte. Es war schön zu sehen gewesen, wie liebevoll man sie dort aufgefangen und gleich in ihr Zimmer geleitet hatte. Während die Frauen sich um Maddison kümmerten, hatte er selbst sich auf den Flur zurückgezogen.

Minutenlang hatte er mit leerem Kopf und einem kalten Loch in der Brust dort herumgestanden und nicht gewusst, was er machen sollte. Menschen waren an ihm vorübergeglitten wie Geister. Auf höfliche Floskeln hatte er kaum reagiert und nur vor sich hingestarrt. Er hatte fliehen wollen von dem Ort, an dem der Tod so nahe war, und gleichzeitig hatte er geahnt, dass er jetzt nicht gehen konnte.

Es war so rasch gekommen, so unerwartet. Sie war auf dem Sitz neben ihm regelrecht zerfallen, während sie nach

Glasgow gefahren waren. An den zwei Tagen davor war ihm nicht bewusst gewesen, wie schlimm es wirklich um sie stand.

Die endgültige Entscheidung war für ihn gefallen, als eine der Schwestern zu ihm kam und ihn wieder zu Maddison ins Zimmer bat. Er war ihr nur zögernd gefolgt. Maddison hatte winzig gewirkt in dem Bett. Ihre sonst immer sonnengebräunte Haut war grau und krank, die dunklen Ringe unter den Augen waren tiefer und schwärzer geworden. Sie hatten ihr das Tuch abgenommen, und zum ersten Mal hatte er Maddison ohne Haare gesehen.

In dem Moment hatte er wirklich begriffen, dass sie sterben würde – bald schon – und dass sie dem Tod viel näher war, als er geglaubt hatte. Sie hatte ihn angelächelt, und er hatte schreien und davonrennen wollen. Nicht weil er ihren Anblick nicht ertrug, sondern weil er sich schuldig fühlte.

Schuldig, ihr nicht mehr die Liebe entgegenbringen zu können, die er früher für sie empfunden hatte. Schuldig, weil da nur noch eine innige Freundschaft war, aber es sich nicht wie mit Liv anfühlte. Schuldig, weil er bei Maddison stand und an Liv denken musste, während er sich dafür hasste. Eine unangenehme, ausweglose Situation.

Er hatte nichts dagegen tun können, dass ihm die Tränen gekommen waren. Er hatte Maddison in den Arm genommen und sie einfach festgehalten, ohne ihr sagen zu können, dass er nicht nur um sie, sondern auch um sich selbst weinte.

Das Einzige, was er noch für sie tun konnte, war zu bleiben und ihr beizustehen. Also blieb er.

Maddison hatte viel geschlafen, doch jedes Mal, wenn sie aufwachte, hatten sie das Gespräch an dem Punkt weitergeführt, an dem sie beim letzten Mal abgebrochen hatte. Sie hatte nach Liv gefragt, also hatte er zu erzählen begonnen. Von Liv, von Jay, dem Ball an seinem Kopf, ihrem ersten Kennenlernen, ihren Ausflügen, ihren stundenlangen Gesprächen.

»Wir haben nie so viel geredet«, hatte Maddison eingeworfen.

»Nein, wir waren zwar verrückt nacheinander, aber unsere Beziehung am Ende wohl doch zu oberflächlich«, hatte er erwidert.

Maddison hatte seine Hand gedrückt und ihn angelächelt. »Danke, dass wir jetzt reden. Mach es mit Liv besser, und wenn du sie liebst, dann sag es ihr, so rasch wie möglich. Das Leben ist zu kurz, um es mit Belanglosigkeiten zu verschwenden.«

Sie war wieder eingeschlafen. Tiefer als sonst, auf eine sehr friedliche Weise. Die Lebenszeichen auf dem Überwachungsmonitor waren schwächer geworden, es hatte sacht zu dämmern begonnen und die Sonne sich langsam dem Horizont entgegengeschoben.

Die Schwestern waren hereingekommen. Sie hatten Taylor angelächelt, ihm die Hände auf die Schultern gelegt und leise mit ihm gesprochen. Gemeinsam hatten sie alle Maddisons Bett auf den großen Balkon hinausgerollt. Er war innerlich erstarrt. Es war so weit. Die Tränen, die er vorher noch vergossen hatte, waren versiegt, und er hatte sich wie ausgetrocknet gefühlt.

Er hatte inmitten dieser Fremden gestanden, die

sichtlich berührt waren, und gemeinsam hatten sie alle seine einstige Weggefährtin verabschiedet. Als die Sonne ein letztes Mal aufgeleuchtet und den Himmel mit seinen Wolken in eine Kaskade aus roten Farben getaucht hatte, hatte Maddison die Augen aufgeschlagen.

Sie hatte tief ein- und wieder ausgeatmet, während er ihre Hand gehalten hatte. Sie hatte gelächelt. Und dann war sie einfach nicht mehr da gewesen. Er hatte gespürt, wie sie verschwand. Wie etwas an ihm vorbeistreifte und auf den letzten Sonnenstrahlen davongetragen wurde.

Die Zeit danach war nur noch verschwommen in seiner Erinnerung. Er hatte sich von Maddisons leerer Hülle verabschiedet. Seine Miene war wie versteinert gewesen, alles in ihm war kalt und leer. Dennoch empfand er von den Haarspitzen bis zu den Zehennägeln nichts als einen grellen, furchtbaren Schmerz, der ihn zerriss und in Wellen auf- und abflaute. Er hatte sich nie zuvor so gefühlt.

Er hatte die Umarmungen der Schwestern nicht gespürt und ihre tröstenden Worte kaum wahrgenommen. Das Angebot, etwas von Maddisons persönlichen Sachen mitzunehmen, hatte er abgelehnt. Maddison hatte ihm erzählt, dass sie vor ihrer Reise nach Schottland bereits alles geregelt hatte, was nach ihrem Ableben mit ihren Überresten und ihrem Hab und Gut passieren sollte, dass ihr Anwalt und ihr Management von der Klinikleitung informiert werden würden und alles Weitere in die Wege leiten sollten – er wollte sich da nicht einmischen, auch wenn es nett gemeint gewesen war.

Er hatte sich bedankt, war zurück zu seinem Auto gegangen, hatte eine geschlagene Stunde schweigend daringesessen und sich nicht gerührt. Er hatte erst losfahren können, als seine Hände nicht mehr gezittert hatten.

Vierzig Minuten später hatte er den Parkplatz vor dem Haus seiner Eltern erreicht, verließ den Wagen und betätigte die Zentralverriegelung, während er träge zur Eingangstür hinüberschlurfte. Ihm war elend und speiübel. Im halben Haus brannte noch Licht.

Sie warteten.

Vielleicht nicht alle, aber Gail und seine Eltern vermutlich. Er wusste, sie machten sich Sorgen, und wahrscheinlich ahnten sie, warum er erst so spät kam. Gail hatte sicher erzählt, was heute Morgen geschehen war und wohin er Maddison begleitet hatte.

Als er in Glasgow in seinem Auto gesessen hatte, war er für einen Moment versucht gewesen, sein Handy zu zücken, um ihnen eine Nachricht zu senden. Aber er hatte es nicht gewagt. Die Gefahr, Livs Kontakt zu öffnen, um sie anzuflehen, zu ihm zu kommen, weil er sich nach ihr verzehrte und es ihm das Herz brach, dass sie nicht bei ihm war, war zu groß gewesen.

Tief durchatmend verharrte er sekundenlang vor der Haustür. Er würde stark bleiben und nicht heulen wie ein Schlosshund, wenn er es ihnen erzählte. Er würde nicht zu einem unglücklichen Zehnjährigen mutieren, der zum ersten Mal einen Freund hatte sterben sehen. Hautnah dabei zu sein war etwas anderes, als nur die Nachricht übermittelt zu bekommen, wenn jemand verstorben war.

Taylor drückte die Klinke herunter und betrat das Haus.

Leise Stimmen erklangen aus dem Wohnzimmer. Er erkannte Gail und seine Mum. Vielleicht schlief Dad schon.

Er hoffte, dass die Mädchen auf jeden Fall im Bett waren. Er wusste, wenn die kleine Kaleigh anfangen würde zu heulen, würden auch seine Dämme brechen. Taylor wandte sich nach links, durchquerte die Küche und den Essbereich und gelangte in das vollgestopfte Wohnzimmer. Im Winter brannte hier immer ein Feuer im Kamin, und Mum saß mit ihrem Strickzeug auf dem Sofa, aber im Sommer speicherten die dicken Wände des Hauses genug Hitze, um niemanden frieren zu lassen.

Gail erhob sich von ihrem Sessel, als er durch den Türbogen trat.

»Taylor.«

Wie betäubt öffnete er den Mund und schloss ihn wieder. Hundenasen drückten sich in seine Hände. Er senkte den Blick und sah Shanna und Jay vor sich stehen, die ihn beide anstupsten und zu begrüßen versuchten, während er dastand wie ein Untoter, der jedes Gefühl verloren hatte. Er atmete laut aus.

Jay.

Seine Finger legten sich auf den zarten Hundekopf und streichelten über dunkles, raues Fell, während er mit der anderen Hand Shanna Kopf tätschelte. Was tat Jay hier?

»Taylor?«

Ihre sanfte Stimme ließ ihn den Kopf heben. Vor ihm stand Liv, und für einen Moment war er sicher, dass das nur eine Halluzination sein konnte. Er rang nach Luft, sein Blick verschwamm. Er konnte kaum erkennen, wie sie zu ihm eilte, weil ihm plötzlich die Tränen über das Gesicht liefen. Zuckend und zitternd ließ er zu, dass sie sich an ihn drängte und ihre Arme um ihn legte. Verzweifelt zog er sie an sich, murmelte ihren Namen und weinte hemmungslos.

Minutenlang verharrten sie in dieser Position. Taylor hörte seine Mutter und seine Schwester schluchzen. Irgendwo im Haus erklang das Quietschen einer Tür und das Knarzen der alten Holzbohlen, während jemand darüberlief. Doch nichts davon berührte ihn auf die Weise wie die Gewissheit, dass sie gekommen war.

Als er sich einigermaßen gefangen hatte, hob er den Kopf und sah auf Liv hinunter. Ihr Gesicht war genauso nass von Tränen wie seins.

»Du bist hier«, flüsterte er.

Sie verzog die Lippen zu einem Lächeln und holte zitternd Luft. »Ich wünschte, ich wäre früher gekommen.«

»Du hattest Angst, ich hab das schon verstanden – aber du hast sie überwunden.«

»Ja, allerdings hat mir der Telefonjoker den letzten Tritt geben müssen, den ich brauchte.«

Taylor lachte kurz auf. Dann nahm er ihr Gesicht in beide Hände und wischte die Tränen von ihren Wangen. Sie tat es ihm gleich.

»Wieso weinst du?«, wollte er wissen.

»Weil du weinst«, erwiderte sie erstickt. »Weil ich deinen Schmerz spüre und nicht weiß, wie ich ihn dir nehmen kann. Es tut mir so leid.«

»Du bist hier«, wiederholte er tonlos. »Das ist alles, was ich mir erhofft habe.«

Sie erhob sich auf die Zehenspitzen und drückte ihre weichen Lippen auf seinen Mund. Taylor zog sie an sich. Verzweifelt erwiderte er den Kuss. Das war das wahre

Leben, und er wollte es festhalten. Er würde das Versprechen einlösen, das er Maddison gegeben hatte. Keine
Ausflüchte und kein Herumreden mehr.

Ein mehrstimmiges Räuspern ließ ihn den Kuss unter-
brechen. Als er den Kopf hob, sah er Gail und seine Mum
vor dem Sofa stehen. Beide mit verweinten Augen und bei
all der Trauer doch mit einem Anflug von Belustigung.

»Entschuldigt«, murmelte er. »Ich hatte nicht damit gerechnet, dass Liv kommt.«

»Ich bin froh, dass sie hier ist«, warf seine Mum ein. Ihr
Blick war zärtlich, als sie der Frau in seinen Armen zulä-
chelte. »Ich glaube, das war heute genau der richtige Zeitpunkt.«

»War es schlimm?«, wollte Gail wissen.

Taylor zog Liv an seine Brust und küsste sie aufs Haar.
Er wollte sie nie wieder loslassen. »Ja, in gewisser Weise
schon, aber es war auch friedlich. Sie hat den Himmel gesehen, als sie das letzte Mal eingeschlafen ist – und die
Sonne hat sie verabschiedet und mitgenommen.«

»Das klingt schön.« Gail schüttelte traurig den Kopf.
»Es ging sehr schnell jetzt. Damit habe ich, ehrlich gesagt,
nicht gerechnet.«

»Ich auch nicht, allerdings glaube ich, sie hat uns auch
nicht erzählen wollen, wie es wirklich um sie stand.«

Für einen Moment schwiegen sie alle.

»Wollt ihr euch nicht setzen?« Seine Mutter deutete auf
das Sofa, während sie auf einem der Sessel Platz nahm.
Liv nickte, griff nach seiner Hand, und er folgte ihr wortlos. Als er sich neben sie hockte, fiel die Anspannung
langsam von ihm ab.

»Wie fühlst du dich?« Liv umfasste seine Finger.

Er betrachtete sie nachdenklich, hob die andere Hand und zeichnete die Linie ihrer Lippen nach. »Besser. Ich habe eine Stunde gebraucht, bis ich losfahren konnte. Ich wollte sichergehen, dass ich auch ankomme.«

»Das war eine gute Entscheidung«, bemerkte Gail. »Ich werde es den Kindern morgen selbst sagen.«

Ihre Mum nickte zustimmend. »Wollen wir morgen Abend für Maddison ein paar Wünsche entzünden?«

Taylor nickte ebenfalls und zog Liv wieder in seine Arme. Sie lehnte sich an ihn. Er genoss es, ihre Stirn an seiner Wange zu spüren und ihre Wärme an seiner Seite. »Ja, das ist eine schöne Idee. Lasst uns alle zusammen Abschied von ihr nehmen.«

»Dann machen wir das so.« Seine Mum stand auf, beugte sich zu ihm und drückte Taylor einen Kuss auf die Stirn. »Ich bin sehr stolz auf dich, mein Junge. Einen Menschen auf seinem letzten Weg zu begleiten ist keine einfache Aufgabe und verlangt einem viel ab. Trotz allem, was war, und trotz aller Differenzen, die ihr zuletzt hattet, hast du ihr damit wahre Freundschaft erwiesen, und ihr habt euch im Guten verabschieden können.«

Er nickte wortlos. Er wusste, er würde es nicht schaffen zu reden, ohne wieder in Tränen auszubrechen. Zu zerrissen fühlte er sich heute Abend.

Seine Mutter verstand ihn zum Glück auch so. Ihre Finger strichen über seine Wange, und sie lächelte ihm zu. »Gute Nacht euch beiden.«

»Gute Nacht, Mum.«

»Gute Nacht, Holly«, murmelte Liv.

Gail raffte sich ebenfalls auf. »Ich schließ mich an.« Sie hob die Hand und zwinkerte ihnen zu. »Bleibt nicht mehr so lang auf. Es war ein anstrengender Tag.«

Liv nickte. »Gute Nacht, Gail.«

»Gute Nacht ihr zwei.«

»Gute Nacht, Nervensäge«, murrte Taylor. Seine Schwester lachte leise und verschwand mit Mum Richtung Küche. Zu seinen Füßen spürte er Jay und Shanna, die es sich zwischen ihnen gemütlich gemacht hatten.

Während er in den Polstern lehnte, drückte er Liv enger an sich. »Ich träum das alles nicht, oder? Du bist wirklich hier.«

Sie setzte sich neben ihm auf und sah ihn an. Ihr Blick war ernst.

»Es tut mir so leid, Taylor. Ich wünschte, ich hätte nicht so lang gezögert.«

»Es ist ja nicht so, als ob ich das nicht verstanden hätte«, gab er zurück. »Ich hatte nur Angst, dass du es dir anders überlegst, je länger wir uns nicht sehen – und dass du mich irgendwann vergisst.«

»Dich zu vergessen würde mir ziemlich schwerfallen«, erwiderte sie mit einem schiefen Lächeln.

»Du hast mir so sehr gefehlt.« Sie drückte sich an ihn und schmiegte ihre Wange an seine Schulter. »Ich merk erst jetzt, wie groß die Lücke war.«

Liv legte ihre Hand auf seine Brust, als wollte sie seinen Herzschlag prüfen. »Es tut mir leid. Ich wünschte, ich hätte nicht so sehr gezweifelt.«

»Was hat Christin gesagt, um dich doch noch umzustimmen?«

»Sie hat mir einen Arschtritt angedroht, der mich bis Bangladesch fliegen lässt«, erwiderte Liv.

Taylor stutzte kurz, ehe er die Lippen zu einem Lächeln verzog. »Das hätte ich vorher wissen sollen.«

»Das funktioniert nicht bei allen«, gab sie zurück. »Christin kann sehr herrisch sein, weißt du. Sie hat mir ins Gewissen geredet und mir so einiges vor Augen geführt, das mich hat nachdenklich werden lassen. Irgendwann musste ich einsehen, dass ihr beide recht habt – und ich eigentlich nur gewinnen kann.«

»Also bist du hergekommen und direkt in die Fänge meiner Familie geraten«, stellte er fest.

Liv verzog die Lippen zu einem Lächeln. »Deine Familie ist supernett. Sie haben mich hier aufgenommen, als hätte ich immer schon dazugehört – deine Mum hat mir sogar ein Zimmer gegeben.«

»Das ist der Vorteil, wenn man einen Pensionsbetrieb führt.« Seine Hand legte sich auf ihre Wange, und er fuhr mit dem Daumen über ihre Unterlippe. Sie kannten sich gerade einmal eine knappe Woche, und trotzdem fühlte es sich an, als wären Ewigkeiten seit ihrem letzten Treffen vergangen. »Bleibst du hier für ein paar Tage?«

»Ja, sehr gern.«

Liv rutschte noch näher und schmiegte sich an ihn. Zufrieden lächelnd legte er den Arm um sie. Für den Moment reichte ihm das.

»Wenn das mit uns nun ernst wird, … könnte es dennoch ein wenig schwierig werden. Du in Amerika, ich in Deutschland«, bemerkte sie.

Er küsste ihre Stirn. »Na ja, wir haben auch ein bisschen

Glück, immerhin leben wir schon im einundzwanzigsten Jahrhundert, … da gibt es Telefone, Skype und jede Menge anderer Möglichkeiten, sich täglich zu hören und zu sehen.«

»Du hast ja recht.« Als sie den Kopf hob, küsste er ihre Lippen. Es wurde still im Zimmer. Sie vergaßen für eine Weile, wo sie waren und dass sie sich vor einer Woche noch gar nicht gekannt hatten. Es war nur wichtig, dass sie hier war, dass sie sich für ihn entschieden hatte und seine Gefühle teilte. Zeit war plötzlich relativ. Er wollte nichts weiter, als in ihrem Duft und ihrem Geschmack zu versinken. Er wollte nichts anderes als ihre Hitze, ihre Haut, ihre fraulichen Kurven spüren.

»Warte«, wisperte sie atemlos und drückte ihm eine Hand auf die Brust. Er löste sich nur widerstrebend von ihren vollen Lippen. Irgendwie hatten seine Finger sich unter ihre Bluse verirrt und strichen über ihren nackten Rücken. Ihre Wangen waren gerötet, und ihre Augen glänzten. Ihre Pupillen waren riesig, und vom Blau ihrer Iris war kaum noch etwas zu sehen. »Das geht ein bisschen schnell.«

Taylor nickte. Seine Sehnsucht hatte ihn für einen Moment vergessen lassen, dass sie im Wohnzimmer seiner Eltern hockten. Selbst wenn Liv für mehr bereit war, wollte er das nicht unbedingt hier in die Tat umsetzen.

»Entschuldige, es ist mit mir durchgegangen.«

Sie biss sich auf die Unterlippe. »Wir sollten für heute vielleicht den Abend ausklingen lassen.«

»Bist du sauer?«, wollte er wissen.

Liv schüttelte den Kopf und rückte wieder näher, um

ihn zu küssen. »Nein. Aber das ist nicht gerade der richtige Ort.«

»Dem kann ich nur zustimmen«, erwiderte er. »Wollen wir ins Bett gehen?« Er stockte und floh sich in ein leises Lachen. »Ich meine, jeder in seins. Du sagtest, meine Mum hat dir ein eigenes Zimmer zugeteilt.«

»Hat sie«, bestätigte Liv lächelnd. »Direkt neben deinem.«

»Okay, dann lass uns schlafen gehen.«

»Einverstanden.«

***

Er war wütend und voller Trauer. Das Glas zersprang in seinen Fingern, doch er spürte kaum, wie die Scherben sich in seine Haut drückten. Alkohol und Glas glitten zu Boden. Der Schmerz in ihm erstarb. Taylor atmete erleichtert auf.

Zwei Stunden lang hatte er wach gelegen. Immer wieder hatte er versucht zur Ruhe zu kommen, sich zu entspannen, aber in seinem Kopf waren ständig Bilder hin und her gesprungen wie ein Videospiel. Liv, die ihn küsste, Liv, die mit ihm weinte. Maddison, die in den Himmel hinaufsah, ehe ihr Blick brach. Maddison, die klein und zerbrechlich in ihrem Krankenbett lag. Dazwischen hatten sich wirre Gedanken und Szenen gemischt, die er nicht einzuordnen wusste.

Er war aufgestanden, hatte geduscht, sich abzulenken versucht, doch es gab nichts, worauf er sich konzentrieren konnte. In seinem Kopf herrschte ein einziges Chaos, wie bei einem LSD-Trip aus den Achtzigern. Es hatte ihn regelrecht verrückt gemacht.

Also hatte er das getan, was er eigentlich nie wieder hatte tun wollen. Er hatte sich aus dem Wohnzimmer seiner Eltern eine fast leere Flasche Whiskey geholt und ein Glas eingeschenkt. Aber der Alkohol machte es nicht besser, stattdessen wurde Liv plötzlich zu Maddison und umgekehrt. In seinem Kopf war es seine Ex-Freundin, die ihn küsste, und Liv, die tot in seinen Armen lag.

Er hätte seinen Frust am liebsten in die Welt hinausgeschrien, aber dann hätte er Liv vermutlich geweckt, die direkt nebenan in ihrem Zimmer lag.

Die Scherben in seiner Hand bohrten sich schmerzhaft in sein Fleisch, als er versehentlich eine Faust ballte. Er gab ein halblautes »Au« von sich, öffnete die Hand und starrte hinein. Glas, das in Fleisch steckte. Blut, das sich sammelte und in winzige Rinnsale verwandelte.

Sein Blick wurde leer.

Vor dem Zubettgehen hatte er sich mit einem letzten sehnsüchtigen Kuss von Liv verabschiedet. Es war ihm schwergefallen, nicht dem Wunsch nachzugeben, sie in sein Zimmer zu ziehen und zu verführen. Er verzehrte sich nach ihr, aber er wollte sie nicht dazu nötigen, mit ihm ins Bett zu gehen.

Vielleicht wäre es nach diesem furchtbaren Tag auch eher unpassend und irgendwie seltsam gewesen. Vor wenigen Stunden erst war Maddison gestorben, und nun wollte er nichts mehr, als Liv in seinen Armen zu halten, um nicht länger das Gefühl zu haben, dass auch er gestorben war.

Er betrachtete gedankenverloren den Fleck am Boden. Der Geruch des Whiskeys verbreitete sich im Raum und verstärkte das Gefühl von Schwindel und Chaos. Es war nicht mal ein halbes Glas gewesen, und er fühlte sich, als hätte er sich betrunken. Dabei hatte es Zeiten gegeben, in denen er Whiskey wie Wasser in sich reingeschüttet hatte.

Etwas berührte seine Schulter.

»Taylor. Was ist los?«

Er hob im Zeitlupentempo den Kopf, und wieder war es wie bei seiner Heimkehr gestern Abend. Als würde er eine Halluzination erleben – sie war gar nicht wirklich hier. Er glotzte sie nur an, unfähig ein Wort zu formulieren.

Stattdessen sah er unbeteiligt dabei zu, wie sie die Scherben aus seiner Hand entfernte und geschäftig hin und her lief, um auch den Fleck und das Glas auf dem Boden zu beseitigen. Ein Teil von ihm, der noch ansatzweise klar war, rief ihm zu, dass er sie das nicht alles erledigen lassen sollte, aber er konnte sich nicht rühren.

Sie verschwand aus dem Raum, und er blieb allein zurück. In seinem Kopf herrschte Stille, als hätte ihre kurze Anwesenheit die Vorführung in seinem Gehirn unterbrochen und die Synapsen getrennt, die diesen Horrorstreifen hatten vor seinen Augen tanzen lassen.

Als sie ins Zimmer zurückkehrte, trottete Jay verschlafen hinter ihr her. Liv kam zu ihm, legte einen Kulturbeutel neben ihm auf das Bett, ging in sein Badezimmer und kam mit einem Glas voller Wasser zurück. Dann holte sie den Mülleimer, der neben der Tür stand, stellte ihn zwischen seine Beine und griff nach seiner Hand.

Er spürte ihren Blick, der auf ihm lag, aber starrte selbst

nur vor sich hin. Sie schüttete einen Teil des Wassers über seine Hand, von der es voller Blutschlieren in den Mülleimer tropfte. Wortlos zog Liv eine Pinzette aus ihrem Kulturbeutel und entfernte einige Splitter aus den Schnitten in seiner Haut.

Sie holte tief Luft, ehe ihre Finger sein Kinn anhoben und seinen Blick nach oben zwangen. Es fiel ihm schwer, sich darauf zu fokussieren, ihr in die Augen zu sehen.

»Taylor, sprich mit mir«, bat Liv.

Erneut spülte sie die Hand mit Wasser.

Er achtete nicht weiter darauf, was sie sonst machte. Er sah sie nur an. Wie sie da stand, mit ihrem kurzen Haar, den großen, blauen Augen. Sie trug ein Nachthemd, ärmellos, bis zu den Knien. Er erkannte ein paar blasse Linien auf ihren Beinen. Waren das die Narben, von denen sie gesprochen hatte?

Es knisterte leise, als sie eine Mullkompresse auspackte und auf seine Wunden presste. Er holte tief Luft. Das spürte er jetzt schon, aber sie hielt seine Hand unerbittlich fest. Der erste Schmerz ebbte ab, und seine Schultern sackten nach unten.

»Früher hat es funktioniert«, murmelte Taylor.

Liv hob den Kopf, während sie einen Verband fest um seine Hand wickelte. Er ließ es, ohne mit der Wimper zu zucken, über sich ergehen. »Was hat früher funktioniert?«, wollte sie wissen.

»Mich mit Alkohol zu betäuben.«

Sie verzog das Gesicht. »Davon verschwinden weder Trauer noch Sorgen.«

»Ich weiß.«

Sie sah ihm in die Augen. »Warum versuchst du es dann trotzdem?«

»Ich wollte bloß schlafen. Aber in meinem Kopf war es wie auf einer Techno-Party. Bilder, Stimmen, Momente, die an mir vorbeizuckten, alles in Sekundenbruchteilen, nichts, was zusammenpasste. Ich wollte nur Ruhe.«

Liv befestigte das Ende des Verbandes, richtete sich auf und legte ihm die Hände um das Gesicht, um ihn anzusehen. Es tat so gut, ihre Wärme zu spüren. »Du hättest es vielleicht mit Tee oder warmer Milch versuchen sollen. Wie viel hast du getrunken?«

»Kein halbes Glas, aber ich fühl mich, als hätte ich eine ganze Flasche in mich reingeschüttet.«

»Du trinkst sonst nicht, oder?«

»Nein. Ich bin seit über zwanzig Jahren trocken.«

Sie riss erschrocken die Augen auf. »Du hattest ein Alkoholproblem?«

»Ja, während meines Jurastudiums.«

»Oh Gott, Taylor. Wieso riskierst du nach all der Zeit einen Rückfall?«

»Ich wollte keine Tabletten nehmen. Davon bin ich erst seit einem Jahr weg.« Er wusste, dass er ein Suchtproblem hatte, Maddison hatte es auch gewusst, und das hatte das Verhältnis zwischen ihnen stark belastet. Liv würde, wenn sie schlau war, einen Rückzieher machen und ihn hier einfach sitzen lassen. Er hatte sie nicht verdient.

»Ach Schatz.« Mit einem Seufzer schüttelte sie den Kopf und zog ihn an sich.

Taylor schloss die Augen und drückte seine Wange gegen ihren Bauch. Er spürte die Wärme ihres Körpers durch den dünnen Stoff hindurch. Er hörte die Geräusche in ihrem Inneren, atmete ihren Duft ein.

Seine Hände suchten ihre Hüften, zogen sie an ihn. Er presste sein Gesicht gegen ihren Unterleib und holte tief Luft. Er drückte seinen Mund auf ihren Bauch und atmete aus. Er spürte ihre Hände an seinem Hinterkopf, ihre Finger, die mit seinen Haaren spielten.

»Es gibt bessere Methoden, um Schlaf zu finden, als dabei deine Gesundheit auf diese Weise aufs Spiel zu setzen«, flüsterte sie besorgt. »Du musst morgen mit dem Schnitt zu einem Arzt, okay? Selbst wenn es nicht genäht werden muss, sollte sich da ein Profi drum kümmern.«

»Hmm.«

Er konnte sie riechen. Ihre Weiblichkeit, ihren Duft. Ihm wurde heiß. Er wollte sie nicht wieder gehen lassen. Er würde sterben, wenn sie ihn erneut verließ. Wenn sie bei ihm war, wurden seine Sinne wieder klar, und seine Gedanken verloren sich nicht länger im Chaos. Seine Hände glitten über den Stoff ihres Nachthemds nach unten, fanden ihre nackten Beine und schoben sich wieder nach oben.

Sie ließ es zu. Sie hielt ihn nicht auf.

Warme, weiche Haut, unterbrochen von querlaufenden Linien. Taylor öffnete die Augen und warf Liv einen fragenden Blick zu. Sie atmete schwer. Mit halbgeöffneten Lippen nickte sie ihm kaum wahrnehmbar zu.

Er griff nach dem Stoff ihres Nachthemds, zog ihn nach oben und hielt ihn vor ihrem Bauch mit einer Hand zusammengerafft. Zahllose helle Narben überzogen ihre Beine, verschwanden unter dem zarten Stoff ihres Slips und tauchten weiter oben auf ihrem Bauch wieder auf. Liv hatte nicht übertrieben, als sie gemeint hatte, dass die Ärzte sie zusammengeflickt hatten.

Sie zitterte.

Taylor hob den Kopf und bedeutete ihr, den Stoff festzuhalten. Sie tat es zögernd. Er ließ seine Hände erneut über ihre Beine gleiten, zeichnete die Linien mit den Fingern nach und strich mit dem Daumen darüber. Von der Vorderseite ihrer Schenkel, zur zarten Innenseite, weiter nach oben bis in den Bereich ihrer Lenden. Seine Finger wanderten über den Stoff ihres Slips und verirrten sich darunter.

Liv zitterte immer noch, hielt ihn aber nicht auf.

Langsam zog er das Höschen herunter und entblößte ihre Scham.

Mit geblähten Nasenflügeln nahm er ihren Duft wahr. Er ließ den Slip zu Boden fallen, seine Hände glitten über die Narben, die ihren Bauch bedeckten. Teilweise waren sie fingerdick und wulstig. Sie zuckte zusammen.

»Tut es noch weh?«, wollte er wissen.

Sie schüttelte den Kopf und stieß bebend die Luft aus. Die Unsicherheit war ihr ins Gesicht geschrieben. »Fühlst du dich nicht abgestoßen?«

Er hielt ihrem Blick stand und schüttelte den Kopf. Der Ärger über diesen Idioten, der sie so verletzt hatte, verflüchtigte sich. Dieser Typ war unwichtig, er würde ihr beweisen, dass sie anbetungswürdig war. »Nichts an dir stößt mich ab. Du bist wunderschön.«

Taylor zog sie neben sich aufs Bett, drehte sie auf den Rücken und beugte sich über sie. Er zeichnete eine Spur kleiner, feuchter Küsse auf ihrem Bauch. Liv seufzte leise auf. Seine Finger glitten die Außenseite ihrer Schenkel entlang, tasteten über jede Unebenheit und Kontur, um auf der Innenseite wieder nach oben zu streicheln. Sein Blick folgte den Linien auf ihrem Körper wie denen einer Landkarte, die ihm den Weg wies.

Sacht blies er seinen Atem über ihre Haut. Ihr ganzer Körper verkrampfte sich, als er sie genau aufs Schambein küsste, dort wo die größte Narbe sich befand. Ob die alten Verletzungen sie körperlich beeinträchtigten? War es das, wovor sie Angst hatte?

Er schob sich neben sie aufs Bett und nahm es sich heraus, seine Hand locker auf ihrem Venushügel abzulegen. Sie sollte spüren, dass er sie alles andere als abstoßend fand. Wenn ihr das nicht Beweis genug war, würde er ihr zeigen müssen, was ihr Anblick mit ihm machte.

Sie hatte die Augen geschlossen und schien darauf zu warten, dass alles vorüberging. Sein Atem strich über ihre Wange. »Du bist wunderschön, Liv.«

Als sie die Lider öffnete, beugte er sich über sie und lächelte sie zärtlich an. Er spürte ihre Wärme, und wenn er seine Finger tiefer gleiten ließ, spürte er auch ihre Bereitschaft für ihn. In seinen Lenden zog sich alles zusammen.

Leise stöhnend legte sie ihre eigene Hand auf seine und hielt ihn fest. Fast hätte er aufgestöhnt. »Ich kann keine Kinder bekommen. Sie haben mir das Leben gerettet, aber das hatte seinen Preis.«

Taylor senkte seinen Kopf und verschloss ihren Mund mit seinen Lippen. Er bemühte sich um Ruhe, ließ sich Zeit und sah sie an. »Wolltest du Kinder?«

»Früher schon, heute nicht mehr.«

Er verzog die Lippen zu einem sanften Lächeln. »Gott sei Dank, denn ich bin, ehrlich gesagt, in einem Alter, wo ich keinen Bock mehr auf Windeln wechseln habe.« Ihr zuzwinkernd küsste er ihre Nasenspitze. Seine Finger drückten sich sacht zwischen ihre Labien. Liv seufzte. »Wir könnten uns einen weiteren Hund anschaffen?«

Liv lächelte, hob ihre Hand und strich ihm das Haar aus dem Gesicht. »Ich sollte dir vielleicht was sagen, bevor das mit uns richtig ernst wird.«

Er musterte sie eindringlich. Seine Hand wanderte eine Winzigkeit nach unten, und seine Finger glitten sanft in sie hinein. Liv zuckte leicht zusammen. »Tu ich dir weh?«, flüsterte er.

»Nein.«

»Soll ich irgendetwas nicht tun?«

»Sei nicht zu schnell«, wisperte sie. »Ich brauch ein bisschen Zeit, um mich an dich zu gewöhnen.«

»Okay. Was willst du mir noch sagen?«

Liv holte tief Luft. Ihr war anzusehen, dass es ihr schwerfiel, sich zu konzentrieren. »Christin ist nicht nur meine Mitbewohnerin. Sie hütet auch meine *Babys*.«

Er runzelte die Stirn. »Was für Babys?«

»Wenn du mich wirklich willst, dann besteht das Paket nicht nur aus Jay und mir – es gibt da noch vier Katzen, zwei Vögel und eine Schildkröte.«

Für einen Moment starrte er sie verblüfft an, dann lachte er leise. »Das ist dein Geheimnis? Du bist eine verrückte Frau mit vielen Tieren?«

»Ich hab nicht so viele Tiere wie Christin.«

»Als ob mich das aufhalten würde.«

»Nicht jeder kann uns verstehen.«

»Ich schon«, murmelte er und küsste ihr Ohrläppchen. Seine Finger liebkosten sie vorsichtig. Liv stöhnte auf. Offenbar gefiel ihr, was er tat. Taylor lächelte und rückte näher an sie heran. »Du hast eben ein großes Herz, und ich schätze das sehr. Das ist nichts, was mich davon abhalten kann, dir vollkommen zu verfallen.«

Sichtlich erregt hob sie beide Arme, wühlte ihre Finger in sein Haar und zog ihn näher. Seine Lippen legten sich auf ihre, seine Zunge glitt in ihren Mund, und er drückte seine harte Erektion gegen ihren Oberschenkel.

Offenbar war das genug, um ihre letzten Zweifel zu zerstreuen. Liv drängte sich an ihn, bis er ihrem stummen Flehen nachkam und zwischen ihre Schenkel glitt. Als er sich ein Stück aufrichtete, trafen sich ihre Blicke. »Bist du sicher?«, fragte er flüsternd.

Sie biss sich auf die Unterlippe. Ihre Hände streichelten über sein Gesicht, den Hals und die Brust bis zu seinen Shorts. Ihre Finger zogen ihm den Stoff von den Hüften, und er drängte sich hart und schwer gegen ihre weiche Weiblichkeit. Taylor schluckte.

»Ich *bin* sicher«, wisperte sie.

Sie sanken tiefer in die Laken und verloren sich im Rausch der Nacht.

***

Zufrieden und geborgen in der wohligen Wärme seiner Umarmung, spürte sie, wie sein Körper sich auf der ganzen Länge ihrer Kehrseite an ihren drückte. Ein schönes Gefühl, auf diese Weise aufzuwachen. Dennoch konnte sie nicht ignorieren, dass die Sonne in das Zimmer schien und ihnen den neuen Tag verkündete.

Die Hunde waren sicher schon wach und wollten nach draußen. Als sie sich vorsichtig bewegte, zog Taylor sie enger zu sich und presste sich mit einem müden Grollen an sie.

»Du willst nicht schon aufstehen, oder?«, murmelte er an ihrem Ohr.

Liv bekam augenblicklich eine Gänsehaut. Ihn so vollständig zu spüren, und seinen Atem, der über ihre nackte Haut strich, erinnerte sie an die vergangene Nacht.

Mit Taylor zu schlafen hatte etwas in ihr verändert. Sie fühlte sich plötzlich nicht mehr unansehnlich und abstoßend, im Gegenteil. Sie war eine Frau mit Wünschen und Sehnsüchten, und bei ihm fand sie die Erfüllung, nach der sie immer gesucht hatte.

»Die Hunde müssen raus«, gab sie zu bedenken.

»Ich glaub, meine Mum hat die beiden schon geholt«, erwiderte er schläfrig.

»Was?« Liv zwang ihre Augenlider auseinander, hob den Kopf und stellte fest, dass Jay und Shanna tatsächlich nicht mehr im Zimmer waren. Sie ließ sich zurück ins Bett sinken und konnte den Anflug von Scham nicht verhindern, der sie bei dem Gedanken überkam, dass Holly sie in Taylors Bett gesehen hatte. Sie stöhnte in das Kissen. »Oh Gott, das ist so peinlich.«

Taylor rutschte noch näher und drückte sich auf erregende Weise an sie. »Was ist peinlich?«

»Dass deine Mum mich gesehen hat.«

Er küsste ihre Schulter und ihren Nacken. Liv gab ein Seufzen von sich. Unter seinen zärtlichen Berührungen begann sie sich augenblicklich wieder zu entspannen.

»Wir sind erwachsen«, flüsterte er. »Ich denke, dass ihr schon klar war, dass wir nicht nur Händchen halten werden.«

Liv streckte sich genüsslich und umschlang seine Arme mit ihren Händen. So hatte sie sich das Zusammensein mit einem Mann immer gewünscht. Dass das tatsächlich möglich war, hatte sie sich allerdings kaum zu erträumen gewagt.

Taylor drehte sie behutsam auf den Rücken, beugte sich über sie und küsste sie sanft auf die Lippen. Leise seufzend genoss sie, wie sein Gewicht sie in die Matratze drückte. Auf eine wohlige, lustvolle Art war sie geborgen.

Er hob den Kopf, zeichnete ihr mit einem Finger unsichtbare Linien auf die Stirn und betrachtete ihr Gesicht.

»Wann hast du eigentlich Geburtstag?«, wollte er unvermittelt wissen.

Liv versteifte sich, runzelte die Stirn und schüttelte den Kopf. »Im März, aber … ich feiere meinen Geburtstag nicht mehr.«

Seine Finger strichen über ihre Brauen. Er musterte sie eindringlich. »Warum nicht?«

»Meine Eltern sind an meinem Geburtstag gestorben.«

Taylor schloss für eine Sekunde die Augen, ehe er sie mit einem mitfühlenden Blick bedachte. Er beugte sich über sie und küsste ihre Stirn, um sie anschließend an sich zu ziehen. »Es tut mir so leid, Liebling.«

»Danke.« Sie atmete tief seinen Duft ein.

»Dann lässt du diesen Tag ganz ausfallen?«

»Meistens schon. Manchmal zünde ich eine Kerze für sie an.«

Sie an sich drückend, verteilte er kleine Küsse auf ihrer Schläfe. »Magst du heute Abend für sie ein paar Wünsche entzünden? Wenn wir Maddison gedenken, können wir auch deinen Eltern ein paar Grüße senden.«

»Das musst du mir erklären.«

Einen Arm angewinkelt, stützte er mit der Hand seinen Kopf ab und betrachtete sie zärtlich. »Wir sammeln heute Holz, das am Ufer des Clyde angespült wurde. Daraus basteln wir kleine Holzschiffchen, verzieren sie mit Blumen aus Mums Garten und setzen ein Teelicht darauf. Am Abend tragen wir sie hinab zum Clyde, eine kleine Prozession mit winzigen Lichtern. Wir setzen die Holzflöße ins Wasser und sehen dabei zu, wie sie von der Strömung davongetragen werden – gemeinsam mit unseren Wünschen und unseren Gedanken.«

»Das ist ein schöner Brauch«, stellte Liv fest. »Ist das typisch keltisch?«

Taylor grinste verlegen. »Ich bin nicht sicher, ob er keltisch oder eher chinesisch ist. Aber wir pflegen diese Tradition seit vielen Jahren. Jedes Mal, wenn jemand gestorben ist, senden wir ihm Grüße und gute Wünsche auf seinem Weg in die andere Welt. Danach kehren wir in aller Stille zurück ins Haus und halten für einen Moment inne. Dann wird gegessen, getrunken und das Leben gefeiert.«

»Eine tolle Idee.«

Ihre Blicke tauchten sekundenlang ineinander. Sie

spürte seinen warmen Körper, der halb über ihrem lag, und genoss diesen Moment, ihm so nah zu sein.

»Dir ist schon klar, dass das mit uns auf keinen Fall vorbei sein kann, wenn ich nach Amerika zurückmuss und du wieder nach Deutschland reist?«

Lächelnd legte sie ihm eine Hand in den Nacken und grub ihre Finger in sein Haar. »Wer will das schon?«

Er beugte sich zu ihr und küsste grinsend ihren Halsansatz. »Vielleicht können wir einen Kompromiss finden für die Zukunft«, schlug er vor.

»Du meinst, irgendwas auf halber Strecke?« Liv schloss die Augen. Sie liebte dieses Gefühl, ihn zu spüren und zu riechen. Die sachte Erregung in ihr wurde stärker. Ungewohnt, aber sehr angenehm. Schläfrig beantwortete sie sich die Frage selbst: »Hm. Klingt gut.«

»Für dich vielleicht nicht ganz so weit«, erwiderte er amüsiert. »Du magst Schottland doch, oder?«

Überrascht sah sie ihn an. »Schottland?«

»Ja, du musst mit deinem Zoo keine Weltreise machen, und deine Freundin wäre nicht so weit weg, dass ihr nicht die Möglichkeit finden könntet, euch auch kurzfristig immer mal zu sehen.« Seine Hand glitt über ihr Gesicht, und er zeichnete mit dem Zeigefinger die Konturen ihrer Lippen nach. »Wir könnten ein Haus kaufen, mit großem Garten. Dort wo es ruhig ist und von wo wir dennoch alles Wichtige erreichen – vielleicht nicht gerade Stunden von hier entfernt. Wenn ich drehe, bin ich zwar oft auf Reisen, aber meine Familie wäre in der Nähe.«

»Du wärest bereit das aufzugeben?« Sie betrachtete ihn neugierig. »Du hast doch dein ganzes Leben dort.

Freunde, Kollegen, deinen Job – fast alle sozialen Kontakte.«

»Ja, aber meine Familie ist hier. Du wärest hier, wenn du wolltest. Alles, was mir wirklich wichtig ist, wäre an einem Ort, und ich muss nicht zwangsläufig in L.A. wohnen, um als Schauspieler zu arbeiten – außerdem möchte ich in den nächsten Jahren gern meine Karriere in eine neue Richtung lenken.«

»Welche?«

»Regie, Produktion, vielleicht will ich ein Buch selbst schreiben … Auf jeden Fall möchte ich neue Filme produzieren, und ich habe erst vor Kurzem eine sehr talentierte Schriftstellerin kennengelernt.«

»Woher willst du wissen, dass sie talentiert ist?«

»Ich habe ihr Buch gelesen.«

Ihre Augen wurden groß. »Du hast es gelesen? Ernsthaft?«

»Na ja, ich habe schließlich Urlaub, und in den letzten Tagen hat es geholfen mich abzulenken, wenn Maddison sich in ihr Zimmer zurückgezogen hat.« Sie strich ihm mit den Fingern über die Wange. Taylor lächelte. »Manchmal brauchte ich ein Wörterbuch, aber im Großen und Ganzen hat es mir geholfen, mein Deutsch zu verbessern. Und es ist gut, sogar noch viel besser als ich erwartet habe.«

Liv wurde rot. Sie konnte nicht verhindern, dass ihr die Tränen in die Augen traten. »Das ist das schönste Kompliment, das ich je bekommen habe.«

Er drückte seinen Mund auf ihre Lippen und presste sie tiefer in die Matratze. Sie legte ihm ein Bein um seinen Oberschenkel, um ihn noch näher zu spüren.

Mit einem zärtlichen Lächeln auf den Lippen sah er sie an.

»Könntest du es dir vorstellen? Herzuziehen?«

»Nun, wenn du bereit bist, das so richtig fest werden zu lassen, könnte ich mich sicher auch dafür erwärmen.«

Er wurde unvermittelt ernst. »Ich weiß, wir kennen uns noch nicht lang. Letzte Woche um diese Zeit warst du nur wenige Meter davon entfernt, mir einen Ball an den Kopf zu werfen.«

»Oh Gott, hör auf.« Sie fuhr sich mit einer Hand über das Gesicht.

»Nein.« Taylor griff nach ihren Fingern, hielt sie fest und zwang Liv ihn anzusehen. Sein Blick war zärtlich. Er küsste ihre Handinnenfläche. »Das war das Beste, was mir je passiert ist«, beteuerte er leise. »Dir zu begegnen, hat wieder Licht und Zufriedenheit in mein Leben gebracht. Auch wenn ich vermutlich völlig irre klinge, aber das hier …« Er zeichnete mit dem Finger die Konturen ihres Gesichts nach. »Ich wünsch mir das für den Rest meines Lebens. Ja, es ist verrückt, aber ich habe mich auf den ersten Blick in dich verliebt. Ohne dich kann ich nicht mehr sein.«

Diesmal liefen ihr die Tränen über die Wange. Ihr Puls raste. Sie fühlte sich, als würde sich in ihrer Körpermitte eine riesige Feuerwalze in Bewegung setzen. Für einen Moment war sie nicht sicher, ob sie weinen oder lachen sollte.

»Ja, das klingt ziemlich verrückt«, erwiderte sie leise. »Zumal wir beide vor gar nicht allzu langer Zeit noch gezweifelt haben, was das mit uns überhaupt werden soll.«

»Eigentlich hast nur du gezweifelt. Ich hab irgendwie gewusst, dass ich verrückt nach dir bin.« Taylor grinste breit, senkte den Kopf und küsste sie zwischen die Brüste. Die Hitze in ihrem Schoß ebbte wie eine Welle durch ihren ganzen Körper. »Ich weiß, dass ich das nicht wieder aufgeben möchte.«

Er zeichnete eine unsichtbare Spur kleiner, feuchter Küsse bis zu ihrem Hals hinauf. Liv kicherte aufgeregt. Als er ihre Lippen küsste, schlang sie die Arme um ihn. Ihre Blicke tauchten ineinander, als er über sie glitt und sie in die Kissen drückte.

»Ich liebe dich«, flüsterte er.

Sie fühlte sich, als wäre die Sonne mitten in ihrer Brust aufgegangen. Glücklich lächelte sie ihn an. »Ich liebe dich auch«

Als er sie küsste, wusste sie, dass sie diesen Mann nie wieder loslassen würde.

Epilog

Der Computer war hochgefahren, und sie öffnete gerade das Dokument, als die Türglocke anschlug. Vermutlich der Postbote, der immer auf ein Schwätzchen verweilte. Sie zog sich die Strickjacke über, durchquerte das halbe Haus und öffnete mit Schwung.

Vor ihr stand Taylor und grinste sie breit an. »Happy Birthday!«

»Äh … danke.« Liv blinzelte irritiert, ehe sie vortrat und ihn freudig überrascht küsste. Er drückte sie mit einer Hand an sich. »Ich habe dein Auto gar nicht gehört. Wieso hast du nicht angerufen?« Sie musterte ihn stirnrunzelnd von Kopf bis Fuß. »Und warum klingelst du?«

Sein Grinsen vertiefte sich. »Das wäre ja eine schöne Überraschung geworden, wenn ich mich angemeldet hätte, wo du doch gar nicht feiern willst.«

Ihr entging nicht, dass er eine Hand hinter dem Rücken versteckte. Hoffentlich schleppte er keinen Strauß Blumen an – mit den Katzen im Haus würden sie da nur kurze Freude dran haben.

Liv hob eine Augenbraue. »Sag mir bitte, dass du keine Überraschungsparty organisiert hast.«

Er schüttelte den Kopf und zog sie näher. »Keine Sorge, ich akzeptiere deinen Wunsch nach Ruhe, … aber ich wollte dich heute trotzdem nicht alleinlassen.«

»Ich bin ja nicht wirklich allein«, bemerkte sie lächelnd. »Ich freu mich aber, dass du zu Hause bist.«

»Da bin ich erleichtert. Du hast mir nämlich gefehlt.«

»Du mir auch, du Verrückter.«

Sie küssten sich, und Liv vergaß für einen Moment, warum er so überraschend heimkam. Ein leises Jaulen veranlasste sie ihre Lippen von Taylors zu lösen und sich nach ihren Hunden umzusehen, doch Shanna und Jay waren offenbar nicht mal aufgestanden.

Taylor entließ sie aus ihrer Umarmung und hob den Arm, den er zuvor hinter seinem Rücken versteckt hatte. »Das wird jetzt aber mehr als Zeit, mir fällt schon fast die Hand ab. Alles Gute zum Geburtstag, Liebling.«

Zwischen seinen Fingern hielt er einen Welpen, der mit dem Bauch auf seiner Handfläche lag und Liv nun gut gelaunt angähnte, während sein Schwänzchen sich eilig im Kreis bewegte.

Verblüfft nahm sie den jungen Hund auf den Arm und musterte ihn. Eine undefinierbare Mischung mit schmutzigbraunem Fell und weißen Vorderpfoten, aber er hatte ein blaues und ein braunes Auge, was darauf schließen ließ, dass irgendwo im Stammbaum seiner Ahnen ein Husky vertreten gewesen war.

»Du hast einen Hund gekauft?«, wollte sie wissen.

»Ich habe ihn adoptiert«, gab er zurück. »Jetzt wo wir zusammenleben und ein gemeinsames Haus bezogen haben, wird es Zeit für unser erstes Baby.«

Sie lachte und schüttelte den Kopf. »Beim nächsten Mal frag mich bitte vorher, ob ich schon bereit dafür bin.«

Sein Grinsen löste sich auf. »Sag mir bitte nicht, dass du ihn nicht willst – er ist doch erst vierzehn Wochen alt.«

Liv rollte mit den Augen. »Du weißt, dass hier nichts mit vier Beinen wieder auszieht, was erst eingezogen ist.« Sie zupfte an der roten Schleife, die der Welpe trug, und hatte Mühe, ihn davon abzuhalten, ihr das Gesicht abzulecken. Ihr Blick war tadelnd auf Taylor gerichtet. »Aber es ist nicht nett, mir ein Hundebaby vorbeizubringen und anschließend wieder das Weite zu suchen, damit ich mich um die Erziehung des Jungspunds kümmern kann.«

»Oh nein, keine Sorge. Ich habe Drehpause, weil es Differenzen zwischen dem Regisseur und dem Drehbuchautor gibt. Bis sie ihr Theater geregelt haben, habe ich Brutus beigebracht, sein Geschäft draußen zu verrichten.«

Liv riss die Augen auf. »Brutus?« Sie schüttelte den Kopf. »Entschuldige, aber der Name geht gar nicht.«

Taylor lachte leise. »Ich hatte es schon befürchtet. Mach einen anderen Vorschlag.«

»Das ist wohl das Wenigste, nachdem du ihn schon ohne mich ausgesucht hast.« Sie nahm den Hund zwischen beide Hände, hob ihn ein Stück hoch und sah ihm in die Augen. »Sag mir, was dir gefällt, Schätzchen. Falk? Hobbs? Alfie?«

Beim letzten Wort gab er ein einzelnes Bellen von sich. Liv konnte hören, wie Shanna und Jay im Haus mobil wurden und in ihre Richtung gelaufen kamen.

Sie warf Taylor einen belustigten Blick zu. »Damit wäre es dann wohl entschieden.«

»Alfie. Gefällt mir.« Er ging auf die Knie, als Shanna und Jay kamen, um ihn zu begrüßen.

Liv fiel ein kleines Kästchen auf, das an Alfies roter Schleife baumelte. »Was ist das?«

»Mach es auf.«

Mit ein wenig Mühe entfernte sie die Schleife von Alfies Hals, setzte den Welpen ab und ließ ihn die beiden Hundedamen begrüßen. Es war offensichtlich, dass sie den Zuwachs mit Begeisterung in ihrer Mitte aufnahmen. Liv nahm das Kästchen in die Hand und öffnete es. Auf weißer Seide war ein schmaler Ring mit einem blauen Saphir eingebettet.

Ihr klappte der Unterkiefer herunter.

Taylor zog ihre Hand mit der Schachtel zu sich herunter, nahm den Ring heraus und hielt ihre Finger fest. Erst jetzt begriff sie, in welcher Position er da eigentlich vor ihr hockte. Ihre Augen wurden groß, und Hitze stieg ihr in die Wangen. Auf seinem Gesicht lag ein glückliches Lächeln, aber auch ein Hauch von Unsicherheit.

»Ich muss gestehen, dass ich dich mit dem Welpen ein bisschen weichkochen wollte … Auch wenn du mal gemeint hast, dass eine Ehe keine Garantie für eine funktionierende Beziehung ist, wollte ich dich trotzdem fragen: Mrs Larsson, willst du mich zum glücklichsten Mann der Welt machen und mich heiraten?«

Sie strahlte ihn an. »Ja, Mr Morris, und wie ich will.«

ENDE

Danksagung

Ich halte es kurz:

Bedanken möchte ich mich bei meiner Familie, meinen Freunden und vor allem bei meinem Verlag, die alle immer wieder viel Geduld mit mir haben müssen.

Über die Autorin

Ewa Aukett wurde 1974 im Oberbergischen Kreis geboren und lebt heute mit ihrer Familie, drei Hunden und mehr als zehn Katzen im Grünen.
Bereits als Kind erfand sie Geschichten, in denen die Helden durch schwere Zeiten gehen mussten, ehe alles gut wurde. Als Teenager schrieb sie für ihre Freundinnen Liebesgeschichten – vorzugsweise während des Unterrichts.

Foto: Lysann Sander - Blitzlicht

2013 gelangte sie auf die Selfpublishing-Plattform BookRix und landete als absoluter Newcomer mit **Outback – Unter australischer Sonne** einen Überraschungshit, dem der Nachfolger **Nur dieses eine Mal** in nichts nachstand. Auch die Folgeromane der Autorin begeisterten tausende von LeserInnen. Mit ihrer **Stunde der Drachen**-Reihe zeigte die Autorin ein breitgefächertes Repertoire an neuen Storys im Fantasy-Romance-Bereich, die in ihr schlummern.

2017 erschien **Fear & Desire** – Ewa Auketts erster Verlagstitel bei Bastei Entertainment.

Wenn sie nicht gerade tippend an ihrem Schreibtisch sitzt, zeichnet sie Comics, begeistert sich für mittelalterliche Riten und Bräuche und engagiert sich ehrenamtlich im Tierschutz.